LUCA COZZI

LE RADICI DEL MALE

Il presente romanzo è opera di fantasia.
Ogni riferimento a fatti realmente accaduti
o a persone realmente esistite
è puramente casuale o è effettuato ai fini narrativi.

ISBN 9781658600170

Immagine di copertina:
Foto © Marco Giovanetti
Progetto ed elaborazione grafica a cura di HQ Italia.

Sito autore:
www.lucacozziblog.wordpress.com

Chi per questa battaglia non ha fegato,
Che parta pure: avrà un salvacondotto
E denaro pel viaggio nella borsa.
Non ci garba morire in compagnia
Di chi ha paura di morir con noi.

Shakespeare, *Enrico V*

Personaggi principali

Luke McDowell	ex Navy SEAL
Frances Ferraro	moglie di Luke McDowell
Barney Thompson	direttore dell'FBI
Evgenj Dimitrov	ex agente segreto russo
Diego Ybarra	amico di Luke McDowell
Antoine Marcus	amico di Luke McDowell
Nadege	guaritrice
Irina Hackermann	agente dell'MI6 e moglie di Diego Ybarra
Ariel Rosenthal	dirigente del Mossad
Mordechai Stiegler	agente del Mossad
Joe Martino	
Uros Kolarov	
Tony Kirkbridge	uomini di Dimitrov
Pedro Ricardo Ayala	narcotrafficante
Gaston Cobarez	luogotenente di Ayala
Sara Ortega	agente del DAS

PARTE PRIMA

LE PALUDI DELLA MORTE

Capitolo 1

Baltimora, Maryland (USA), settembre 2009

Aveva trascorso la notte piangendo, senza riuscire a chiudere occhio per un solo istante.

Giurando a se stessa di non passare più momenti come quelli, meno di un anno prima aveva tentato di fare una scelta che si era rivelata per lei troppo dolorosa e che, nonostante tutto, era contenta di non aver fatto.

La vita è come un bellissimo e crudele amante. Attira con i suoi sguardi seducenti, il sorriso del sole che sorge all'alba, carico di promesse che spesso non potrà mantenere, per poi divertirsi a far soffrire le persone, quasi fossero bamboline di pezza usate come puntaspilli in un rito di magia nera.

Lei con la vita aveva già avuto più di un duello e sapeva che doveva reagire, uscire dall'angolo nel quale era stata costretta negli ultimi terribili giorni, pregni di una sofferenza profonda che probabilmente l'avrebbe segnata per sempre.

Frances Ferraro era di origini italiane. Il nonno paterno era un pescatore che, come molti altri, aveva lasciato il golfo di Napoli per cercare fortuna in America. Uomo determinato e gran lavoratore, Francesco non aveva tardato a trovare un impiego sulle coste del Maine, in un conservificio dove veniva lavorato il pesce. Era partito solo, all'età di ventidue anni, ma trentaquattro mesi dopo aveva finalmente potuto scrivere alla famiglia di Assunta, l'unica donna che avesse amato, per annunciare orgoglioso che ce l'aveva fatta, vantava un lavoro, un alloggio e abbastanza risparmi per chiedere la mano della sua futura sposa, pagarle il viaggio in America e garantirle una vita dignitosa. Due anni più tardi, Francesco e Assunta avevano perso il loro primogenito, nato morto dopo un travaglio lungo e doloroso, ma non si erano dati per vinti e il loro amore era stato coronato da altri due figli, Peter e William, che erano stati costretti a vivere un'infanzia problematica in un clima ostile. Gli Stati Uniti erano entrati in guerra, l'Italia era il nemico, anche se non il più pericoloso, e gli italiani non erano certo ben visti. Figure come Al Capone, inoltre, non avevano contribuito a migliorare l'immagine dei propri connazionali.

All'inizio degli anni Sessanta, appena ventenne e già carico di rancore verso il proprio Paese, Peter aveva voluto trasferirsi in Italia dove era riuscito ad avviare una fiorente attività commerciale. Non era mai voluto tornare negli Stati Uniti e con il tempo i contatti con la famiglia d'origine si erano fatti sempre più sporadici fino a cessare del tutto. William, di quattro anni più giovane del fratello, era riuscito a integrarsi, nonostante tutto. Aveva ottenuto una borsa di studio, grazie alla quale aveva potuto frequentare l'Università di Baltimora dove aveva conosciuto Audrey. Laureatosi con il massimo dei voti, William Ferraro aveva intrapreso una brillante carriera di avvocato che gli avrebbe permesso di diventare socio di uno dei più rinomati studi legali della città. Una sera, seduti al lume di candela a un tavolo di un ristorante di

Arlington, William aveva estratto il fatidico anello e chiesto a Audrey di sposarlo.

Cresciuta circondata dall'affetto della famiglia, Frances conservava ricordi dolcissimi della propria infanzia. Di nonna Assunta, morta prima che lei nascesse, custodiva gelosamente le immagini che la sua mente aveva carpito da vecchie foto o dai racconti di nonno Francesco. Lo rammentava con nitida chiarezza, con i suoi baffoni a manubrio, le bretelle logore e i pantaloni da lavoro, lo sguardo rude, perennemente velato di malinconia, che si illuminava ogni qualvolta teneva sulle ginocchia la sua adorata nipotina.

Frances stava guardando l'uomo che le stava di fronte. Ripercorrendo con lo sguardo la cicatrice sullo zigomo destro, ricordò la prima volta che lo vide. Era in servizio al Johns Hopkins Hospital, reduce da un difficile intervento chirurgico, quando lui le si era parato innanzi e, mostrando un tesserino dell'FBI, le aveva chiesto notizie dello sconosciuto a cui lei aveva appena estratto una pallottola ferma a pochi millimetri dal cuore, esortandola a fare anche l'impossibile pur di non lasciarlo morire. Frances Ferraro era un asso in sala operatoria, uno dei migliori cardiochirurghi d'America, e quel giorno il suo dovere lo aveva già fatto.

Ora la vita di quello sconosciuto – che nel frattempo era diventato suo marito – non dipendeva più da lei. Toccava ad altri salvare la vita a Luke.

«Frances, mi spiace…»

«Non voglio più sentire quella maledetta frase, Barney!»

Barney Thompson chinò il capo. Uomo pragmatico e taciturno, era il direttore dell'FBI e doveva la vita a Luke McDowell. Malgrado ciò era impotente, non c'era nulla che potesse fare.

«I nostri contatti laggiù non hanno cavato un ragno dal buco e non abbiamo l'autorità per condurre indagini alla luce del sole» tentò di spiegare. «Andare sul posto senza l'appoggio delle autorità locali non servirebbe a nulla, sarebbe come cercare un ago in un pagliaio grande quanto il Kansas, con la differenza che non sappiamo nemmeno se l'ago ci sia ancora. Sai perfettamente cosa ha detto la polizia».

Si rese conto di esser stato brutale, ma ormai le speranze stavano lasciando il posto alle illusioni. Frances doveva farsene una ragione, così come avevano fatto lui stesso e gli amici più cari di Luke.

L'ultima missione aveva condotto McDowell in Mali dove, con l'appoggio e la benedizione di CIA e Mossad, aveva ucciso il corrotto vicepresidente locale, un criminale senza scrupoli che stava tramando un colpo di Stato per rovesciare il governo legittimo e impossessarsi del potere. Con l'aiuto di due agenti maliani della CIA, McDowell avrebbe dovuto attraversare il confine con la Guinea dove lo attendeva un elicottero del Mossad, ma i tre rendez-vous previsti erano andati tutti a vuoto. Antoine Marcus e Diego Ybarra, inseparabili amici di McDowell, si trovavano ancora nello stabilimento minerario israeliano in Guinea, allorché le autorità locali avevano annunciato di aver ritrovato i corpi di due maliani e un guineano su una carrabile a pochi chilometri da Soumbarakoba, sul luogo di una delle numerose imboscate che le bande di predoni della zona tendevano a chi era così incauto da viaggiare di notte. Per quanto drammatica, era la prova che Luke era riuscito ad attraversare il confine. Stando al rapporto dei militari giunti sul posto, tuttavia, non poteva essere sopravvissuto: se non lo avevano ucciso i banditi lo aveva fatto la palude della morte. McDowell doveva aver cercato riparo nell'acquitrino dove aveva affrontato gli assalitori in un'ultima disperata battaglia e dove, quasi sicuramente, aveva trovato la morte egli stesso. Ciò nonostante, Diego e Antoine erano partiti immediatamente per cercare tracce dell'amico, ma due giorni di ricerche non avevano portato a nulla.

«Non potete lasciarlo lì...» mormorò Frances, la voce rotta dal pianto. «Lui non l'avrebbe fatto. Lui vi sarebbe... anzi *vi è sempre* venuto a prendere».

Thompson si avvicinò e la prese tra le braccia, stringendola forte a sé. Sentiva il corpo della donna tremare, scosso dai singhiozzi.

A un tratto lei si sciolse dall'abbraccio e lo guardò negli occhi: un lampo di indomabile determinazione le illuminò lo sguardo.

«Portami da Dimitrov».

Evgenj Dimitrov era stato un agente defezionario del KGB, passato dalla parte degli americani alcuni anni prima. All'epoca Luke McDowell, ufficiale dei Navy SEALs, aveva partecipato alla missione di recupero con la quale era stato liberato l'allora agente sovietico da un carcere in Ciad. Ora Dimitrov figurava, secondo le celeberrime classifiche della rivista *Forbes*, tra i dieci uomini più influenti al mondo e fonti bene informate lo accreditavano quale consigliere non ufficiale del presidente degli Stati Uniti. A parte ciò, il russo era stimato nelle maggiori corti europee e mondiali e uomini d'affari, trafficanti d'armi o boss criminali, per potenti che fossero, pronunciavano il suo nome con rispetto quando non con timore.

Frances osservava il panorama verdeggiante sfilare muto oltre i vetri dell'auto e il cielo di un azzurro cupo, nel quale nuvole nere foriere di tempesta sembravano darsi appuntamento prima di scatenare la loro rabbia. Si chiese quale bufera potesse mai superare quella che le stava devastando il cuore. Thompson guidava silenzioso, percorrendo Hanover road immersa tra le colline, pochi chilometri a sud-ovest di Baltimora. La radio stava trasmettendo il notiziario, ma nessuno dei due gli prestava attenzione. Dopo pochi chilometri, sparsi qui e là, cominciarono a distinguersi capannoni commerciali e industriali e diversi edifici squadrati adibiti a uffici. Thompson si fermò davanti a un cancello dove diede le proprie credenziali alla guardia in uniforme. Un istante dopo scendevano una ripida rampa di cemento che dava accesso a un parcheggio sotterraneo. Un'altra guardia, questa volta in borghese, li stava aspettando e senza proferire parola li condusse a un ascensore che scese di un ulteriore piano sottoterra.

Frances non era mai stata in un luogo così. Sembrava una base militare anche se, a dire il vero, non ne aveva mai vista una da vicino. Era così che si era sempre immaginata la caserma dei Navy SEALs, il luogo super protetto dove i corpi speciali più letali del mondo si addestravano e si riposavano, dove Luke aveva passato molti anni della sua gioventù, prima di lasciare la

Marina.

L'ufficio segreto di Evgenj Dimitrov era ampio e arredato con gusto. Alle pareti riconobbe alcuni dipinti che dovevano valere una fortuna.

Il siberiano le andò incontro e fece per abbracciarla, ma Frances lo fermò con un gesto.

«Non sono venuta per essere consolata, Evgenj». Frances trasse un respiro profondo, imponendosi di mantenere un tono di voce calmo ma perentorio. «Sei uno degli uomini più potenti del mondo, Dio solo sa fin dove arrivano i tuoi tentacoli. Sono qui per sentire direttamente dalle tue labbra che perfino tu hai gettato la spugna, che non è possibile far niente, che ogni speranza è perduta». Stava per aggiungere "che lo hai abbandonato", ma si fermò appena in tempo.

Dimitrov non rispose. Aveva superato da un pezzo i sessant'anni e le rughe del suo viso, incorniciato da una folta barba grigia meticolosamente curata, tradivano la vita pericolosa e intensa che aveva vissuto. Due occhi color del ghiaccio, che sapevano essere freddi o intensamente espressivi a seconda di chi stessero scrutando, si posero per un istante su quelli della donna. Fece un passo indietro, accennando ai suoi ospiti di accomodarsi. Il direttore del Bureau si sedette sul divano, Frances rimase immobile.

Dimitrov si avvicinò a un enorme acquario nel quale nuotavano alcuni pesciolini tropicali dai vivaci colori e, presa una scatola di mangime, ne versò qualche pizzico nell'acqua. Rimase in silenzio a osservare la reazione di quelle piccole creature che avevano la straordinaria capacità di calmarlo e aiutarlo a riflettere. Quando si riscosse, tornò al centro della stanza fermandosi di fronte a Frances. La sua voce risuonò profonda e remotamente triste: «Devo a Luke molto più della mia stessa vita. Gli sono debitore della vita di mia figlia Jacqueline che lui ha salvato ben due volte. Non c'è nulla che io non farei per lui o per una qualunque delle persone a lui care. Tuttavia gli ultimi sviluppi non lasciano adito a molte speranze. I due agenti della CIA che erano con Luke sono morti e anche Antoine e Diego ancora non...»

Frances ebbe un gesto di stizza. «Non hai risposto alla mia domanda, Evgenj!»

Il siberiano sospirò. I suoi occhi rivelavano la pena profonda che gli gravava sul cuore. Avrebbe voluto dire a Frances che non tutto era perduto, che lui per primo si rifiutava di accettare il fatto che McDowell fosse morto e che tuttora stava reggendo i fili di una fitta e complessa rete fatta di informatori, spie, trafficanti e perfino criminali. Probabilmente, rivelarle quanto aveva appena saputo da Antoine e Diego avrebbe potuto infonderle una speranza di cui sembrava avere bisogno più dell'aria per respirare. Ma non si sentiva di farlo, le probabilità di ritrovare McDowell vivo erano, nonostante tutto, troppo fievoli, e dare adito a fallaci illusioni era forse più crudele che indurre alla rassegnazione.

«Devi credermi se dico che non ho lasciato nulla di intentato e non c'è fonte o risorsa a cui non stia attingendo, ma...» esitò, «tutto lascia pensare che Luke sia stato ucciso e il suo corpo sia scomparso in una zona paludosa della Guinea orientale. Se così dovesse essere, non avremo mai una risposta definitiva che possa darci pace o un senso compiuto al nostro dolore. Sta a ognuno di noi trovare la forza di andare avanti».

Gli occhi di Frances si riempirono di lacrime e le

labbra cominciarono a tremare, ma era una donna straordinariamente forte e non perse la compostezza. Con voce rotta affrontò il siberiano.

«Ebbene sia. Se vuoi essere così gentile da chiamare un taxi, tolgo il disturbo. Non c'è più motivo per cui io resti qui».

Thompson si alzò. «Frances! Ti accompagno...»

Il tono di lei tornò perentorio: «No, grazie Barney. Preferisco stare sola. Ora se volete scusarmi...»

Prima che i due uomini avessero modo di replicare, Frances prese la porta e uscì. Solo quando fu di nuovo all'aperto e sentì sul viso il vento freddo della burrasca, si lasciò andare a un ennesimo pianto disperato. Oltrepassò il cancello pedonale che il guardiano, guardandola costernato, le aveva aperto e attese in strada l'arrivo del taxi. Il rombo improvviso di un tuono che parve scuotere la terra non la distolse dalla sua disperazione, né lo fecero le prime gocce gelate di pioggia che le sferzarono il viso mischiandosi alle lacrime.

Dopo che anche Thompson si fu congedato, Dimitrov andò al mobile bar, prese un'elegante caraffa in cristallo senza etichetta e versò due dita di pregiato Cognac Frapin Cuvée 1888 in uno snifter. Si sedette alla scrivania e, cullando il prezioso nettare nel bicchiere, rimase da solo con i suoi pensieri. Infine, deciso a giocarsi anche l'ultima carta, premette un tasto dell'interfono e chiamò la segretaria.

«Signorina Jones, mi chiami l'Eliseo per favore, voglio parlare con il Presidente».

Capitolo 2

Guinea, trenta chilometri a nord del fiume Niger, cinque giorni prima

Stavano viaggiando a tutta velocità nella notte, ignorando le numerose buche che, come pustole purulente di un'infezione inarrestabile, contaminavano il manto stradale. Il sergente Sankoh, l'espressione torva, scuoteva la testa, ma non per gli scossoni del fuoristrada. Quel pomeriggio, prima di iniziare il suo turno di servizio, si era concesso qualche ora di sonno che un incubo aveva trasformato in un cattivo presagio. La morte, vestita di una tuta mimetica, emergeva da un lago di acque putride fissandolo con occhi di un verde intenso, quasi fosforescente. Invece della solita falce, brandiva un AK-47 che aveva puntato verso di lui facendo fuoco. Si era svegliato di soprassalto e non era più riuscito a dormire.

Dopo la morte del corrotto presidente Conté, il 23 dicembre 2008, la Repubblica di Guinea stava attraversando un periodo turbolento. Quello stesso giorno il capitano Moussa Dadis Camara, con un colpo di Stato, aveva sciolto l'Assemblea nazionale e sospeso la Costituzione. Ponendosi alla guida del Paese, l'ufficiale aveva annunciato elezioni democratiche per il 2010 ma, nonostante ciò, il Paese era in fermento e le proteste contro colui che molti già consideravano un nuovo dittatore si facevano sempre più aspre, soprattutto nella capitale.

L'esercito, dopo anni di tensioni con gli Stati confinanti di Liberia e Sierra Leone e il rischio di una guerra civile, era ancora sotto pressione. Un ulteriore seccatura era costituita dalle bande di fuorilegge che infestavano alcune zone del Paese tra cui quella vicino al confine col Mali, lungo il bacino del fiume Niger. In una nazione in cui metà della popolazione non aveva accesso all'acqua potabile, l'analfabetismo toccava il cinquantanove per cento e l'aspettativa di vita non superava i cinquant'anni, il sergente Sankoh era comunque soddisfatto del suo lavoro. Guadagnava abbastanza per consentire alla moglie e ai due figli di vivere oltre la soglia della povertà, senza patire la fame e la sete. Finché fosse rimasto vivo. I cattivi presagi che si erano fatti strada in lui dopo l'incubo di quel pomeriggio lo rendevano inquieto soprattutto per la sua famiglia.

Gli spari si facevano sempre più vicini. Riconobbe l'inconfondibile cacofonia dei kalashnikov intervallati da colpi di pistola. Ordinò all'autista di accelerare pur sapendo che più forte di così non potevano correre, viste le condizioni della strada. Si voltò e, oltre i visi preoccupati dei due soldati seduti dietro di lui, vide i fari del secondo automezzo che li seguiva dappresso. Ogni pattuglia era composta da nove uomini e un sottufficiale, ma le bande di trafficanti erano spesso più numerose. Il mese prima, un altro sergente era stato costretto a battere in ritirata dopo aver perso quattro uomini in un conflitto a fuoco contro un gruppo di almeno venti guerriglieri armati anche meglio di loro.

Sankoh aveva ricevuto il battesimo del fuoco diversi anni prima, al confine con la Liberia, e da allora aveva preso parte a diverse scaramucce. Una volta era stato perfino ferito a una gamba, anche se solo in modo lieve, ma non aveva mai avuto incubi così funesti come quello di poche ore prima.

La voce del suo autista lo costrinse a riscuotersi: «Là in fondo, sergente, un'auto blocca la strada».

Sankoh diede ordine di fermarsi, lasciò due uomini a presidiare gli automezzi e guidò gli altri verso il punto dove infuriava la sparatoria. Oltre la vettura – una vecchia Fiat Regata crivellata di colpi – un malconcio camion Renault era di traverso sulla carreggiata, anch'esso devastato da numerosi proiettili. Un sorriso maligno prese forma sulle sue labbra: questa volta i banditi erano incappati in un cliente più coriaceo del previsto che stava vendendo cara la pelle. L'autista della Fiat giaceva riverso sul volante, morto stecchito. Mentre faceva cenno ai suoi di allargarsi a ventaglio e inoltrarsi nella boscaglia, contò altri quattro cadaveri sul terreno. Privi dell'equipaggiamento dei guerriglieri, due di essi erano certamente i passeggeri dell'auto, ma visto che la battaglia continuava, dovevano esserci ancora dei superstiti. Poco dopo videro i corpi di altri due scherani con la gola tagliata. "Hanno trovato pane per i loro denti, questa dev'essere gente con le palle" pensò soddisfatto Sankoh. Procedevano guardinghi con i mitra spianati, udendo gli spari farsi sempre più vicini. Giunti sul limitare di una scarpata si gettarono a terra. Sotto di loro, una ventina di metri più in basso, scorgevano i lampi uscire dalle canne dei kalashnikov e le lame di luce di alcune torce fendere la nebbia e il buio della notte, riuscendo a illuminare solo in parte la superficie melmosa dell'acquitrino.

«La palude della morte» mormorò un soldato al suo

fianco. Sankoh lo ignorò rivolgendosi al caporale Landel: «Patrick, prendo quattro uomini e vado a dare un'occhiata» disse indicando il sentiero che scendeva alla loro sinistra. «Voi copriteci da quassù. Dateci un paio di minuti poi accendete le torce e battete la palude, ma attenti a non illuminare noi. Se qualcuno tenta di risalire, falciatelo».

La nebbia si diradò e Sankoh udì uno dei banditi abbaiare un ordine, subito seguito da una violenta sparatoria. Dalla palude un'ombra stava rispondendo al fuoco.

Le regole d'ingaggio che il comando aveva diramato contro le bande di criminali che infestavano la zona lasciavano ampie libertà decisionali agli ufficiali e ai sottufficiali. Diede l'ordine.

«Fuoco a volontà!»

Mentre dall'alto della scarpata i suoi uomini accendevano le torce e una nuvola nera carica di pioggia tornava a oscurare la luna, si scatenò una cruenta battaglia. I guerriglieri furono sorpresi dall'inatteso attacco e reagirono in modo confuso. Il loro capo si era appena preso due colpi in pieno petto cadendo faccia avanti nel fango. Privi di una guida furono in breve sopraffatti dai soldati.

Quando la luna tornò a fare capolino tra le nuvole, il sergente Sankoh si fece passare una torcia e scandagliò la palude illuminando un paesaggio fatto di tronchi marcescenti, macchie di vegetazione e un lungo tubo arrugginito che attraversava l'acquitrino perdendosi nella notte. Riconobbe il vecchio oleodotto abbandonato molti anni prima, dopo che una falla a pochi chilometri da lì aveva causato la perdita del prezioso liquido e attirato i poveri abitanti del circondario. Nella frenesia di fare incetta di carburante, qualcuno aveva commesso un'imprudenza e un'esplosione aveva provocato decine di vittime.

La voce di un soldato lo costrinse a voltarsi.

«Tre prigionieri, sergente. Sei banditi uccisi e altri due feriti gravemente. Nessun dei nostri è stato colpito».

Sankoh annuì, cupo in volto: «Gravi quanto?»

«Ferite al ventre. Non credo passeranno la notte».

«Allora finiteli e andiamocene da qui».

Sankoh resse lo sguardo del subalterno finché questi non si allontanò per eseguire gli ordini, poi tornò a scrutare la palude. Era certo di aver visto un solo uomo rispondere al fuoco, un'ombra fugace che era scomparsa subito dopo aver colpito in pieno il capo di quei criminali.

«Siamo soldati dell'esercito regolare!» urlò in francese. «Sappiamo che sei lì. Getta le armi, esci con le mani in alto e nessuno ti farà del male. Se sei ferito fatti sentire e ti aiuteremo».

La palude rispose con il suo silenzio. Gli unici rumori erano le voci dei suoi soldati che stavano pattugliando la zona. A un tratto due colpi di pistola riecheggiarono nella notte: avevano eseguito il suo ordine.

«Non so che razza di demone tu sia, ma hai combattuto come un leone» mormorò. «Che tu possa salvare la pelle, soldato».

I militari videro il loro sergente inginocchiarsi, togliersi il basco e cospargersi il capo di fango. Poi chinò la testa ripulendosi con l'acqua della palude. Infine aprì le braccia e intonò un canto funebre in un dialetto che pochi di loro conoscevano. Era un rituale del popolo Malinké con il quale si celebrava il coraggio dei guerrieri caduti. Solo uno di loro ne comprese le parole.

Che tu possa cacciare con i grandi Re della foresta
Che tu possa solcare i cieli con i Re dalle bianche ali
Che il tuo cuore di invincibile guerriero
Entri nei nostri petti e ci conduca in battaglia
Così che ricco sia il nostro bottino
Generose le nostre prede

Tornando verso la caserma, il sergente Sankoh era sollevato: i funesti presagi che lo avevano accompagnato si erano rivelati privi di fondamento. Alzando lo sguardo al cielo, si accorse che le nubi cariche di pioggia si erano spostate verso oriente lasciando che la luna tornasse a illuminare la notte. Il pensiero andò allo sconosciuto che si era rifugiato nella palude per sfuggire ai banditi. Il suo istinto gli suggeriva che non avesse risposto ai suoi appelli per paura di finire nei guai, ma che fosse ancora vivo.

Rigirò tra le mani i documenti trovati addosso ai cadaveri; l'autista della Fiat risultava essere un medico guineano mentre gli altri due avevano passaporti del Mali. Al contrario del dottore che era disarmato, i maliani avevano la pistola, ma erano stati falciati prima che riuscissero a rifugiarsi tra gli alberi. Ciò che più lo aveva lasciato perplesso, era la quantità di banditi uccisi nella foresta e nella palude: almeno sei. Quel tipo, chiunque fosse, era maledettamente in gamba.

Pochi giorni prima, il Mali aveva chiuso le frontiere dopo l'assassinio del suo vicepresidente, Oumar Sidibé. Le scorribande dei guerriglieri non erano una novità in quella zona, ma la presenza di due maliani armati e il terzo, misterioso, fuggiasco rappresentavano una strana coincidenza. Tornò a osservare la luna. Non gli restava che fare rapporto e interrogare i prigionieri.

Capitolo 3

Abitato da uno sparuto gruppo di gente pacifica, il villaggio di Dougou era situato a un'ora di cammino a nord delle paludi della morte. I pastori tenevano a bada le loro greggi e i genitori minacciavano i bambini di severe punizioni se si fossero avvicinati agli acquitrini dove – raccontavano – fumi venefici si alzavano dalle acque e sabbie infide li avrebbero afferrati per i piedi trascinandoli in un buio pozzo senza fondo. I ragazzini, dal canto loro, propensi per natura a disattendere le raccomandazioni degli adulti, evitavano quelle paludi più per timore delle punizioni che per i terribili racconti che si tramandavano su di esse.

La notte prima, però, era successo il finimondo. Il fragore di una feroce battaglia era arrivato fino alle misere case del villaggio, ridestando antichi incubi nei grandi e naturali curiosità nei più piccoli. Già alle prime ore del mattino, Kamil e Fodé stavano discutendo animatamente. Avevano entrambi nove anni ed erano cugini oltre che inseparabili compagni di gioco. Kamil, il più intraprendente dei due, da oltre un anno insisteva per andare a vedere di persona le famigerate paludi della morte, dimora di spettri ancestrali e da cui – si diceva – nessuno era mai tornato vivo, ma il timore di essere scoperti aveva frenato il più riflessivo Fodé.

«Tu non temi le cinghiate» sentenziò spazientito Kamil. «Tu hai paura degli spettri e delle sabbie. Sei un fifone! Se non vuoi venire, peggio per te, andrò da solo, ma voglio vedere cosa è successo. C'è stata una grande battaglia ieri notte, gli eserciti sconfitti avranno lasciato sul campo le armi. Magari ci sono anche i carri armati».

Un'ora e mezza più tardi, i due bambini erano giunti nei pressi delle paludi. Kamil era deluso, non si scorgevano le sagome dei giganteschi carri armati né altri segni di una battaglia. Fodé aveva accettato di accompagnarlo, ma a una condizione: non si sarebbero avvicinati alle sabbie o all'acqua, limitandosi a dare un'occhiata al campo di battaglia da distanza di sicurezza. Nessuno dei due aveva mai visto una palude e non sapevano in realtà cosa aspettarsi. All'improvviso, Kamil sentì il terreno farsi molle e cedere repentino sotto il suo peso. Spaventato, tirò subito indietro la gamba sbilanciandosi e finendo addosso a Fodé che lo seguiva dappresso. Il coraggio del fanciullo subì un brusco ridimensionamento. Tuttavia proseguirono, pur privi dell'iniziale baldanza, fin quando riuscirono a scorgere le acque maleodoranti della palude e la nebbia perenne che aleggiava su di esse.

«Gli spettri della palude!» sussurrò Fodé indicando al cugino le dense e grigie spirali che stazionavano sull'acquitrino.

«Che puzza!» replicò Kamil portandosi una mano davanti alla bocca.

Si inoltrarono ancora per un tratto, stando bene attenti a dove posavano i piedi. La paura delle sabbie mobili probabilmente salvò Kamil da una morte atroce: fu proprio scrutando il terreno con attenzione davanti a sé che riconobbe una vipera del Gabon attorcigliata su se stessa. Si fermò di colpo e Fodé andò a sbattere contro la sua schiena. La vipera del Gabon, che non ha orecchie ma è molto sensibile alle vibrazioni del terreno, si mosse puntando la testa minacciosa verso di loro. Tanto bastò per mandare in briciole il residuo coraggio dei due bambini che si voltarono e corsero via.

Nella foga del ripiegamento, i due imberbi esploratori avevano deviato dall'itinerario che li aveva condotti fin lì e, quando Kamil ritenne di aver seminato il pericoloso rettile, si ritrovarono ansimanti nei pressi di un baobab che all'andata avevano intravisto in lontananza.

«Vieni, saliamo. Da lassù potremo vedere se c'è qualcosa nella palude» propose Kamil rimettendosi a correre.

Ancora una volta Fodé andò a sbattere contro la schiena del cugino che si era arrestato di colpo a pochi metri dal gigantesco albero. Appoggiato all'ombra del tronco c'era un uomo. Era completamente ricoperto di fango e sembrava morto. Forse era stato ucciso nella battaglia della notte precedente, ma dove erano gli altri soldati morti? Si chiese Kamil. Possibile che una tale battaglia avesse lasciato un solo uomo sul campo? Dove erano i carri armati e i relitti degli aerei abbattuti? L'anno precedente un giovane del villaggio, che faceva il soldato ed era tornato in visita alla famiglia, aveva raccontato che il loro nemico era l'esercito della Liberia. Avevano trascorso un pomeriggio intero ad ascoltare affascinati i racconti di feroci combattimenti al confine con quel Paese di uomini cattivi. Aerei, elicotteri, carri armati e cannoni, non mancava nulla. Il mattino dopo i bambini del villaggio si erano mobilitati per erigere fortificazioni a difesa delle loro case e così il giovane soldato aveva dovuto spiegare loro che la Liberia era un Paese molto lontano e il villaggio non correva pericoli.

Possibile che invece fossero giunti fin lì?

Kamil si volse risoluto verso il cugino: «Dobbiamo dare l'allarme!» esclamò. «Dobbiamo avvertire il villaggio che il nemico è qua!»

«Ma non sappiamo se è un nemico...» provò a obiettare Fodé senza riuscire a staccare gli occhi dal corpo esanime dello sconosciuto.

In quel preciso istante, l'uomo mosse la testa e aprì gli occhi: erano di un verde così intenso che, in contrasto con il viso color del fango, sembravano brillare di luce propria.

Questa volta Fodé fu più lesto del cugino e si mise a correre verso casa più veloce che poté.

Capitolo 4

Cresciuto in una famiglia di agricoltori guineani, Idrissa Yattara era abituato a lavorare sodo e, quando si era recato al villaggio oltre il fiume per chiedere in sposa la fanciulla di cui si era innamorato, nonostante la sua giovane età vantava raccolti così abbondanti da indurre il padre di lei a dare con gioia il proprio consenso al matrimonio. Idrissa e Sanaba erano stati una coppia felice. Avevano avuto quattro figli, tre maschi e una femmina che chiamarono Nadege. A sedici anni, benché fosse la più giovane tra i suoi fratelli, la ragazza fu la prima a sposarsi e a lasciare la casa paterna per trasferirsi a Siguiri dove il suo sposo, Mohamed, faceva il fabbro.

Nadege aveva lavorato per oltre vent'anni negli ospedali di Odienné e Kankan. Rimasta vedova e ormai anziana, era tornata a vivere al villaggio natio. Infermiera, dottoressa, levatrice e perfino veterinaria, curava tutti a Dougou, animali e persone, aiutava le donne a partorire e i moribondi a spegnersi senza soffrire. Secondo l'ottantacinquenne decano del villaggio, lei era ben più che una guaritrice: era la depositaria di antiche conoscenze del popolo Malinké, risalenti alla notte dei tempi, ben prima dell'arrivo dei bianchi. Tutti gli abitanti del villaggio, in qualche modo, le erano debitori, si autotassavano affinché lei potesse procurarsi le medicine e le portavano il rispetto che si deve a una sacerdotessa.

Quando i due bambini erano tornati trafelati alle loro case, le madri li avevano dapprima severamente puniti per aver disobbedito al divieto di avvicinarsi alle paludi, non dando credito ai fantasiosi racconti sulla presenza di un demone nero dagli occhi verdi. Ma, nonostante le pene corporali subite e il castigo inflitto, entrambi i bambini continuavano a insistere: credevano fosse un uomo, morto durante la battaglia della notte precedente, ma si era rivelato uno spettro dagli occhi di un verde che non avevano mai visto e che non potevano appartenere a un essere umano. Preoccupata dell'insolito, ostinato quanto disperato, atteggiamento del figlio, la madre di Fodé andò a parlare con la cognata ed entrambe decisero di chieder consiglio alla saggia Nadege. In effetti, la sera prima c'era stato un conflitto a fuoco. Poco oltre le paludi passava la carrabile che sfociava sulla strada nazionale. Non era la prima volta, in quella zona, che bande armate attaccavano avventati viaggiatori durante la notte. "Il demone del baobab" di cui parlavano i bambini era senz'altro un uomo, forse ferito gravemente e bisognoso di cure, tuttavia il punto era stabilire se fosse un bandito o una vittima. Secondo la madre di Kamil, il fatto che avesse gli occhi verdi faceva pensare che si trattasse di un bianco, ma ciò non escludeva il fatto che potesse rivelarsi pericoloso avvicinarsi a lui.

Nadege era diventata infermiera grazie a "Medici senza frontiere", nel cui ospedale era arrivata ferita da una scheggia di bomba e dove, una volta guarita, aveva cominciato ad assistere a sua volta, prima come volontaria poi come operatrice professionale, le molte persone che ogni giorno vi giungevano disperate. Durante i lunghi anni del suo servizio, aveva imparato che ogni essere umano aveva diritto di essere curato, a prescindere da chi fosse e da ciò che aveva fatto. Non spettava a lei processare nessuno: gli ospedali curano, i tribunali giudicano. Fu irremovibile: dovevano andare a recuperare quell'uomo, chiunque fosse.

A bordo di un vecchio e scassato pick-up, due uomini del villaggio partirono alla volta delle paludi per esaudire il desiderio della vecchia guaritrice. Non ebbero difficoltà a individuare il grande baobab, all'ombra del quale videro la sagoma dell'uomo. Era ancora vivo ma privo di conoscenza e sembrava piuttosto malconcio. Ripulendogli il viso dalla mota che lo ricopriva ebbero la conferma che si trattava di un bianco. Lo sguardo che si scambiarono era carico di tensione: un uomo bianco, per di più ferito, membro o vittima che fosse di una banda di briganti, non lasciava presagire nulla di buono.

Sotto di lui, minacciose lingue di fuoco si levavano alte fino a ghermirgli i piedi. Il caldo era insopportabile, voleva scappare, ma le gambe non gli rispondevano. Una frustata lo colpì al fianco facendolo gemere, un'altra gli ferì un braccio e il sangue uscì a fiotti. Non vedeva chi lo stava perseguitando, sapeva di essere circondato, di non avere scampo. Vide il viso sorridente di Frances sulla sabbia della spiaggia di Monterey. Accanto a lei Diego Ybarra, il suo amico di sempre, le stava parlando. Ora Frances piangeva disperata, lui la chiamò ma lei pareva non udirlo, era troppo lontana. Diego si rivolse a lui, stava urlando ma lui non sentiva nulla, vedeva solo la bocca che si apriva senza emettere alcun suono. L'amico cercò di avvicinarsi correndo lungo la riva, ma i suoi passi non lasciavano orme sulla battigia e la distanza non accennava a diminuire. Riconobbe la sagoma corpulenta di Marcus, la figura elegante di Dimitrov, l'incedere deciso di Thompson, la silhouette sensuale di Irina, tutti correvano inutilmente verso di lui: la spiaggia era come un tapis roulant che andava in senso contrario e la distanza non diminuiva. Faceva caldo. Improvvisamente, sentì che una forza sovrumana lo stava alzando: temette di essere spezzato in due, invece una sensazione di fresco lo pervase. La spiaggia era scomparsa e così i suoi amici. Anche Frances non c'era più. A poco a poco le fiamme si fecero meno violente e tutto intorno a lui ci fu l'azzurro. Sentì che poteva finalmente lasciarsi andare.

Nadege adagiò con delicatezza la testa dell'uomo sul cuscino dopo avergli somministrato un antibiotico prelevato dalla sua magra scorta. Prese la pezza di stoffa ormai asciutta, la immerse in una bacinella di acqua fresca e la risistemò sulla fronte. Non scottava più come prima, la febbre cominciava a scendere, ma il suo sonno doveva essere popolato da incubi. Non erano le ferite a preoccuparla, bensì l'infezione. Aveva un taglio profondo sopra il ginocchio, un proiettile lo aveva colpito di striscio al braccio sinistro appena sopra il gomito, un altro lo aveva colpito al fianco, fortunatamente uscendo senza danneggiare organi vitali. Aveva tuttavia perso molto sangue e l'acqua putrida della palude aveva infet-tato le ferite. Nei vent'anni trascorsi in ospedale aveva curato ogni genere di disgrazie umane, visto ferite terri-bili e conosciuto malattie subdole e crudeli. Aveva anche imparato che buona parte della guarigione era dovuta alla tempra e alla volontà del malato di sopravvivere. L'uomo disteso davanti a lei aveva un fisico possente, doveva essere molto forte: si augurò che lo fosse altret-tanto la sua voglia di vivere. Guardò oltre la piccola finestra sul muro di nudi mattoni: il sole stava tramon-tando oltre le colline a occidente. Si apprestava a vegliarlo per la terza notte consecutiva, sapendo che le probabilità di perderlo rimanevano tuttora maggiori di quelle di salvarlo.

Tutto era ovattato, intorno a lui incombeva una cappa indefinita di nebbia grigia. Allungò la mano verso uno strano oggetto di cristallo, simile a una barchetta dalla prua rialzata a formare un ricciolo. Conteneva una pallina minuscola, simile a una perla. La prese tra le dita portandosela alla bocca. Pensò al cianuro che le spie ingoiavano per non essere catturate vive. Non aveva gusto, o forse era lui che non lo sentiva. Deglutì con enorme fatica, sentendola scendere dentro di lui. Riconobbe la sua stessa immagine riflessa nella nebbia divenuta azzurra, osservò la sfera opalescente lasciarsi dietro una scia rosso sangue. Sentì una sensazione strana, una leggera pressione proprio sulla cicatrice accanto al cuore, leggera come un soffio di vento.

Il sole si stava alzando nel cielo levantino, preannunciando un'altra giornata di caldo intenso. Nadege gli aveva appena somministrato l'ultimo antibiotico. Il lenzuolo di tela grezza era sceso scoprendo il petto dell'uomo e la donna si soffermò per un istante a contemplare la cicatrice proprio all'altezza del cuore. Fece scorrere il dito sul segno increspato, simile al ghigno di uno spirito malvagio, sentendo, pochi centimetri più a sinistra, il battito del cuore.

Quando, con l'aiuto dei due uomini che lo erano andati a recuperare, lo aveva spogliato e lavato del fango che lo ricopriva, era rimasta colpita, non solo dalle ferite aperte, ma anche dalle numerose cicatrici che gli segnavano il corpo. Ebbe la certezza che si trattava di un guerriero e doveva essere molto valoroso, poiché quei segni testimoniavano che molte volte i suoi nemici avevano tentato di ucciderlo, senza riuscirci. Tuttavia, ciò che più aveva attirato la sua attenzione era la cicatrice sul cuore poco discosta dal foro di entrata di un proiettile. Chi lo aveva operato era stato molto bravo o molto fortunato, o forse entrambe le cose.

Aveva fatto portare un vecchio materasso che aveva sistemato per terra nella stanza dove dormiva lei stessa. Ormai la sua età la poneva al riparo da qualunque maligna illazione: la vecchiaia, oltre all'esperienza e al disincanto, aveva portato con sé altri doni e, pur non compensando i tesori perduti della gioventù, le consentiva una libertà che prima le era preclusa. D'altronde, non c'era altra casa dove potessero ospitarlo e lei, oltre allo spazio dove cucinava e mangiava, non aveva che la sua camera e un piccolo bagno.

Il giorno prima, una pattuglia di gendarmi era giunta

al villaggio. Un caporale aveva fatto domande in giro, chiedendo se avessero visto uno straniero. Poteva essere ferito ed era sicuramente armato. Ovviamente non rivelò perché lo stessero cercando. Tutti sapevano, ma nessuno fece la spia. Tuttavia, quel giorno stesso, le madri di Kamil e Fodé erano andate da lei per metterla in guardia: il padre di Morlaye, il giovane soldato che l'anno prima aveva intrattenuto i bambini con le sue storie, temeva ritorsioni ai danni del figlio nel caso i militari avessero scoperto che nel villaggio del padre si nascondeva un ricercato. Non aveva detto nulla, ma minacciava di parlare qualora i gendarmi fossero tornati.

Quel pomeriggio, finalmente, Luke riprese conoscenza. La prima sensazione fu di qualcosa che lo colpiva ritmicamente sul volto, senza fargli male. Riaprì gli occhi, ma tutto, intorno a lui, era sfocato e il dolore alla testa lancinante. Capì cos'era che gli batteva sul viso: la coda di un cane, grigio e spelacchiato, che si girò col muso verso di lui annusandolo per un istante e scappando via. Si guardò intorno. Era sdraiato su un materasso posato sul pavimento di terra battuta. Provò ad alzarsi, ma il suo corpo protestò, lanciando una serie di fitte che lo fecero desistere. Decise di procedere con maggiore cautela, facendo un rapido inventario dei danni: constatò con sollievo di poter muovere braccia e gambe; se stava immobile sentiva pulsare il braccio sinistro e il dolore – a parte la testa che sembrava voler esplodere da un momento all'altro – proveniva dal fianco. Tastandosi, scoprì che una stretta fasciatura lo avvolgeva dal petto fino all'addome.

Con la coda dell'occhio scorse una figura entrare nella stanza e incombere su di lui. Cercò istintivamente la pistola rendendosi conto di essere nudo e disarmato.

La donna si chinò posandogli una mano sulla fronte e rivolgendosi a lui in francese: «Ben tornato nel mondo dei vivi. Capisci quello che dico?»

Luke tentò di rispondere, ma la gola secca e la bocca impastata gli resero l'impresa più difficile del previsto. Si limitò ad annuire con un cenno del capo.

La donna sorrise. «Bene. Ti trovi in un villaggio poco lontano dalla strada dove sei stato attaccato dai predoni. Mi chiamo Nadege e sono un'infermiera. Hai rischiato di morire ma ora, a quanto pare, stai meglio. Hai vinto la febbre».

I connotati della donna si facevano via via più nitidi agli occhi di Luke. Doveva essere sulla soglia dei sessant'anni, anche se i denti bianchi e un sorriso solare la facevano apparire più giovane di quanto non fosse. Luke avrebbe voluto farle mille domande, ma era esausto e si lasciò andare a un sonno ristoratore.

Quando rinvenne, la mattina successiva, trovò la donna seduta su un basso sgabello di fianco a lui. Muovendo ritmicamente la mano, mescolava qualcosa dentro una scodella. L'aroma che gli arrivò alle narici gli rivelò quanto fosse affamato. Nonostante il fianco continuasse a fargli male, si sentiva decisamente meglio. Si guardò intorno, chiedendosi dove si trovasse, poi gli tornarono in mente le parole della donna.

«Come ti chiami?» chiese incontrando i suoi occhi.

Dallo sguardo interrogativo della donna si rese conto di aver parlato in inglese e ripeté la domanda in francese.

«Nadege» fu la risposta.

«Da quanto tempo sono qui?»

«Da quattro giorni e quattro notti» spiegò lei. «Ti

abbiamo trovato al margine delle paludi, più morto che vivo. Hai due ferite d'arma da fuoco al fianco e al braccio e un taglio piuttosto profondo sopra il ginocchio, che ti hanno fatto perdere molto sangue, ma non hai rischiato di morire per quello. L'acqua putrida delle paludi ha portato dentro di te un'infezione che pensavo ti avrebbe ucciso».

«Grazie, ti devo la vita».

La donna scosse la testa. «Non mi devi nulla. Nessuno nasce o muore se i nostri dei non lo vogliono. Se hai un dio, ringrazia lui».

Luke indugiò con lo sguardo su quello di lei, poi annuì e accolse con gratitudine la prima cucchiaiata di polenta di manioca che gli porgeva.

Nadege gli spiegò che Dougou, il villaggio nel quale si trovava, era abitato da gente semplice, dedita perlopiù alla pastorizia, anche se sempre più numerosi erano coloro che decidevano di andare a lavorare nelle miniere d'oro della zona. Il governo cedeva i diritti di sfruttamento a prezzi convenienti e tantissimi erano i pionieri che vi giungevano da ogni parte dell'Africa occidentale in cerca di fortuna. Luke percepì una nota di rammarico nel tono della sua ospite: l'oro arricchisce solo i ricchi, pensò tra sé, ma non disse nulla.

Dopo che la donna se ne fu andata, Luke provò ad alzarsi ma, anche se le proteste del suo corpo erano meno veementi del giorno prima, si rese conto di essere ancora troppo debole. A mezzogiorno, tuttavia, con l'aiuto di Nadege, riuscì a mettersi seduto contro la parete e mangiò con le proprie mani.

Luke era consapevole di quanto quella donna stava facendo per lui. «Non sai neppure come mi chiamo e perché sono qui...»

«Ha importanza?»

Luke scosse la testa, Nadege era davvero incredibile: «Mi chiamo Luke McDowell. Sono americano».

La donna non rispose. Lanciò a Luke un'occhiata penetrante e tornò alle sue faccende.

Quella sera, con l'aiuto di una stampella e sempre sostenuto dalla donna, cominciò a muovere i primi passi e consumò il magro pasto seduto al tavolo con lei.

La mattina dopo, Luke si svegliò sentendosi un leone ma, nonostante la sua baldanza e la ferrea volontà di reagire, dovette fare i conti con i limiti del proprio corpo: era ancora debilitato, faticava a reggersi in piedi e gli girava la testa. Solo indossare la tunica di tela grezza che Nadege gli aveva procurato gli costò un notevole sforzo. Maxìm, così si chiamava il cane della donna, irruppe nella stanza facendogli le feste. Sopra un basso scaffale in ferro con i ripiani in formica, addossato alla parete di fianco al letto, Luke vide ordinatamente allineati una dozzina di volumi, che i titoli rivelarono essere libri di medicina o manuali sull'uso delle erbe officinali. Appoggiandosi alla stampella, uscì dalla camera per scoprire che in casa non c'era nessuno. Si guardò intorno: la dimora era umile ma pulita e dignitosa. Si sedette al tavolo e attese.

La sua guaritrice non tardò molto a rientrare. Trovandolo seduto al tavolo sorrise compiaciuta, ma Luke colse nel suo sguardo un'ombra di preoccupazione. «Vedo che ti stai riprendendo in fretta» disse chiudendo dietro di sé la porta con un movimento che tradiva una certa ansia.

«Sono ancora debole e fatico a stare in piedi,» rispose

Luke, «ma confido di rimettermi in sesto quanto prima».

La sera precedente Nadege gli aveva raccontato di come era stata curata da "Medici senza frontiere" e degli anni che aveva trascorso ad assistere a sua volta chi aveva bisogno di aiuto negli ospedali di Odienné e Kankan. Era una persona di animo generoso e dal cuore grande. I suoi genitori e due suoi fratelli erano morti da tempo. Il più giovane, Pascal, era emigrato in Europa in cerca di fortuna e di lui non si erano più avute notizie. La vita aveva privato Nadege dei suoi affetti più cari, ma non era riuscita a toglierle il sorriso dal cuore. Qualche anno prima, dopo la morte di suo marito, aveva deciso di tornare al villaggio natio, Dougou, dove dedicava ogni fibra del suo essere al bene della sua gente.

Luke comprese che doveva essere molto amata e rispettata da tutti e, quando lei gli raccontò dei bambini che lo avevano avvistato all'ombra del baobab e degli uomini che erano andati a prenderlo, sospettò che, se non fosse stato per lei, nessuno si sarebbe preoccupato di uno sconosciuto straniero, probabilmente bianco. A sua volta, Luke le aveva raccontato che stava viaggiando insieme a tre amici alla volta di Kourémalé quando erano stati attaccati dai banditi. Disse di aver visto morire i suoi compagni di viaggio senza far cenno ai motivi che li avevano indotti ad attraversare di notte una zona così pericolosa né al fatto che fossero armati e avessero steso un discreto numero di quei farabutti. Dal canto suo, la donna non aveva fatto domande. Luke era convinto di aver smarrito la pistola nella palude quando aveva perso conoscenza. I ricordi erano ancora confusi ed egli stesso non avrebbe saputo ricostruire con precisione ciò che era accaduto. Aveva chiesto di poter conoscere i due bambini e gli uomini che avevano contribuito a salvargli la vita: a quel punto Nadege si era adombrata decidendo che era giunta l'ora di andare a dormire.

Ora i suoi occhi tradivano l'imbarazzo di chi è costretto a mettere alla porta il proprio ospite.

«C'è un problema» disse con un filo di voce, guardandolo fermamente negli occhi. «Tre giorni fa sono venuti dei militari e hanno fatto un sacco di domande. Cercavano un uomo, forse maliano, forse bianco, hanno detto che poteva essere armato e ferito».

Luke resse lo sguardo della donna per un lungo istante, infine ruppe gli indugi: «Ho ucciso un uomo. In Mali. Un uomo tanto potente quanto malvagio, a causa del quale tante, troppe persone soffrono, hanno sofferto e sono morte. Nessun tribunale lo avrebbe mai processato».

Lo aveva detto, scoprendo che si era tolto un enorme fardello dal cuore e dall'anima, perché la donna che aveva di fronte meritava la verità.

Nadege abbassò per un attimo i grandi occhi neri sulle proprie mani, passò l'indice sulle vene che ne segnavano il dorso seguendone in silenzio il percorso. Quando tornò a posare il suo sguardo in quello di Luke, la sua espressione era quella di una madre comprensiva nei confronti di un figliolo irrequieto che stava cercando di trovare la propria strada nel mondo.

«Nella mia vita ho curato ogni genere di ferite e di feriti: bambini cresciuti troppo presto, mercenari, soldati volontari e altri strappati alle loro famiglie. C'è chi combatte semplicemente perché quello è il suo mestiere e chi invece lo fa per una causa, per un ideale in cui crede, per difendere la propria terra o il proprio popolo. Uccidere non sempre fa di noi degli assassini. A volte è più colpevole chi si esime dal farlo».

Prima che McDowell potesse replicare, la donna si alzò, andò in camera e tornò tenendo in mano un involto di tela che mise sul tavolo senza dire una parola, ritornando a fissare i suoi occhi in quelli di lui. Non ci fu bisogno di aprirlo, sapevano entrambi cosa celava: il revolver Manurhin sottratto da Luke al soldato maliano durante l'attraversamento del confine con la Guinea.

«Nessuno ha fatto la spia per il rispetto che portano a me,» riprese Nadege, «ma se i soldati dovessero tornare – e torneranno – qualcuno ti tradirà. E c'è dell'altro: il giorno successivo sono venuti due uomini bianchi, credo fossero mercenari, gli ho parlato io stessa. Hanno chiesto se avevamo visto un uomo bianco, americano, del quale hanno fornito una descrizione chiara: eri tu. Sostenevano di essere tuoi amici, ma non potevo fidarmi. Io non ti giudico, non spetta a me farlo, né voglio sapere chi ti sta cercando, ma non puoi più restare qui. Mi spiace, è l'ultima cosa che avrei voluto dirti, ma devi andare via».

Luke prese le mani della donna tra le sue.

«Ti devo la vita, Nadege, e per questo non voglio mettere nei guai te o il tuo villaggio. Appena farà buio me ne andrò».

«No. Ci sono posti di blocco sulle strade e di notte sono tutti più sospettosi. Domani mattina Mohamed andrà a Doko a comprare le merci da rivendere nei villaggi più remoti. Ci va spesso, i gendarmi lo conoscono e non gli hanno mai perquisito il camion. Andrai con lui».

«Chi è?»

«Un brav'uomo».

«Non voglio metterlo in pericolo o causargli problemi» obiettò Luke.

«È deciso. Partirete all'alba» la donna fece una pausa. «Avresti bisogno di qualche giorno di riposo e mi spiace doverti mandare via così presto, ma ormai qui non sei più al sicuro».

L'indomani, all'ora concordata, Luke si fece trovare dietro la casa di Mohamed. L'uomo, un trentenne alto, robusto e completamente calvo, lo accolse con un sorriso schietto e solare. Il camion era un vecchio telonato che sembrava reduce da una traversata del Sahara. Mohamed fece sistemare il passeggero sul cassone, sopra alcuni tappeti, nascondendolo con una pila di gerle vuote.

Non incontrarono posti di blocco e quaranta minuti più tardi Mohamed spostò le gerle e gli fece cenno di scendere. Luke si guardò intorno: si trovavano in uno stretto spiazzo dietro a quello che sembrava un deposito di merci varie. Non c'era nessuno. Mohamed gli strinse la mano regalandogli un sorriso compiaciuto. «Oltre il magazzino c'è una via trafficata. Gira a destra e dopo cinquecento metri troverai un albergo. Il proprietario si chiama Sam ed è un mio amico. Digli che ti mando io e ti farà un buon prezzo».

Luke sentì nel palmo della mano un piccolo fascio di banconote: erano franchi della Guinea. Stava per protestare, ma Mohamed lo anticipò: «Da parte di tutto il villaggio. Non possiamo fare di più. Ti basteranno per due o tre notti e per procurarti un po' di cibo». Così dicendo gli mise in mano una pagnotta di farina di mais.

«Grazie. Vi devo la vita, non lo dimenticherò».

«Non lo abbiamo fatto per te,» si schermì l'uomo con

un'alzata di spalle, «ma per Nadege».

Aggirato il magazzino dentro il quale il guineano era scomparso chiamando a gran voce il proprietario, Luke si ritrovò effettivamente in una via trafficata e caotica. Con la logora tunica che gli aveva dato Nadege e la testa avvolta in una *kefiah* dai colori variopinti, era vestito in modo tale da non lasciar scoperto un solo lembo di pelle. I gendarmi stavano cercando un fuggiasco e non era il caso di dare nell'occhio. Luke svoltò a destra e si avviò in direzione dell'albergo. Il breve viaggio sul camion aveva ridestato il dolore al fianco e non vedeva l'ora di togliersi dalla strada.

Il Doko Niger Hotel era una fatiscente palazzina di due piani con una pericolante veranda in legno lungo la facciata anteriore. All'interno, due enormi ventilatori cercavano invano di non far rimpiangere ai clienti l'aria condizionata. Dopo aver declinato con un gesto l'invito di una prostituta, Luke arrivò a un vecchio bancone in legno e pigiò il classico campanello dal suono metallico. Dopo un istante, un uomo alto e magrissimo spuntò da dietro una tenda armato di un sorriso che rivelò l'assenza di numerosi denti. Luke diede le proprie credenziali che suscitarono nel proprietario un altro sorriso sdentato e numerosi cenni compiaciuti del capo.

«Cosa la porta da queste parti?» chiese in un francese più che discreto.

Maledicendosi per non aver preparato una risposta alle inevitabili domande, Luke ebbe la prontezza di improvvisare: «Sono diretto in Mali, ma prima devo comprare delle merci e Mohamed mi ha indirizzato qui».

«Molto bene, molto bene» approvò Sam consegnandogli una chiave. «Stanza con il numero due».

Capitolo 5

Le pale del ventilatore appeso al soffitto giravano pigre, senza riuscire a incrinare la cappa di caldo afoso che impregnava l'aria. Sdraiato supino sul letto, Luke stava ripensando a quanto gli aveva detto Nadege. Sperava che i due bianchi venuti a cercarlo fossero Diego e Antoine o almeno che si trattasse di uomini del Mossad, ma potevano essere anche mercenari fedeli al regime dell'ormai defunto Sidibé. La sera prima aveva chiesto alla donna di descriverli, ma la risposta era stata imprecisa: viaggiavano su un grosso fuoristrada senza insegne e indossavano occhiali da sole e *kefiah* che ne nascondevano in buona parte il viso. Quello che aveva posto le domande parlava un francese quasi perfetto e doveva avere sui sessant'anni, l'altro, sicuramente più giovane, continuava a guardarsi intorno, pronto a reagire al minimo segnale di pericolo. Nonostante non avessero armi in vista, Nadege era pronta a scommettere che fossero ben equipaggiati e pronti a uccidere. Altezza e corporatura dei due corrispondevano a quelle di Antoine e Diego, ma non poteva esserne certo, come non poteva essere certo che l'organizzazione criminale facente capo al generale turco Tarik Erkan fosse stata sgominata definitivamente.

Riepilogò mentalmente la sua situazione. Si sentiva ancora debole, non avrebbe potuto lottare contro eventuali aggressori né aveva armi con cui difendersi poiché aveva deciso di abbandonare il revolver, il quale, con un solo proiettile a disposizione, non gli sarebbe stato di molto aiuto. Per giunta, se lo avessero trovato sul camion con una pistola addosso, anche il buon Mohamed avrebbe passato parecchi guai. Nadege non aveva potuto fornirgli una carta geografica, limitandosi a spiegargli che Doko era situata a soli trenta chilometri dal posto di confine di Kouremalé, sull'importante arteria che collegava le due capitali di Mali e Guinea, Bamako e Conakry. Lì avrebbe potuto trovare facilmente un passaggio.

Luke voleva dirigersi verso ovest, dove si trovava lo stabilimento israeliano nel quale lo avrebbe dovuto condurre l'elicottero se lui fosse arrivato in tempo all'appuntamento. Diede un'occhiata alle banconote: cinquantamila franchi della Guinea. Non aveva idea a quanto equivalessero in dollari, ma Mohamed gli aveva detto che gli sarebbero bastati per due o tre notti e per un po' di cibo. Decise di riposare fino al tramonto, poi sarebbe uscito e avrebbe dato un'occhiata in giro.

Cinquanta chilometri più a sud, Diego e Antoine, esausti e delusi, avevano preso alloggio all'Hotel Conakry a Siguiri. La città, situata sulle rive del fiume Niger, contava quasi trentamila abitanti e un piccolo aeroporto. Il giorno dopo avrebbero fatto un po' di domande in giro e, se non avessero trovato nulla, sarebbero ritornati verso il posto di confine di Kourémalé passando per il villaggio di Dougou.

La notizia dell'agguato sulla strada per Soumbara-koba, nel quale erano rimasti uccisi due cittadini del Mali, costituiva al contempo una buona e una pessima notizia. Se si fosse trattato del gruppo di Luke, significava che erano riusciti a varcare il confine e non era più necessario dover entrare in Mali, le cui frontiere, dopo la morte di Sidibé, erano sigillate. Stando al comunicato delle autorità, l'esercito riteneva che ci fosse almeno un'altra persona coinvolta, ma le probabilità che fosse sopravvissuta alle paludi della morte erano minime. Tuttavia le ricerche di eventuali dispersi erano ancora in corso.

Nelle ultime novantasei ore, Antoine e Diego avevano perlustrato una vasta area che aveva come epicentro il luogo della sparatoria. Si erano spinti a est fino a Kourémalé, a nord fino a Maniaka e a sud oltre il fiume Niger, per attraversare il quale avevano dovuto cercare l'unico traghettatore della zona, un vecchio di nome Simon, il quale aveva confermato loro che la notte dell'agguato aveva imbarcato una vecchia Fiat con quattro uomini a bordo. Uno era un bianco e sembravano avere una gran fretta. Se ne ricordava bene perché lui avrebbe preferito attendere l'alba e altri clienti prima di ripartire, ma uno di loro lo aveva convinto con una generosa mancia. Reso ancor più loquace da altre banconote che Marcus gli aveva prontamente elargito, Simon aveva aggiunto di non aver più rivisto nessuno dei quattro passeggeri e di aver già raccontato tutto a un sergente dell'esercito, tre giorni dopo il fatto. A quel punto, quantomeno, sapevano che Luke, perché ormai erano certi si trattasse di lui, si trovava a nord del fiume.

L'area in cui cercare si stava restringendo. Per il resto, l'unico episodio degno di nota era stato il colloquio con un'anziana guaritrice, nel villaggio di Dougou, situato poco lontano dalle paludi e dalla strada nazionale che univa Siguiri a Kourémalé. La donna, palesando una certa disinvoltura, sosteneva che nessun straniero era passato dal villaggio, tantomeno un bianco, ma Antoine aveva troppa esperienza per non sospettare che stesse mentendo. Non avendo trovato altrove la benché minima traccia del loro amico, ora cominciava a sperare che Luke, probabilmente ferito, potesse essersi nascosto proprio in quel villaggio. Sempre che fosse ancora vivo.

Il giorno prima avevano fatto rapporto a Dimitrov aggiornandolo dei loro magri progressi, ma il russo, sibillino come sempre, era parso stranamente ottimista sostenendo che quanto avevano scoperto gli sarebbe stato molto utile. Eludendo le domande di Marcus, Dimitrov li aveva esortati a pattugliare i villaggi lungo la N6 in prossimità del confine tra Guinea e Mali.

«Tenete il satellitare sempre carico e acceso. Potrei chiamarvi da un momento all'altro» si era limitato a dire chiudendo la comunicazione.

Nonostante il sole stesse ormai tramontando, l'aria era ancora calda e afosa e sembrava appiccicarsi alla pelle come un sudario umido e soffocante. Il cielo, disseminato qua e là di nuvole bianche e spugnose simili a tante pecore che il pastore faticava a tenere unite, stava velocemente mutando nelle varie tonalità di colori che dal celeste abbagliante lo avrebbero portato al blu intenso della notte.

Situata lungo la N6, la cittadina di Doko era composta da due distinti agglomerati, uno un poco discosto a sud-est e l'altro mezzo chilometro più a nord, una serie di misere abitazioni a ridosso dell'arteria principale che conduceva al confine. Interpellato da Luke, Sam aveva spiegato che ogni giorno, tra mezzogiorno e le tre, passavano i due pullman che univano Kankan, Siguiri e Kourémalé. L'interesse di Luke, però, era solo apparente: un uomo bianco, nelle sue condizioni e senza automobile, avrebbe destato i sospetti dei gendarmi e se la corriera fosse stata fermata a un posto di blocco non avrebbe avuto scampo. A lui serviva un'auto. Doveva rubarne una per poi abbandonarla e prenderne un'altra e così via, cercando di sfuggire ai posti di blocco e dirigendosi a ovest, in mezzo al caotico flusso di autoveicoli generato dalla moltitudine di migranti provenienti da tutta l'Africa occidentale e diretti alle miniere d'oro nella speranza di guadagnarsi una vita migliore.

Aveva dormito quasi tutto il pomeriggio e prima di scendere aveva provato a fare un po' di esercizio fisico. I muscoli e la ferita al fianco avevano reagito, lanciando dolorosi messaggi di protesta, ma ciò nonostante si sentiva decisamente meglio, anche se era consapevole di aver bisogno di cure. Grazie alle attenzioni di Nadege, le ferite stavano rapidamente migliorando, ma gli servivano medicazioni pulite e una copertura antibiotica.

Evitando la strada principale, Luke si diresse verso la zona del mercato che aveva intravisto quella mattina mentre si dirigeva all'albergo. Da un venditore di frutta acquistò delle arance e un sacchetto di arachidi che mangiò camminando. Da un altro che, considerata chiusa la giornata, stava riunendo le proprie mercanzie, comprò per pochi franchi un ritaglio di stoffa col quale si sarebbe rinnovato la fasciatura. L'uomo si dimostrò gioviale e non parve stupito di vedere un bianco conciato così miseramente. Veniva da Capo Verde dove possedeva una piccola boutique di abiti e stoffe. Le isole erano meta di parecchi turisti europei e il lavoro non mancava, ma la famiglia era numerosa e lui, una volta ogni due mesi, sbarcava a Conakry per risalire le città e i villaggi disseminati lungo i quasi novecento chilometri di strada nazionale fino al confine col Mali. Luke raccontò di essere stato rapinato da una banda di guerriglieri vicino al confine: gli avevano preso l'auto e tutto quanto possedeva, era contento di aver salvato la pelle.

Il capoverdiano, che disse di chiamarsi Tiago, scosse la testa in segno di solidarietà poi, facendosi improvvisamente furtivo, scostò un lembo della camicia mostrando il calcio di un revolver.

«Da queste parti bisogna essere in grado di difendersi» sentenziò. «Noi mercanti, soprattutto, rischiamo di essere rapinati e uccisi. Non bisogna mai viaggiare di notte e anche di giorno attraversare certe zone è molto pericoloso. Molti di coloro che vengono qui sperando di trovare l'oro nelle miniere rimangono delusi e finiscono per allungare le file dei banditi».

Luke capì che Tiago non aveva mai avuto la disavventura di imbattersi in una di quelle bande e, ripensando al feroce attacco a cui era scampato per miracolo, rinunciò a spiegargli che un uomo solo e non addestrato a combattere, anche se armato, non avrebbe avuto alcuna possibilità di difendersi. Nel suo caso sarebbe stato meglio arrendersi e sperare di essere risparmiato.

Giunse un altro venditore, vestito con una lunga tunica multicolore, che salutò calorosamente Tiago. Più alto di Luke di almeno una spanna, aveva il collo taurino e due spalle da lottatore. I due parlottarono in creolo per un po' finché Tiago si ricordò di Luke. «Ti presento il mio amico Vick. Spesso viaggiamo insieme, lui è di Mindelo».

Con settantamila abitanti, il porto di Mindelo è il principale centro dell'Isola di Sao Vicente, situata nella parte settentrionale dell'arcipelago di Capo Verde.

Luke strinse la mano dell'uomo e si presentò.

«Non sei francese...» indagò Vick.

«No,» ammise Luke senza esitare, «sono australiano». Deciso a non rivelare la sua vera identità, disse di lavorare nel settore minerario e ripeté la storia della rapina.

«Minerario?» intervenne Tiago. «Lavori per gli israeliani?»

Luke non credeva alle proprie orecchie, quello era un autentico colpo di fortuna. Decise di approfittarne. «Sì, per ciò domani prenderò la corriera e andrò a Kankan».

Vick scosse energicamente la testa e fece un gesto con la mano come per liquidare una cattiva idea.

«Ti conviene scendere a Siguiri e prendere la corriera che va a Conakry. La H.O.M. ha un grosso sito a Fria, ma ho sentito che stanno facendo prospezioni anche più a est. Dove devi andare?».

Bene, ora sapeva anche il nome. Luke assunse un'aria afflitta. «A Fria, anche se credo mi sbatteranno in qualche posto sperduto nel nulla».

Vick sorrise con l'aria di chi la sapeva lunga. «Gli israeliani sono gente tosta, se cercano è perché sanno di trovare».

«Domani partiamo per Siguiri, potresti fare il viaggio con uno di noi» suggerì Tiago.

«Se avete posto molto volentieri, ma sono rimasto senza un soldo, non potrò pagarvi».

Vick ripeté il gesto con la mano. «Un posto per un amico lo si trova sempre e ci pagherai con la tua compagnia».

«Finisco di radunare la mia roba e ce ne andiamo a mangiare. Sei nostro ospite, Luke» annunciò Tiago.

Mezz'ora più tardi oltrepassarono la moschea, superata la quale, tra una pompa di benzina e un bazar, trovarono Le Bon Coin, dove, a detta dei capoverdiani, avrebbero mangiato bene e speso poco. Luke non aveva intenzione di farsi vedere in luoghi pubblici ma ora, in compagnia di due africani, si sentiva più tranquillo. Il ristorante occupava interamente una costruzione di un solo piano, bianca e squadrata, con quattro larghe finestre sulla parte anteriore. Un paio di vecchie motociclette erano parcheggiate davanti all'ingresso, a fianco di un pick-up piuttosto malandato. L'interno, fiocamente illuminato da una serie di lampadine appese al soffitto, era arredato con un lungo bancone in legno e una decina di tavoli di varie fogge e dimensioni, la maggior parte dei quali occupati da uomini intenti a bere e giocare a carte. L'orologio sulla parete dietro il bancone segnava le otto e mezza passate. Presero posto a un tavolo in penombra in fondo al locale, l'unico libero a quell'ora. Avvicinandosi, Luke capì il perché. Lontano dalle finestre l'aria era, se possibile, ancor più soffocante e, alla luce del mozzicone di candela al centro del piano, sarebbe stato difficile distinguere cosa c'era nel piatto. Vista la situazione di Luke, tuttavia, quell'angolino era l'ideale: poteva osservare l'ingresso e il resto del locale senza essere a sua volta notato. Fece scorrere lo sguardo sugli altri avventori: erano tutti uomini, a eccezione di una ragazza intenta a fare le fusa a un cliente appoggiato al bancone. Il taverniere si avvicinò per prendere le ordinazioni. Lo sguardo di Luke si soffermò su un uomo seduto con altri due a un tavolo dall'altra parte del locale, quasi di fronte a lui.

Udì Tiago domandargli se gli andava bene un piatto di cui non capì il nome.

Era quella particolare postura che aveva destato l'attenzione di Luke.

Rispose distrattamente a Tiago che era okay anche per lui.

Stava seduto storto, girato a quarantacinque gradi rispetto alla seggiola, con la gamba sinistra a lato della seduta anziché sotto il tavolo. Il viso butterato e scarno, la fronte alta e due occhi grandi e vivaci in perpetuo movimento, l'uomo teneva il classico atteggiamento di chi è sempre allerta, pronto a reagire in caso di pericolo. La gamba posizionata in quel modo dava la possibilità di alzarsi in un batter d'occhio liberandosi della seggiola anche in caso di aggressione alle spalle. Gli sguardi dei due uomini si incrociarono per un istante e improvvisamente Luke si rese conto di aver assunto anche lui quella stessa posizione. Si rimise composto e finse di prestare attenzione ai discorsi dei suoi commensali che, per non escluderlo, stavano parlando in francese anziché in creolo. Gettò un'altra fugace occhiata verso lo sconosciuto incrociando di nuovo, per un breve istante, i suoi grandi occhi spiritati. Si voltò verso Tiago, ridendo a una battuta del capoverdiano. Anche Vick rise sonoramente e alzò il boccale di birra che l'oste aveva appena portato, proponendo un brindisi alla loro neonata amicizia.

Salif aveva notato l'inusuale postura dell'uomo bianco seduto a un tavolo in fondo alla sala, insieme ad altri due uomini. Era la stessa che teneva lui, tipica di coloro che erano abituati a vivere guardandosi le spalle.

Salif non abbassava mai la guardia. Cresciuto nei sobborghi malfamati e violenti di Marrakech, terzo di tre fratelli, era abituato a stare all'erta fin da bambino, specie dopo che suo padre era stato ucciso dai soldati e i suoi fratelli sbattuti in prigione. Ragazzo sveglio, intelligente quanto intraprendente, era riuscito a scalare i gradini della scala gerarchica della malavita organizzata, diventando il luogotenente di un potente boss che deteneva il controllo del traffico di droga verso l'Europa. La polizia marocchina, di concerto con le autorità francesi e l'Interpol, aveva intrapreso una lotta senza quartiere per debellare quei traffici che mettevano a repentaglio i buoni rapporti tra Casablanca e i governi europei, i quali stanziavano ingenti fondi a cui il governo africano non poteva e non voleva rinunciare. La sera che un agente dei servizi segreti francesi lo aveva avvicinato, Salif aveva subito colto la ghiotta opportunità di guadagnare altro denaro e soprattutto crediti che un giorno avrebbe potuto riscuotere.

Due mesi più tardi, l'esercito aveva sgominato l'intera organizzazione facendo irruzione nel magazzino dove era in corso un vertice tra i boss e uccidendo tutti, Salif compreso. Rinato a Dakar con due anni di meno, il nome di Alfred e il passaporto senegalese, aveva continuato a infiltrarsi nelle bande di criminali che infestavano l'Africa occidentale, contrabbandando ogni genere di merci, dalle zanne di elefante alle corna di rinoceronte, dai diamanti alle giovani fanciulle per rifornire i bordelli delle città, mantenendo i contatti con le più disparate agenzie governative. Nell'eterno gioco tra guardie e ladri, lui traeva profitti dagli uni e dagli altri.

Era giunto quarantott'ore prima dalla Sierra Leone diretto a Bamako solo per scoprire che non era il momento più adatto per tentare di passare il confine. Pochi giorni prima avevano ucciso il vicepresidente Sidibé e il Mali era diventato una polveriera dalla quale era meglio stare alla larga. Abituato a ottimizzare i suoi spostamenti, aveva deciso di approfittare del contrattempo per restare nei paraggi e ottemperare a un incarico propostogli da un suo contatto a Freetown. Il suo compito consisteva nel tenere gli occhi e le orecchie bene aperte e trovare notizie relative a un americano bianco, forse ferito, che poteva nascondersi da quelle parti. Ogni informazione che si fosse rivelata decisiva per trovare quell'uomo sarebbe stata pagata profumatamente. L'idea di passare la sera in quel locale di Doko si stava rivelando proficua. Forse. Non riusciva a capire se l'uomo bianco fosse ferito poiché il vestito gli lasciava scoperti solo il viso e le mani, e la penombra che avvolgeva l'angolo della sala in cui si trovava il suo tavolo non gli permetteva di distinguere i particolari del volto.

Decise di tenerlo d'occhio.

Capitolo 6

L'alba tratteneva con sé l'aria fredda della notte come a non voler perdere qualcosa di cui da lì a poco si sarebbe sentita la mancanza. Il cielo, di un azzurro terso quasi malvaceo all'orizzonte, stava rapidamente mutando colore, preannunciando un'altra giornata calda e afosa.

Luke raggiunse i suoi nuovi amici in uno spiazzo vicino alla zona del mercato, dove avevano parcheggiato i loro furgoni. Tiago annunciò che gli aveva sgombrato il sedile del passeggero e che avrebbe viaggiato con lui. I due furgoni si misero in moto immettendosi sulla strada nazionale e dirigendosi verso ovest. Nonostante le rassicurazioni dei suoi compagni di viaggio, secondo i quali a quell'ora del mattino era difficile incappare in posti di blocco, Luke scrutava inquieto il nastro di asfalto perdersi nell'orizzonte davanti a sé. Sbirciò nello specchietto retrovisore laterale, ma i vetri polverosi e la nube di fumo nerastro che il furgone di Tiago si lasciava alle spalle gli permisero solo di scorgere la sagoma rossa del Citroën di Vick che li seguiva da vicino. Tiago inserì un'audiocassetta decantando le doti poetiche di un cantautore portoghese che Luke non aveva mai sentito nominare e che riempì l'abitacolo con una musica melanconica e una voce calda e suadente.

Terminata la breve ma cordiale chiacchierata con Dimitrov, il Presidente francese, comandante in capo delle forze armate, aveva telefonato al generale Dupont, capo di stato maggiore dell'esercito. L'alto ufficiale, poco entusiasta di eseguire l'ordine, aveva sollevato parecchie obiezioni, ma il Presidente era stato irremovibile.

Per sostenere i suoi molteplici interventi militari in ogni parte del mondo, la Francia si era dotata di sistemi satellitari sempre più sofisticati, comprendenti piattaforme per la ricognizione ottica, per le telecomunicazioni e per l'intelligence elettronica, avviando nel contempo un programma di cooperazione con l'Italia al fine di sviluppare congiuntamente sistemi di difesa satellitare e che avrebbe permesso, di lì a poco, di mandare in orbita un satellite per telecomunicazioni militari italo-francese.

Nel quadro di questa cooperazione, alle porte di Roma, in un ufficio del Centro Interforze di Telerilevamento Satellitare dell'aeroporto militare di Pratica di Mare, un colonnello italiano assicurò che si sarebbero messi subito al lavoro, salutò cordialmente il suo omologo francese e, senza neanche mettere giù il ricevitore, compose sulla tastiera del telefono un numero interno.

Ventiquattr'ore dopo, concentrato sui monitor allineati davanti a lui, il tenente Marco Gherardi osservava le immagini che gli arrivavano dal satellite. Il nuovo, avveniristico, sistema operativo aveva capacità fantascientifiche. Si potevano puntare i satelliti su un obiettivo in qualunque punto del pianeta ogni sei ore, nel Mediterraneo addirittura ogni tre: il bersaglio veniva spiato anche otto volte al giorno. Il radar funzionava sempre, forando nuvole e oscurità, tempeste e polveri. Alla fine della missione quotidiana se ne ricavavano fino a settantacinque immagini a campo stretto e ad alta risoluzione: in gergo la chiamavano modalità "Spotlight 1". In una superficie di quarantacinque chilometri quadrati ogni oggetto veniva scansito con dettagli di poco inferiori al mezzo metro.

Le immagini che l'ufficiale italiano stava esaminando riguardavano la zona nord-orientale della Guinea e mostravano una strada percorsa da ogni genere di veicoli. Seguendo le istruzioni che gli erano state impartite il giorno prima, inviò il pacchetto dati alla base militare francese di Tolosa dove un altro tecnico le avrebbe analizzate.

Salif, alias Alfred, si immise sulla N6 e mantenendo una prudenziale distanza si accodò ai due furgoni diretti a ovest. La sera prima aveva pedinato l'uomo bianco, il quale, congedatosi dai suoi amici, si era diretto al Doko Niger Hotel. All'ombra di una casa di fronte aveva visto l'uomo affacciarsi per un attimo a una finestra del primo piano. Quando la luce si era spenta aveva atteso ancora qualche minuto, poi era andato a parlare con il proprietario. Da oltre un anno utilizzava quell'albergo per ospitare i corrieri provenienti da Bamako e sapeva che Sam era sfacciatamente venale. Bastarono poche banconote per sciogliergli la lingua. Rivelò che l'uomo, un bianco che gli aveva mandato un suo amico di Dougou, era giunto quella mattina, ma aveva già saldato il conto e sarebbe ripartito l'indomani all'alba. Non aveva specificato dov'era diretto e, quando Salif gli aveva chiesto se fosse ferito, Sam, con un'espressione sorpresa, aveva risposto che lui proprio non si era accorto di nulla. Seguendolo fino all'albergo, Salif aveva però notato la camminata incerta dell'uomo, che a un certo punto si era anche portato la mano al fianco, evidentemente dolorante.

Mentre teneva d'occhio il vecchio, polveroso, Citroën rosso davanti a lui, sperava di aver avuto fortuna e di essere sulla pista giusta. Il suo uomo era salito sull'altro furgone, un Fiat Ducato che in origine era stato bianco, ma che adesso sembrava una tavolozza di colori su quattro ruote, con la portiera del passeggero nera, quella dal lato dell'autista rossa e i portelloni posteriori di due azzurri diversi. Entrambi i veicoli avevano la targa di Capo Verde.

Trentacinque chilometri dopo, Salif decise di passare all'azione. Ridusse rapidamente la distanza e, quando fu a ridosso del furgone rosso che lo precedeva, cominciò a strombazzare sporgendosi dal finestrino gesticolando. Quindi sorpassò facendo ampi cenni a entrambi gli autisti di fermarsi. Poco oltre rallentò, mise la freccia e accostò scendendo subito dall'auto. Vide con sollievo che il furgone multicolore stava a sua volta accostando, imitato da quello rosso alle sue spalle.

A bordo del primo mezzo, Tiago aveva già controllato il proprio revolver.

«Scendi e tieni le mani nascoste dietro la schiena» disse a Luke. «Penserà che sei armato anche tu. Sembra solo e innocuo, ma non mi fido».

Scesero andando incontro allo sconosciuto, il quale li stava salutando con gratitudine e, cosa più importante, tenendo le mani bene in vista.

«Grazie di esservi fermati, fratelli» esordì. «Sono partito da Doko stamattina, pensando di fare rifornimento a Siguiri, ma temo che non ci arriverò. Sono proprio a secco. Potete vendermi un po' di gasolio? Me ne basta anche una mezza tanica, giusto per arrivare tranquillo alla stazione di servizio».

Tiago acconsentì, mostrandosi lieto di poterlo aiutare, ma senza togliere gli occhi di dosso allo sconosciuto che apriva il portello del Toyota per prendere una tanica di metallo. Salif fu particolarmente loquace e non faticò a rompere il ghiaccio fugando l'iniziale diffidenza dei capoverdiani. Mentre Tiago travasava il carburante, raccontò che era diretto a Bamako, ma aveva rinunciato per gli ormai noti problemi alla frontiera e ora stava tornando a Freetown. Vick prese l'occasione al volo e, spiegando che il loro amico era diretto allo stabilimento israeliano di Fria, chiese al senegalese se poteva dargli un passaggio. Loro avrebbero fatto tappa a Siguiri mentre Luke avrebbe potuto avvicinarsi ulteriormente alla sua meta.

«Sei israeliano?» indagò Salif con finta noncuranza.

Luke, che aveva riconosciuto l'uomo della sera prima al ristorante, si fece guardingo.

«No, australiano,» mentì, «ma non è necessario. Mi è sufficiente arrivare a Siguiri dove troverò un corrispondente della mia società. Mi farò mandare un'auto».

Vick stava per aprire bocca quando Tiago porse al senegalese la mezza tanica di gasolio. «Ecco qua. Con questa arrivi tranquillo».

Salif sorrise, porgendogli alcune banconote. «Grazie, amico, mi avete tolto dai guai».

Tiago le rifiutò con un cenno della mano. «Lascia stare, non diventerò più povero di quello che sono per qualche litro di gasolio».

Osservando i due furgoni riprendere il loro viaggio

verso ovest, Salif fece rifornimento e risalì in auto. Prima di ripartire prese il cellulare e compose un numero, ma in quella zona non c'era segnale. Tentò di nuovo alle porte di Siguiri e questa volta la voce del suo contatto gli giunse nitida.

«Credo di aver trovato l'uomo che cercate. Si spaccia per australiano e parla un buon francese, ma scommetto cento cammelli che è americano. Non so se sia ferito, però di certo non è in gran forma. È partito da Doko stamattina insieme a due ambulanti di Capo Verde. Gli sono stato addosso finché ho potuto, poi ho dovuto mollare l'osso; ora si trova a Siguiri, lungo la N6 e sostiene di essere diretto allo stabilimento israeliano di Fria».

«Va bene. Riferirò».

«Il mio compenso?»

«Ritrova l'obiettivo e continua a seguirlo, senza farti vedere, e tienimi informato».

La comunicazione fu interrotta e Salif si ritrovò a fissare il proprio cellulare. Non gli restava altra scelta che eseguire ciò che gli era stato chiesto. D'altronde, non aveva di meglio da fare.

Definire quello di Siguiri un aeroporto era un eufemismo. Assolutamente privo di sorveglianza, costituito da una bassa palazzina rettangolare simile a una stazione ferroviaria di provincia e da un'unica breve pista polverosa, lo scalo aeroportuale era presidiato da una mezza dozzina di inservienti, nessuno dei quali aveva visto transitare uomini bianchi nell'ultima settimana, a eccezione di un ricco e obeso uomo d'affari tedesco che era atterrato con il suo Gulfstream privato per decollare il giorno dopo.

Diego risalì in auto scuotendo la testa.

«Da qui non è certo passato. Vedono talmente poca gente che se ne ricorderebbero. Hai notato la pista? Ci vuole del fegato ad atterrare in un posto così, meglio lanciarsi col paracadute, è più sicuro».

Marcus annuì sistemandosi sul sedile del passeggero e allacciandosi la cintura. «Facciamo un tentativo a Tiguibiri, poi ritorniamo verso Dougou».

Erano già stati al porto, costituito in realtà da un paio di vecchi moli di legno traballanti e da una decina di barconi tirati in secca, e anche lì nessuno ricordava di aver visto un bianco. Un pescatore gli aveva suggerito di provare nella vicina cittadina di Tiguibiri, pochi chilometri più a sud lungo il fiume.

«Okay, anche se non credo si sia spinto fin qua. Secondo me lo nasconde la vecchia» brontolò Diego mettendo in moto.

Il cellulare di Antoine trillò, il franco-canadese lesse sul display il nome di Dimitrov e fece cenno all'amico di fermare l'auto.

«Siete ancora a Siguiri?» esordì il russo senza preamboli.

«Sì, ma finora niente. Ci sono novità?»

«Forse. Uno dei miei informatori sostiene di aver incontrato un uomo che potrebbe essere Luke».

«*Tonnerres*! Dove, qui a Siguiri?»

Diego si agitò e Antoine mise la conversazione in vivavoce.

«Sì. Pare che all'alba abbia lasciato una città di nome Doko in compagnia di due venditori ambulanti capoverdiani. Viaggiano su due vecchi furgoni scassati, uno rosso e l'altro bianco rappezzato con diversi colori. Ora dovrebbe trovarsi a Siguiri e sta cercando di arrivare a Fria, al centro minerario della Haifa Oil & Mining Company».

«Sa che l'elicottero che lo aspettava oltre il confine di Kourémalé era israeliano e cercare una loro base è la cosa più logica che possa fare. Ero sicuro che quel vecchio satanasso ce l'avrebbe fatta!» proruppe Marcus battendo un pugno sul cruscotto.

«Non lasciamoci andare a un incauto ottimismo, amico mio. Occorre innanzitutto verificare l'attendibilità di queste informazioni».

«*Ça va sans dire, mon ami*, ci mettiamo subito al lavoro».

«Aspetta. Prima devo chiedervi di fare una cosa...»

Trovarono un emporio alla periferia nord-occidentale della città dove acquistarono una latta di vernice nera e un pennello. Diego guardava perplesso l'amico carponi sul tetto del fuoristrada. «Cosa diavolo avrà in mente Dimitrov? Perché farci disegnare una gigantesca X sul tetto?»

«Non ha voluto dirlo, anche se una mezza idea ce l'ho» rispose Marcus saltando giù dalla vettura. «Sono convinto che sia riuscito a mettere le mani su un satellite militare. Se così fosse, saremo facilmente individuabili e, se troveranno Luke, almeno eviteremo di passargli di fianco senza vederlo».

«Un satellite...» mormorò Diego, «non ci avevo pensato».

Antoine rise affibbiando all'amico una pacca sulle spalle.

«Dovresti conoscerlo, ormai. Le risorse di quel filibustiere siberiano sembrano essere inesauribili».

Chiuso nel suo ufficio al secondo piano interrato del Centro di Difesa Aerea e Rilevamento Satellitare di Tolosa, il sottotenente Marchard stava esaminando le nuove immagini che gli erano appena giunte da Pratica di Mare. Stando alle nuove disposizioni, doveva individuare due furgoni tipo Citroën Jumper, uno rosso e l'altro bianco, accanto ai quali avrebbe dovuto scorgere tre figure. Una di esse, se si fosse separata dagli altri, poteva essere l'obiettivo. A quel punto doveva individuare un grosso fuoristrada bianco con una X nera sul tetto e avvertire il suo superiore.

Non gli ci volle molto per riconoscere ciò che stava cercando: due furgoni corrispondenti alla descrizione erano fermi di fronte a un centro commerciale, tre uomini riuniti accanto a uno di essi. Mosse il mouse e impartì i necessari comandi al sistema. Ripercorse le immagini della strada nazionale e ritrovò gli stessi mezzi incolonnati all'ingresso della città in un fotogramma scattato cinque minuti prima. Immagini successive mostravano uno dei tre uomini entrare nel centro commerciale e i furgoni avviarsi verso la zona sud della città. Ad alcuni isolati di distanza, nel reticolo formato dalle strade che si intersecavano sempre con angoli di novanta gradi, vide la grande X nera dipinta sul tetto di un fuoristrada bianco. Con un grugnito di soddisfazione prese la cornetta e digitò il numero interno del suo superiore.

Diego frenò così bruscamente da far stridere le ruote del Nissan Terrano. Se non fosse stato per la cintura di sicurezza, Antoine sarebbe finito contro il parabrezza.

«*Tonnerres*! Vacci piano! Non è schiantandoci che recupereremo Luke!»

Nonostante le proteste, anche Marcus era impaziente di verificare se davvero l'uomo segnalato da Dimitrov fosse davvero il loro inseparabile amico e scattò fuori dall'auto precipitandosi verso le porte impolverate del centro commerciale. All'interno, la struttura era più grande di quanto si aspettassero e ospitava numerosi negozi che esponevano ogni sorta di mercanzia. Nella zona centrale, sotto una gigantesca insegna pubblicitaria di Radio Espace, due vecchie casse, presidiate da altrettante corpulente donne indigene, delimitavano l'area del supermercato vero e proprio. Non c'era aria condizionata e, rispetto al fresco della loro auto, il caldo era quasi insopportabile.

«Dividiamoci lungo i due lati, ma senza perdere di vista l'uscita» suggerì Diego.

Il viso di Marcus si illuminò.

«Non è il caso, *mon ami*, eccolo là!»

Il franco-canadese additò un uomo a cinquanta passi da loro, fermo davanti a un espositore di giornali sul quale una scritta rossa, gialla e verde invitava a leggere *Guinée Matin*: indossava una logora tunica e una *kefiah* dai colori vivaci, era dimagrito, sembrava malfermo sulle gambe e non aveva affatto una bella cera, ma era lui, era Luke McDowell. Un attimo dopo Luke vide i suoi amici corrergli incontro. L'abbraccio di Marcus fu molto simile a un placcaggio durante la finale del Super Bowl e per poco non finirono entrambi a terra. Anche

Diego volle la sua parte e Luke faticò a difendersi dall'affettuoso assalto dei due.

«Amici miei, finalmente! Che piacere rivedervi!» esclamò ancora frastornato mentre Marcus, tenendolo per entrambe le braccia, lo stava esaminando con aria critica.

«Scusa se te lo dico, ma non hai un bell'aspetto, *mon ami*!»

«Raccontaci cosa è successo» incalzò Diego.

«Prima deve mangiare, non vedi che è ridotto pelle e ossa?» lo rimproverò Marcus. «Vieni, troviamo un posto dove facciano qualcosa di commestibile».

«Sto bene, Antoine, ho solo bisogno di mangiare, riposare e di qualche cerotto».

«*Mon Dieu*! Sei ferito? Ma certo, che stupido sono stato! Ecco perché sei così provato. Dove ti hanno beccato? Vuoi sederti? Cerchiamo un ospedale! Anzi, no, chiamo Dimitrov e faccio mandare un elicottero. Se becco chi ti ha conciato in questo stato…»

Luke afferrò l'amico per le spalle cercando di fermare il fiume in piena delle sue parole.

«Antoine! Calmati, va tutto bene. Sono stato ferito ma ora sto meglio, è solo qualche graffio. Nulla che un po' di riposo non possa guarire. Ho una fame da lupi, mangiamo qualcosa mentre mi raccontate come mi avete trovato».

Dopo aver telefonato a Dimitrov e davanti a tre porzioni abbondanti di zuppa *egusi*, i tre amici si aggiornarono reciprocamente su quanto era successo. Luke raccontò dell'imboscata e della cruenta sparatoria che ne era seguita. Doveva la vita a una pattuglia dell'esercito che era intervenuta sgominando la banda di predoni. Lo avevano chiamato e cercato, assicurandogli aiuto e protezione, ma lui non si era fidato. Indebolito dalle ferite, si era nascosto uscendo dalla palude solo alle prime luci dell'alba, quando fu certo che non lo stavano più cercando. In preda alla febbre e allo sfinimento, doveva aver perso i sensi e quando era tornato in sé si era ritrovato ospite di Nadege, lavato e medicato. Più ancora che ai soldati, doveva la vita a quella donna.

«Lo sapevo che quella vecchia megera ci nascondeva qualcosa» annunciò Diego rivolgendosi a Marcus.

«Non chiamarla così!» lo rimproverò Luke. «Si chiama Nadege. Incurante di sé, ha curato e dato asilo a uno sconosciuto che poteva solo procurarle dei guai e sono convinto che sia stata lei a insistere affinché qualcuno mi andasse a recuperare alle paludi. Se non fosse stato per Nadege, ora sarei morto, Diego».

L'amico si rese conto della gaffe e, pur reggendo lo sguardo di Luke, si fece contrito.

«Scusami, hai ragione. Noi tutti le dobbiamo molto».

«Ora però dobbiamo muoverci» intervenne Marcus. «L'elicottero sarà qui a momenti».

«Quanto valgono, in dollari, cinquantamila franchi della Guinea?» chiese Luke alzandosi.

Marcus lo scrutò, sorpreso dall'inattesa domanda. «Poco, circa cinque dollari, perché?»

Luke fece spallucce. «È una storia lunga, ve la racconterò durante il volo».

Frances abbassò lo schermo del computer portatile e si accasciò sul divano lasciandosi andare a un profondo sospiro. Aveva appena prenotato un volo che sarebbe decollato quella sera stessa per Parigi dove avrebbe preso un altro aereo per Conakry, la capitale della Guinea. Da lì, un volo interno l'avrebbe condotta a Siguiri, una piccola e sconosciuta città sulle rive del fiume Niger che, per motivi che le sfuggivano, era dotata di un aeroporto. Ciò che contava era che sarebbe atterrata non lontana dalla zona dove Luke risultava disperso. Se Dimitrov e gli altri si erano arresi, lei non poteva e non voleva farlo. Suo marito aveva bisogno di lei e finché non l'avessero messa di fronte a una prova inconfutabile della sua morte, avrebbe continuato a cercarlo, a costo di farlo da sola.

Da quando era uscita dall'ufficio di Dimitrov, due giorni prima, non aveva più pianto. Aveva reagito con rabbia e si era messa al lavoro con determinazione. Dopo numerose ricerche su internet si era resa conto che le informazioni sulla Guinea, peraltro lacunose, non erano incoraggianti. Stava per avventurarsi in un Paese in cui oltre metà della popolazione viveva sotto la soglia di povertà e non aveva accesso all'acqua, la poligamia era diffusa, l'analfabetismo superava il cinquanta per cento, le vie di comunicazione erano scarse e la situazione sanitaria preoccupante, con numerosi casi di AIDS e una mortalità infantile altissima. Malgrado ciò, non mancavano i resort e gli alberghi per i turisti più facoltosi dove avrebbe potuto assoldare una guida locale esperta e affidabile.

Non aveva rivelato a nessuno il suo piano: in ogni caso, amici e colleghi avrebbero solo tentato di dissuaderla. Probabilmente, se lo avesse saputo, Thompson sarebbe stato capace di farla arrestare pur di impedirle di partire. Dimitrov non avrebbe esitato a farla rapire e a costringerla a un esilio dorato sul suo fiabesco yacht al largo di qualche isola dei Caraibi. Sorrise. Nonostante l'ira con cui se n'era andata sbattendo la porta, voleva bene a quei due. Sapeva che stavano facendo quanto era in loro potere e sapeva anche che Diego Ybarra e Antoine Marcus erano ancora in Africa. Ma lei non riusciva più a starsene con le mani in mano ad attendere notizie che non arrivavano.

Il trillo del cellulare la fece trasalire.

Vide il nome di Dimitrov e la sua espressione si indurì.

Il russo sapeva quanto la donna fosse in pena e saltò i convenevoli, venendo subito al punto: «Mia cara, devo darti un'ottima notizia. Luke è vivo e vegeto e ora è al sicuro insieme a Diego e Antoine».

Frances temeva a tal punto di ricevere una terribile conferma ai suoi incubi che impiegò alcuni istanti per metabolizzare quanto aveva appena udito. Cercò di parlare, ma dalla gola le uscì solo un rauco singhiozzo.

«Mia cara,» ripeté Dimitrov quasi scandendo le parole, «Luke sta bene. È vivo, ho parlato con lui pochi minuti fa».

Frances sentì una vampata di caldo diffondersi in tutto il corpo, gli occhi le si riempirono di lacrime e tutto intorno a lei sembrava girare vorticosamente. Se non fosse stata seduta sul divano, sarebbe di certo caduta. All'altro capo della linea, Dimitrov la sentì singhiozzare e poi scoppiare in un pianto liberatorio. Attese in silenzio che la donna riacquistasse la padronanza di sé.

«Come sta? È... ferito? Dove sono ora?» riuscì finalmente a chiedere.

«Sta bene. Si trovano a Siguiri, una piccola città non

distante dal confine col Mali. Luke è stato ferito di striscio a un braccio, ma è solo un graffio» minimizzò Dimitrov. «Un elicottero li preleverà tra poco e li porterà all'ospedale di Conakry dove faremo dare una controllatina al nostro amico. Poi tornerà a casa e potrai finalmente riabbracciarlo».

«Grazie Evgenj. Grazie a tutti voi. Scusami per l'altro giorno, ero così sconvolta...»

«Non devi scusarti, mia cara. Sei una donna forte e in gamba e come tale ti sei comportata. Inoltre...» il siberiano fece una pausa, «credo che tu avessi ragione, forse non eravamo abbastanza determinati, stavamo, nostro malgrado, accettando l'idea di averlo perso. La tua... sferzata è stata provvidenziale. Sono io che devo ringraziare te».

«Quando lo potrò vedere?»

«Presto, mia cara, molto presto».

Conclusa la telefonata, Frances cedette. L'adrenalina che l'aveva sorretta fino a quel momento svanì e scoppiò in un nuovo, violento pianto, questa volta di gioia. Due ore più tardi si svegliò sul divano, tutta rattrappita. Vide il computer portatile sul tavolino, i risultati delle sue ricerche sparpagliati sul piano di cristallo e temette di aver sognato. Prese il cellulare e controllò il registro delle chiamate: l'ultima, di due ore e mezzo prima, era in entrata, proveniente da Dimitrov. Voleva, *doveva* risentire di nuovo la voce del russo che gli confermava che Luke era vivo. Stava per richiamarlo quando il cellulare si illuminò cominciando a imitare le note di un sax. Era Barney Thompson. Frances rispose con una certa trepidazione finché il tono allegro del direttore del Bureau, prima ancora che le sue parole, non le diedero la conferma a cui anelava.

«So che Dimitrov ti ha già dato la buona notizia. Ce l'abbiamo fatta, Luke sarà presto a casa!»

Chiacchierarono per un po', felici entrambi per l'esito della vicenda. Dopo aver salutato Thompson, Frances si preparò un bagno caldo e ristoratore. Accese una serie di candele profumate disponendole sul bordo della vasca a idromassaggio dove rimase a rilassarsi finché lo stomaco le ricordò da quanto tempo non toccava cibo.

Capitolo 7

Il mattino successivo Luke fu visitato alla clinica Ambroise Paré di Conakry dove il medico gli comunicò che lo avrebbe trattenuto qualche giorno in osservazione, soprattutto per la ferita al fianco sinistro. La pallottola era uscita senza ledere organi vitali e non c'erano segni di infezione, ma era opportuno effettuare altri esami e sottoporre il paziente a un'adeguata terapia. McDowell, nonostante le proteste dei suoi amici, fu irremovibile: voleva riabbracciare Frances al più presto e prima di partire c'era ancora un compito a cui voleva adempiere. Appena uscito dall'ospedale telefonò a Dimitrov, spiegandogli la situazione. Il russo ascoltò senza interrompere e alla fine fece a sua volta un paio di domande.

Nel primo pomeriggio, un Sikorsky S-76C bianco e azzurro con le insegne della Haifa Oil & Mining Company atterrò a un centinaio di metri dal villaggio di Dougou. Richiamati dall'assordante rumore dei rotori, gli abitanti del piccolo villaggio uscirono dalle loro case, incuriositi e intimoriti al contempo. Dall'elicottero scesero cinque uomini in tuta mimetica, due dei quali, armati di fucili mitragliatori, rimasero a presidiare il velivolo. Gli altri tre si mossero con passo deciso verso le case. Gli abitanti osservavano inquieti i tre sconosciuti, scostandosi dinanzi al loro incedere. Solo una donna si piazzò in mezzo alla stretta strada polverosa, con le braccia conserte e l'espressione severa. McDowell scorse le facce impertinenti e simpatiche di due ragazzini di circa dieci anni: era sicuro che fossero stati loro a trovarlo per primi, anche se Nadege non gli aveva mai permesso di conoscerli. Giunto dinanzi alla donna, si tolse gli occhiali da sole. Solo allora Nadege lo riconobbe e un sorriso le illuminò il viso.

«Vedo che te la sei cavata, ragazzo. Ne sono molto felice».

Luke fece ancora un passo e l'abbracciò tra gli sguardi increduli degli altri abitanti.

«Ti devo la vita, Nadege. Sono tornato per ringraziarti e per presentarti i miei amici». Luke si voltò indicando Antoine e Diego che si fecero avanti stringendo le mani della donna con sincera gratitudine.

«Voi siete quelli che…»

«Sì,» ammise Marcus sorridendo, «pochi giorni fa siamo passati da qui per cercare il nostro amico, ma tu non potevi fidarti e ci hai mentito per proteggerlo. Te ne siamo grati».

Luke si rivolse a Nadege indicando con un cenno la casa dietro di lei: «Possiamo entrare un momento?»

Quando furono al riparo da sguardi indiscreti, Luke estrasse dalla tasca un pacchetto e un documento e li porse alla donna che li guardò senza capire.

«Da queste parti gli antibiotici sono un lusso, ma tu non hai esitato a dar fondo alle tue scorte per vincere l'infezione che mi stava uccidendo» le spiegò Luke. «Quando Mohamed mi lasciò a Doko, mi diede del denaro dicendo che era da parte di tutti voi. Quei soldi mi hanno permesso di sopravvivere. Sono consapevole di quanto importante sia stato il vostro sacrificio. Lascia che io possa contraccambiare, anche se non potrò mai sdebitarmi del tutto».

Nadege esaminò il documento, composto di due pagine scritte fittamente e con il logo della Haifa Oil & Mining Company.

«E questo cosa significa?»

«Ogni anno la H.O.M. paga al governo cifre stratosferiche per i diritti di prospezione mineraria e si è impegnata anche a costruire scuole e cinque nuovi ospedali, due dei quali sono già funzionanti e uno sarà specializzato in pediatria. Il documento è un encomio ufficiale per l'opera da te prestata in ambito sanitario. Mettilo in bella vista e non ci sarà militare, soldato o ufficiale che sia, che oserà causarti delle noie o mettere in dubbio la tua autorità».

«Ma io non…»

«Te lo sei meritato, Nadege, e non solo per quello che hai fatto per me».

Si abbracciarono ancora e, quando Luke si avviò verso l'elicottero, Nadege non riuscì a trattenere le lacrime. La donna rimase a guardare il velivolo librarsi in aria, virare verso occidente e allontanarsi nel cielo terso, fino a diventare un minuscolo puntino luccicante che scomparve all'orizzonte.

Tornata in casa, Nadege prese il pacchetto: sospettava ci fosse ben più dei miseri cinquantamila franchi che lei e Mohamed erano riusciti a racimolare. Doveva comunque contare quei soldi per restituire a ognuno la sua parte e decidere come meglio impiegare il resto per il bene di tutti. Il villaggio era abitato da gente povera che si arrangiava spesso con lavori saltuari e mal pagati. Mentre li contava si sentì venir meno e dovette sedersi. Quando ebbe finito, seppe di non aver mai visto tanti soldi tutti insieme: erano cinque milioni di franchi, cento volte quello che avevano dato a Luke.

Ma le sorprese non erano finite. Due giorni dopo, poco prima di mezzogiorno, due grossi fuoristrada giunsero al villaggio e quattro uomini, sulle cui divise Nadege riconobbe l'ormai familiare logo bianco e azzurro della H.O.M., scaricarono venti taniche di carburante e alcune casse di materiale. Si trattava di due gruppi elettrogeni, di un'autoclave per sterilizzare strumenti chirurgici e di una quantità considerevole di medicinali di vario genere. Dopo aver montato tutta l'attrezzatura e prima di risalire in auto, il più anziano dei quattro spiegò a Nadege che d'ora in poi lo staff medico e l'ospedale interno della H.O.M. sarebbe stato a sua disposizione. In ogni caso, non doveva preoccuparsi di fare economia, sarebbero passati una volta al mese a rifornirla di tutto ciò che lei avrebbe richiesto.

Alle 14:35 il Boeing 767 della Royal Air Maroc richiamò il carrello, puntò la prua verso il mare e fece rotta verso New York. Luke, Antoine e Diego erano partiti da Conakry con un volo notturno atterrato nel moderno aeroporto Muhammad V di Casablanca alle sei del mattino. I tre amici, tutti esausti, avevano trascorso le lunghe ore di attesa dormendo e ora Luke osservava il paesaggio dal finestrino, seguendo la linea della costa verso nord dove i radi sobborghi lasciavano rapidamente il posto alle fitte costruzioni della capitale marocchina.

«*Parbleu*! Che avventura, *mon ami*! Questa sì che ce la ricorderemo per un pezzo». Seduto a fianco di Luke, Marcus scosse la testa lasciandosi andare a una delle sue proverbiali risate. Oltre lo stretto passaggio che li separava, anche Diego sorrise. «Puoi giurarci che ce la ricorderemo. Ci hai fatto prendere un fottuto spavento stavolta. Frances non starà più nella pelle dalla voglia di riaverti tutto per lei».

Luke guardò l'amico.

«A proposito, Irina come sta? Anche tu è da un pezzo che non la vedi».

Irina Hackermann, moglie di Diego, era un agente operativo dell'MI6 britannico. Abitavano a Playa Ensenada, nello Stato messicano della Bassa California, dove Diego era a capo della sicurezza di un centro di ricerca aerospaziale. A causa del suo lavoro, Irina trascorreva parecchio tempo in Europa ed erano abituati a stare lunghi periodi senza frequentarsi.

«Dalla serata al castello di Fickenburg» ammise Diego. «L'ho sentita nei giorni scorsi, ora è a casa, ha un mesetto di ferie arretrate e finalmente potremo dedicarci un po' a noi».

«Potreste venirci a trovare» propose Marcus. «Stefania sarà felice di vedervi. Naturalmente l'invito vale anche per voi due, Luke».

Antoine Marcus e sua moglie Stefania Cosimo abitavano a Buenos Aires dove gestivano una compagnia di trasporti aerei, la *Marcus Deliveries*, che Luke sospettava fosse una copertura per la vera attività del francocanadese in seno alla CIA.

Chiacchierarono rilassati, mentre il Boeing li stava

riportando a casa e l'azzurro cupo dell'Atlantico scorreva ininterrotto sotto di loro, fin quando, vinti dalla stanchezza, si addormentarono tutti.

PARTE SECONDA

LE RADICI DEL MALE

Capitolo 8

Caracas, Venezuela, maggio 2010

Il carcere di San Juan de los Morros, situato a centocinquanta chilometri a sud-ovest di Caracas e costruito negli anni Quaranta per ospitare settecento detenuti, era arrivato a ospitarne quattromila. La *Penitenciaria General de Venezuela*, da tutti conosciuta con l'acronimo di PGV, era considerata il carcere più pericoloso del mondo, un abisso di disperazione e violenza dove l'unica legge era quella del più forte e dove nemmeno la polizia osava mettere piede. Paradossalmente, costituiva il rifugio di molti *pranes*, i boss locali del narcotraffico, che dall'interno della prigione, gestivano e dominavano indisturbati il traffico di droga.

Il primo gruppo di detenuti non credeva ai propri occhi: due uomini sui sessant'anni, uno alto ed elegantemente vestito, l'altro più basso e tarchiato, calvo e con un giubbotto azzurro dei Dodgers, avanzavano all'interno del perimetro elettrificato con passo sicuro e senza scorta.

Edgar, un gigante nero alto quasi due metri, si piazzò di fronte a loro, lo sguardo minaccioso e le braccia conserte a mostrare i poderosi bicipiti coperti di tatuaggi e cicatrici.

«¿*Qué queréis amigos?*»

L'uomo dall'abito elegante, il volto imperturbabile incorniciato in una folta barba grigia, posò gli occhi freddi come il ghiaccio in quelli di Edgar e, senza mostrarsi intimorito dagli altri detenuti che lo stavano circondando, parlò in spagnolo con voce bassa e profonda: «Devo parlare con *el Goyo*. Subito».

Edgar rimase interdetto. L'atteggiamento dell'uomo che aveva di fronte lo indusse a riflettere. Che fosse un politico, amico del boss? Con un cenno della mano arrestò l'avanzare degli altri prigionieri che stavano stringendosi in cerchio intorno agli inattesi visitatori. Nel frattempo l'inconfondibile rumore di un elicottero in avvicinamento cominciava a sovrastare il vociare dei presenti.

«Perché dovrei farlo? Tu chi cazzo sei?»

Ora l'elicottero si stava librando in aria a poca distanza da loro. Edgar alzò la testa riconoscendo le insegne dell'esercito venezuelano e una figura minacciosa puntare il fucile verso di lui. Stava per rivolgersi di nuovo allo straniero quando notò un lampo di soddisfazione illuminargli lo sguardo. Ne seguì la direzione e vide il puntino rosso del mirino laser all'altezza del proprio cuore.

Valutata la situazione, decise di non mostrarsi troppo intransigente. «Okay, *amigo*, vieni con me».

Seguendo Edgar, si inoltrarono all'interno del carcere, superando altri due "posti di blocco". L'odore di fumo, marijuana, sporcizia e corpi non lavati ammorbava l'aria rendendola quasi irrespirabile. Finalmente giunsero in una zona decisamente più pulita e si fermarono dinanzi a una cella presidiata da altri detenuti dall'aspetto truce che li squadrarono con aperta ostilità.

«Aspettate qui» ordinò Edgar oltrepassando le guardie.

Dopo pochi istanti, preceduto da due guardie del corpo che si disposero al suo fianco, comparve Gregorio Sauceda-Gamboa, detto *el Goyo*. Di statura media e corporatura robusta, indossava un paio di bermuda, una maglietta bianca e ciabatte infradito. Con un sigaro tra i denti squadrò per un lungo istante l'uomo che aveva avuto l'ardire di entrare in quella gabbia piena di feroci assassini. Dapprima spazientita, la sua espressione divenne incredula e poi divertita, sfociando infine in una fragorosa risata.

«*Eugieni* Dimitrov! Vecchio bastardo! Quanto tempo è passato. Ti hanno finalmente arrestato o hai comprato questo paradiso per farne un bordello a cinque stelle?»

«Mi dispiace deluderti, amico mio, ma non ho conti in sospeso con la legge venezuelana e temo che questo posto non sia in vendita».

Il boss si lasciò andare a un'altra fragorosa risata: «Né il posto né la gente che c'è dentro, credi a me. In periodi come questo, qui è più sicuro che star fuori. Ma non mi hai ancora presentato il tuo amico».

Dimitrov indicò l'uomo al suo fianco: «Antoine Marcus. Diciamo che è un mio... consulente per il Sudamerica».

El Goyo si fece guardingo, gli occhi divennero due fessure. «Venite dentro».

L'interno della cella, ricavata dall'unione di tre unità più piccole, era pulito e arredato con un angolo cottura, un letto a due piazze, un comodo divano, televisore e computer. Un detenuto stava togliendo i resti del pranzo da un tavolo addossato alla parete sotto una delle tre finestre. *El Goyo* abbaiò un ordine e in un baleno i tre uomini rimasero soli. Si sedette, invitando gli ospiti a fare altrettanto.

Il boss si sporse in avanti e abbassò il tono della voce passando a un inglese approssimativo: «Da queste parti la parola consulente fa rima con CIA».

Dimitrov non negò. «Hai detto che in questo periodo qui è più sicuro che star fuori. Cosa sta succedendo?»

Gamboa scosse la testa, rassegnato.

«I tempi sono cambiati, *Eugieni*. Là fuori è un gran casino, credi a me. Molti *pranes* si sono montati la testa, vaneggiano di una grande *federación*, vogliono fare le *gioin ventur* come i *gringos* e finiranno col perdere tutto. Fin da *niño* mio padre mi insegnò a non fare il passo più lungo della gamba, a rispettare i più anziani e ascoltare i loro consigli. I giovani boss di oggi hanno studiato in Europa e credono di sapere tutto. Pretendono di gestire bande di assassini e traffico di droga come fossero operai e casse di birra. I luogotenenti sono diventati manager in giacca e cravatta che invece di licenziarti ti condannano a morte».

«Tu sei stato licenziato?» intervenne Marcus.

Il boss fissò il franco-canadese per un lungo istante prima di rispondere.

«Per i più fortunati, la lettera di licenziamento è un proiettile calibro .38 o una bomba sotto la macchina. Per altri sono stati usati metodi meno indolori. Diciamo che per ora non ho ricevuto posta, ma sono troppo anziano ed esperto per non avere occhi e orecchi dappertutto».

«Qui ti senti al sicuro?» chiese ancora Marcus.

«Ci puoi scommettere il culo, *amigo*. Chi entra qui dentro non tarda a capire che la PGV è una giungla dove l'unica legge è quella del più forte e qui il più forte sono io».

Dimitrov scrutò il boss.

«Ma vorresti tornare a esserlo anche fuori…»

Gamboa si fece ancor più diffidente.

«*Eugieni*, se non ti conoscessi da molto tempo, sarei tentato di considerarti una spia, nel qual caso non usciresti vivo da qui e il tuo cadavere sparirebbe per sempre. Cosa vuoi esattamente?»

Dimitrov posò sul tavolo una foto che ritraeva in primo piano una donna molto attraente, sui trent'anni, i capelli biondi tagliati a caschetto e gli occhi verdi. Gamboa la prese rimirandola a lungo.

«Un bel bocconcino davvero» disse infine. «Dovrei conoscerla?»

«In realtà no,» ammise il siberiano, «però potresti scoprire cosa le è successo e dove si trova esattamente. L'ultima volta che l'ho sentita era a Puerto la Cruz».

«Come si chiama?»

«Non so con quale identità sia entrata nel Paese».

«Dovresti avere più cura delle tue spie, *Eugieni*».

«É quello che sto facendo».

Il boss annuì. «Perché dovrei aiutarti?»

«Perché ti ho salvato la vita e perché potrei togliere di mezzo il più importante dei tuoi rivali».

Gamboa andò a prendere tre bicchieri e una bottiglia di rum scuro e ne versò per tutti. Dopo aver riempito per la seconda volta i bicchieri, riprese: «Tu sai davvero chi è a capo della nuova *federación*? Allora ne sai più delle polizie di *todo el mundo, Eugieni*. Ma troverò la ragazza, ammesso che sia ancora viva. In caso contrario, saprai con chi vendicarti».

Marcus scrisse un numero telefonico su un foglietto che Gamboa fece sparire con la velocità di un prestigiatore, poi il boss si alzò porgendo la mano ai suoi ospiti, segno che il colloquio era terminato.

La Chevrolet presa a nolo li stava aspettando sotto il sole cocente, nel piazzale antistante la prigione. Marcus premette il pulsante del telecomando rompendo il silenzio che li aveva accompagnati fin dalla cella di Gamboa.

«Davvero hai salvato la pelle a quel farabutto?»

Dimitrov rispose con noncuranza: «É stato molto tempo fa...»

«Credi che sappia chi è il nuovo boss dei boss?»

«Ne sono certo. Evidentemente è da lui che si sta guardando le spalle».

«*Parbleu*! Perché non gli hai chiesto il nome?»

«Non me l'avrebbe detto. Gamboa è a suo modo un uomo d'onore, i nemici non li tradisce, preferisce ucciderli lui stesso, guardandoli in faccia. E poi volevo lasciargli credere che sarò io a liberargli la piazza».

Si immisero in avenida Fuerzas Armadas, costeggiarono l'aerodromo e si diressero verso la base militare di Fuerte Conopoima.

«Ho qualche contatto a Caracas e Valencia» annunciò Marcus. «In attesa di notizie dal nostro angioletto, vedo cosa riesco a scoprire».

Solo ventiquattr'ore prima, il direttore Thompson era stato informato da Dempsey, suo ex collega della DEA, che l'operazione "Ghigliottina", volta a individuare e decapitare la gerarchia di un nuovo grande cartello della droga, era stata un disastro. Nonostante avessero coinvolto anche esperti agenti dei servizi segreti di diversi Paesi, tra cui Mossad e MI6, i risultati erano sconfortanti, con due agenti morti e altrettanti dispersi. Ma il cuore di Thompson aveva perso un colpo quando il collega gli aveva rivelato l'identità di uno degli agenti scomparsi: a quel punto non poteva e non voleva restarne fuori. Ammesso che fosse ancora viva doveva riportarla a casa, a qualunque costo. Aveva pensato che fosse la missione adatta da affidare a McDowell, un lavoro in incognito, senza autorizzazioni ufficiali, probabilmente oltre il limite della legalità e senza rete di protezione, ma, prima di ricorrere al suo asso nella manica, aveva preferito confidarsi con l'uomo più controverso e misterioso che avesse mai conosciuto, il quale vantava un numero incredibile di amicizie sparse per il pianeta ed equamente divise tra Capi di Stato, politici, uomini d'affari, faccendieri e criminali: Evgenj Dimitrov.

Il siberiano aveva fatto alcune telefonate, una delle quali, su una linea ultra protetta, con un ufficio al penultimo piano di un anonimo palazzo di Tel Aviv. Infine aveva allertato Marcus ed era partito per il Venezuela.

Capitolo 9

Maryland (USA), due giorni dopo

Pioveva a dirotto e i tergicristalli faticavano a spazzare via l'acqua dal parabrezza. Luke diminuì la velocità, mantenendosi a debita distanza dalle luci rosse dell'auto che lo precedeva. Di ritorno dalla capitale, stava percorrendo la Baltimora-Washington Parkway in direzione nord. Gli tornarono alla mente i ricordi drammatici di molti anni prima, una serata identica a quella, fredda e piovosa. Aveva sedici anni e viveva a Philadelphia. Insieme a suo fratello Dennis, di un anno più piccolo, e alla tata Jessica, stava tornando a casa dopo aver assistito a una partita dei Sixers. Ricordava perfino il risultato: battuti i Celtics 118 a 89. Jessica era alla guida e aveva deciso di sorpassare nel momento sbagliato. Si erano scontrati frontalmente contro un taxi che arrivava in senso opposto. Suo fratello e Jessica, che per lui era come una sorella, erano morti nell'incidente.

Quel tragico evento aveva segnato indelebilmente la vita di Luke. Nei progetti di suo padre sarebbe dovuto andare a Yale o a Harvard e diventare avvocato o un manager di successo. Invece, a riprova del fatto che quando si nasce i dadi non sono ancora tratti, appena compiuta la maggiore età si era arruolato in Marina e dopo sei mesi aveva superato i rigidi test di ammissione degli U.S. Navy SEALs, uno dei corpi speciali più letali del mondo. Lì aveva conosciuto Diego Ybarra con il quale era nata presto una spontanea quanto indistruttibile amicizia. Ripensò a quante volte avevano rischiato la pelle insieme durante le numerose missioni nei luoghi più inospitali e ostili del pianeta.

Il trillo del cellulare si fece sentire oltre le note di *Only Girl*. Luke abbassò il volume della radio e rispose.

«*Dobrij vecer*, agente McDowell».

«Le cose non sono cambiate, Evgenj, continuo a non parlare russo».

«Beata gioventù. Alla mia età lo studio è il passatempo più eccitante che mi rimanga».

Luke era certo che la vita del siberiano fosse tutt'altro che monotona e stava per ribattere quando Dimitrov riprese in tono più serio: «Sei a Baltimora?»

«Ci sto arrivando, se non affogo prima».

«Ricordi il vecchio parcheggio nella zona dei silos, al porto?»

Luke non avrebbe mai potuto dimenticare quel posto. «Certo. Che succede?»

Elusivo come al solito, Dimitrov fu di poche parole: «Chiedo venia, amico mio, ma preferisco parlartene di persona».

Tre quarti d'ora dopo, Luke percorreva la Key highway. Raggiunta la zona dei silos, superò i binari della ferrovia e svoltò a destra, entrando nel parcheggio stretto e lungo che costeggiava la strada principale. La vecchia recinzione in lamiera ondulata era stata rimossa e sostituita da pannelli in plexiglass tappezzati di pubblicità.

Puntuale come sempre, sessanta minuti dopo aver

chiuso la telefonata, Evgenj Dimitrov aprì la portiera e si sedette al fianco di McDowell.

«Nostalgia dei vecchi tempi? O stai cambiando i mobili dell'ufficio?» lo salutò Luke.

«Non sono i tempi a invecchiare, amico mio, ma le persone e, a volte, anche i ricordi. È destino che noi si debba parlare sempre delle stesse questioni».

«Missioni suicide?»

«Coinvolgimento. Essere personalmente coinvolti in una missione non è mai una buona cosa. Qui una volta tentai di dissuaderti e tu facesti altrettanto quando si trattò di mia figlia».

«Jacqueline è nei guai?»

Dimitrov abbozzò un sorriso amaro.

«No, non è lei a essere nei guai».

Luke non comprese dove il russo volesse arrivare, ma la sua preoccupazione era evidente. Rinunciò a indagare oltre, attendendo che fosse l'amico a svelare l'enigma.

Dimitrov guardò un punto lontano, oltre il parabrezza della BMW. I tergicristalli erano fermi da un po' e l'acqua aveva creato un velo omogeneo oltre il quale le immagini apparivano vagamente distorte.

«Cosa sai della guerra ai narcotrafficanti?»

«Poco. Ho partecipato coi SEALs a qualche operazione, ma nulla di più».

«Di certo saprai che da decenni le autorità americane sono impegnate nella lotta contro i cartelli internazionali della droga. Nonostante gli sforzi congiunti e il prezioso aiuto di altri Paesi, i narcos non solo continuano i loro loschi affari, ma diventano ogni giorno più potenti e sfacciati, soprattutto in Colombia, Venezuela e Messico». Dopo una breve pausa a effetto, il russo riprese: «Abbiamo imparato a nostre spese quanto l'organizzazione dei cartelli sia molto evoluta, la loro gerarchia complessa e i loro capi tanto astuti quanto spietati. Dopo la sconfitta dei potenti cartelli di Medellin e di Cali negli anni Novanta, sono finiti i tempi in cui i boss erano poco più che buzzurri semi analfabeti con collane d'oro massiccio al collo, che importavano ippopotami dall'Africa per il loro zoo personale. Ora abbiamo di fronte giovani rampanti che, dopo essersi laureati nelle migliori università americane ed europee, hanno preso il posto dei vecchi *pranes*, girano in Ferrari e gestiscono volumi d'affari paragonabili al PIL di un'intera nazione». Di nuovo, il siberiano fece una pausa, posando i suoi occhi color del ghiaccio su Luke. «E, come ogni nazione che si rispetti, non hanno solo un'economia e un esercito... hanno anche un'intelligence. Dopo che gli infiltrati, per quanto in gamba, continuavano a essere smascherati e uccisi prima che si riuscisse a sferrare un colpo degno di nota, a Washington si sono finalmente resi conto che stavano sottovalutando il nemico ed erano sempre un passo indietro. Così, di concerto con Bogotá, Londra, Parigi e Tel Aviv, è stato deciso di creare una task-force utilizzando non solo agenti dell'antidroga, per quanto esperti, ma un pool di agenti dei servizi segreti».

«Hai detto Tel Aviv? Che c'entrano gli israeliani?».

«Israele è un mercato redditizio, amico mio, e le alte sfere di Tel Aviv non vedono di buon occhio chi mina la salute dei loro compatrioti».

McDowell cominciava ad avere un brutto presentimento. Stava per porre la fatidica domanda quando Dimitrov lo anticipò: «Gli impegni con l'MI6 costringevano la nostra amica Irina Hackermann a trascorrere

94

lunghi periodi di tempo in Europa, lontano da casa e da Diego, in Messico. È stata ben felice di accettare un incarico che le avrebbe permesso di lavorare da questa parte dell'oceano». La voce dell'uomo, i cui tratti del viso tirato tradivano una fredda determinazione, divenne un sussurro. «A questo punto, amico mio, avrai già capito perché sono qui: sono tredici giorni che di lei non si sa più nulla».

Luke ricordò il week-end trascorso a Buenos Aires, ospiti di Antoine e Stefania, sette mesi prima, la felicità di Irina nell'annunciare che avrebbe lavorato più vicina a casa e a suo marito, Diego Ybarra. Serrò i pugni e si impose di restare calmo.

«L'MI6 l'ha persa?»

«L'operazione è gestita dal DAS, il Dipartimento Amministrativo di Sicurezza colombiano, e dalla DEA» spiegò Dimitrov.

Luke fece una smorfia. «Diego lo sa?»

«Non ancora».

«Tu che ruolo hai in tutto questo?»

Tornando con lo sguardo a scrutare un punto indefinito oltre il buio della notte, Dimitrov riprese a parlare, formulando la domanda con voce bassa e profonda: «Conosci lo scrittore e poeta polacco Stanislaw Jerzy Lec?»

Luke scosse la testa.

«Egli riteneva che solo uscendo di scena si può capire quale ruolo si è svolto e io sono d'accordo con lui, tuttavia devo molto a Irina e non ho intenzione di starmene in disparte senza fare niente».

«Le nostre agenzie e i colombiani che intenzioni hanno?» indagò Luke.

«La DEA continua a condurre la sua guerra privata

95

dentro e fuori i nostri confini e la CIA è sempre stata della partita anche se, a dire il vero, più di una volta mi sono chiesto da che parte stessero, ma questa è un'altra storia. Irina aveva documenti venezuelani e doveva incontrare un agente del Mossad a Puerto La Cruz, una città sulla costa settentrionale del ...»

«So dov'è».

Dimitrov annuì.

«Irina era in Venezuela perché, secondo il Mossad, dopo l'uccisione di Arturo Beltrán Leyva e i recenti arresti di alcuni importanti boss messicani, c'erano concrete possibilità che i vertici della nuova organizzazione si fossero trasferiti lì. Pare si tratti di una vera e propria federazione tra i maggiori cartelli messicani, venezuelani e colombiani. L'agente israeliano doveva trovarle un lavoro come lap girl in un locale che sappiamo essere di proprietà di un pezzo grosso dell'organizzazione».

«Che però non è il numero uno...»

«Non si sa chi sia il numero uno. Hanno individuato alcuni luogotenenti, ma sulla vera identità del grande boss, la "testa del serpente", come la definiscono in gergo, non ci sono certezze. Secondo le ipotesi più ottimistiche sono tre, ma a Langley sono convinti che gli indiziati siano almeno il doppio. Comunque, tornando al punto, Irina è stata assunta senza problemi; in Venezuela le bionde con un fisico come il suo fanno sempre colpo. Nel suo ultimo rapporto si è limitata a comunicare che era tutto okay e a fissare il successivo appuntamento, dopodiché non abbiamo più avuto sue notizie».

«Doveva esserci qualcun altro al rendez-vous?»

«No, solo Gerber, l'agente israeliano che le ha procurato il posto come ballerina. Si incontravano a casa di lui, fingendosi amanti, con la musica a tutto volume per coprire la conversazione».

Luke era incredulo. «Temevano intercettazioni ambientali?»

«Non dimenticarlo, abbiamo a che fare con un nemico dotato delle armi più moderne, spionaggio compreso». Dimitrov sospirò. «In ogni caso, pochi giorni dopo l'agente Gerber è stato trovato nel suo appartamento, morto per un'overdose di eroina».

«Credi che Irina sia ancora viva?»

Dimitrov non distolse lo sguardo da oltre il parabrezza. «Lo è. Non le hanno torto un capello. Ma non ci resta molto tempo».

Luke si spostò sul sedile per poterlo guardare meglio in faccia. «Ne sei certo?»

Il siberiano si volse verso di lui. «Hai mai sentito parlare del carcere venezuelano di San Juan de los Morros?»

«Sì. Ha fama di essere un posticino tutt'altro che accogliente, nemmeno la polizia osa entrare nel perimetro dei detenuti».

Dimitrov annuì. «Io e Marcus siamo andati a trovare una mia vecchia conoscenza laggiù. La fonte è affidabile. Irina è viva e si trova sull'Isla Margarita».

A McDowell occorsero alcuni istanti per comprendere il significato di quelle parole.

«Marcus? Anche lui è della partita?»

«Con il suo lavoro, in Sudamerica conosce quasi più spie e contrabbandieri di me».

«Dunque quel vecchio pirata è ancora nella CIA».

Un'espressione divertita rischiarò per un attimo lo sguardo impassibile del siberiano.

«Non lo hai forse sempre saputo?»

«Hai intenzione di coinvolgere Diego?»

«Non farlo sarebbe inutile e controproducente, oltre che pericoloso. Lo verrebbe a sapere comunque e finirebbe col cacciarsi nei guai».

«Non so se sia una buona idea».

«Nemmeno io, a dire il vero, ma temo di non avere scelta».

«Hai già un piano?»

«Naturalmente sì, e ho voluto incontrarti solo perché ritengo che tu abbia il diritto di sapere. Non ti sto chiedendo di partecipare né sei tenuto a farlo».

Il viso di Luke fu rischiarato dal bagliore di un lampo che squarciò le tenebre, subito seguito dal fragore del tuono.

«Conosci già la mia risposta».

«Sì, hai ragione» ammise Dimitrov. «Forse è il caso che riformuli la questione: vorrei che *Frances* avesse l'opportunità di scegliere. Ne ha il diritto. Ha sofferto molto per te e non voglio causarle altro dolore».

«Irina è anche amica sua. Se potesse sarebbe dei nostri».

Dimitrov sorrise. «In effetti a volte un medico ci farebbe comodo. Comunque parla con lei. I miei uomini sono a bordo del *Socrates III*, nel Mar dei Caraibi, pronti all'azione. Se Frances non avrà nulla in contrario, prendi il primo volo per Puerto Rico. Il mio elicottero ti preleverà all'aeroporto di San Juan».

Senza attendere repliche, Dimitrov scese dall'auto e scomparve inghiottito dalla cortina di pioggia torrenziale che si stava riversando su Baltimora.

I tuoni e i lampi si erano spostati verso sud e il temporale aveva ceduto il posto a una fitta pioggia leggera. Entrando in casa, Luke avvertì un delizioso profumo di lasagne al forno. Frances uscì dalla cucina e lo abbracciò, baciandolo appassionatamente. Luke la strinse a sé e cominciò a mordicchiarle il collo, a insinuare le mani sotto la maglietta di lei scoprendo che non portava reggiseno. A malincuore, lei si divincolò, assumendo un'aria di finto rimprovero e tornando a rifugiarsi in cucina.

«Ehi!» protestò Luke. «Dove scappi? Non avevo mica finito...»

«Non ti azzardare, Luke McDowell! Devo stare dietro al forno o mi si brucia tutto» lo redarguì lei vedendolo avvicinarsi ancora.

«Cosa si festeggia?»

Forse a causa delle sue origini italiane, Frances aveva nel sangue la passione per la cucina. Con il suo lavoro ed essendo spesso sola, raramente si dedicava ai fornelli, ma quel giorno era libera e aveva deciso di preparare una cenetta romantica.

«Tutto e nulla in particolare» rispose. «Avevo voglia di cucinare per noi».

Luke aveva notato la tavola apparecchiata con tanto di candele e calici di cristallo. Si avvicinò alle spalle di lei e riprese a baciarle il collo dietro le orecchie, ma Frances, brandendo minacciosa il mestolo, lo costrinse alla ritirata.

Cenarono a lume di candela, assaporando felici quel momento tutto per loro. I problemi del mondo erano chiusi fuori dalla porta, la televisione era spenta e lo stereo riempiva l'aria con le suggestive note della musica celtica di Enya.

Fecero l'amore sul divano in soggiorno dove rimasero a lungo abbracciati, poi Luke portò Frances in camera dove ricominciarono daccapo finché giacquero entrambi esausti e soddisfatti.

Il vento aveva spinto le nuvole a sud e il chiarore della luna filtrava attraverso le tende illuminando la stanza di una tenue luce blu. Luke stava per decidersi a parlare, ma Frances lo anticipò.

«Hai mai pensato di avere un figlio?» chiese con un tono che tradiva tutta l'ansia per la risposta.

Lui la strinse a sé.

«Certo» mormorò. «Ma non credo che troverò mai una donna tanto pazza da fare un figlio con uno come me».

Frances si alzò su un gomito guardandolo severa. «Luke McDowell! È mai possibile che tu non riesca a essere serio, almeno per una volta?»

Lui le rispose con quel suo sorriso disarmante, la prese per le braccia e le fu sopra. Frances protestò cercando di divincolarsi, ma lui era più forte e lei dovette arrendersi. Con lui arrendersi era meraviglioso…

«Davvero vorresti un figlio, nonostante il lavoro che faccio?» chiese alla fine, osservando i seni di lei muoversi al ritmo del respiro ancora ansimante.

«Sì. Ho capito che lo voleva ogni fibra del mio corpo quando tutti ti davano per morto, in Mali. Sapevo che eri vivo, lo sentivo con il cuore e con la pancia. Era come se già avessi avuto tuo figlio in grembo, che con i suoi calci mi ricordava che eri vivo. Non te l'ho mai confessato, ma stavo per partire. Da sola. Visto che nessuno sembrava più crederci davvero, stavo per venirti a cercare. Avevo già prenotato un volo per la Guinea».

Luke rimase colpito dal coraggio e dalla determinazione che ancora una volta Frances aveva dimostrato e dall'amore incondizionato che provava per lui. Si fece serio.

«Ci ho pensato, eccome, ad avere un figlio. La verità è che non sapevo se fosse giusto chiedertelo».

«Io lo voglio».

«Allora lo avremo».

Questa volta fu lei a salire su Luke soffocandolo di baci e fu lui a sottrarsi all'assalto.

«Che ti prende? Non sarai già stanco?»

Per una volta ancora, Luke si stupì delle parole di Dimitrov. Sembrava davvero che quell'uomo riuscisse a comprendere la complessa natura della psiche umana a tal punto da arrivare perfino a prevederne il comportamento. Escludeva che Frances gli avesse confidato il suo desiderio di maternità, ma al siberiano non era sfuggito l'inevitabile evolversi del loro rapporto, quasi che il tempo e gli accadimenti fossero docili burattini di cui lui tendeva i fili.

Luke abbracciò forte Frances, poi le prese la testa tra le mani e le parlò: «Prima di conoscere la tua intenzione di fare di me un padre, sono tornato a casa determinato a condividere con te una decisione. È la prima volta, dirai tu, e forse non è un caso che capiti proprio stanotte».

«Di cosa si tratta?» chiese Frances preoccupata.

«Irina è nei guai. Stava indagando su un nuovo cartello di narcotrafficanti in Venezuela. L'operazione a cui partecipava è stata un completo disastro, il suo contatto è stato ucciso e di lei sappiamo solo che è viva e si trova sull'Isla Margarita. Non sappiamo se sia riuscita a infiltrarsi o se la tengano prigioniera. In ogni caso è seriamente in pericolo e dobbiamo agire in fretta».

«È terribile. Diego lo sa?»

«Non ancora. Io stesso l'ho appreso poche ore fa da Dimitrov».

«Hai parlato di condividere una decisione...»

Luke sospirò.

«Sì. Le varie agenzie federali stanno perdendo tempo prezioso e hanno le mani legate da interessi politici e burocrazia. Serve qualcuno che faccia il solito lavoro sporco, senza copertura, probabilmente oltre i limiti della legge e, soprattutto, lo faccia subito».

«Perché volevi parlarmene?»

Luke decise di non mentire.

«A dire il vero è stato Dimitrov a suggerirmi di discuterne con te, prima di accettare. Non nego che, d'impulso, sarei partito subito, ma ho capito che era giunto il momento di condividere con te certe decisioni. Le mie missioni ci coinvolgono entrambi. Mi sono reso conto, anche se un po' tardi, che non vorrei essere al tuo posto. Preferirei farmi sparare addosso che essere costretto ad attendere passivamente di sapere se tu sei viva o morta. È di questo che ti volevo parlare: Dimitrov invierà domani una squadra di recupero, dobbiamo decidere insieme, *tu e io*, se sia il caso che ne faccia parte».

Frances si girò supina e fissò a lungo il soffitto prima di rispondere. La sua voce risuonò roca e pervasa di tristezza, ma ugualmente risoluta: «Irina e Diego sono buoni amici. Vi siete salvati la vita a vicenda più di una volta».

Luke si volse verso la moglie e vide una lacrima

solcarle il viso.

«Credo che tu debba andare» sospirò lei. «É giusto così. Se fossi in grado di aiutarvi, non esiterei a partire anche io. Vai, Luke. Vai e riporta tutti a casa sani e salvi, te compreso».

Capitolo 10

Oceano Atlantico, quaranta miglia nautiche a nord di Puerto Rico

Il *Socrates III* era un gioiello di tecnologia galleggiante. Lungo 170 metri, dotato di due helideck, ventidue cabine, quattro suite, una palestra e settanta uomini d'equipaggio, il panfilo era attrezzato con le più moderne attrezzature per la comunicazione e il rilevamento satellitare, tutti i vetri antiproiettile e lo scafo corazzato.

Nell'ampio e confortevole salone di poppa, Luke trovò Dimitrov ad attenderlo in compagnia del direttore dell'FBI Barney Thompson e di un uomo che non conosceva che gli fu presentato come Erik Dempsey, agente della DEA di Phoenix. Alto, fisico possente ma asciutto, mascella volitiva e capelli neri tagliati cortissimi, incarnava lo stereotipo del duro hollywoodiano.

Dempsey spiegò che, dopo i duri colpi subiti in Colombia con l'annientamento dei cartelli di Medellin e Cali negli anni Novanta e i numerosi arresti effettuati in Messico l'anno precedente, i gruppi del narcotraffico si erano organizzati in modo più orizzontale rispetto ai vecchi cartelli, erano maggiormente disseminati geograficamente e disponevano di reti di riciclaggio del denaro più strutturate. Pur evitando azioni armate così eclatanti come quelle in cui si era cimentato il cartello di

Medellin, un nuovo, ambizioso e non meno violento boss colombiano aveva riunito i cartelli in una sorta di federazione sotto la sua guida. Secondo l'intelligence israeliana aveva trasferito il suo quartier generale in Venezuela dove le autorità locali erano più "collaborative" di quelle di Bogotá e Città del Messico. Dell'operazione in corso, finalizzata a delineare i quadri dirigenziali del nuovo cartello, oltre a Irina per l'MI6 e Gerber per il Mossad, facevano parte anche due agenti della DEA, uno dei quali era stato crivellato di proiettili nel suo stesso letto, in un motel di Puerto La Cruz, insieme a una escort del luogo. L'altro, ritenendosi bruciato, era rientrato alla base.

Luke passeggiava nervoso avanti e indietro.

«Irina doveva riferire a Gerber ma, se per qualunque ragione non le fosse stato possibile farlo, qual era il piano B? Con chi doveva mettersi in contatto?»

Fu Thompson a rispondere: «È stata predisposta una cassetta di sicurezza in una banca di Puerto la Cruz. Serviva come buca delle lettere, lì ogni agente poteva lasciare messaggi per gli altri».

«Chi ne aveva accesso?»

«I nostri due agenti, quelli del DAS, Gerber e la stessa Hackermann» rispose Dempsey.

«Quindi la domanda è: perché non ha lasciato un messaggio?» aggiunse Thompson.

«Forse non ha fatto in tempo» suppose Dempsey.

«O, forse, non si fidava degli altri agenti» rilanciò Luke.

«Ho piena fiducia nei nostri colleghi colombiani, McDowell» replicò Dempsey. «Facevano parte dell'operazione e hanno rischiato la pelle come tutti gli altri».

Thompson alzò le mani.

«Ehi! Manteniamo la calma. Non è litigando tra noi che risolveremo la faccenda».

«Dove sono ora quelli del DAS?» chiese Luke.

«Uno è scomparso, l'altro è ancora sul posto e dovrebbe prendere contatto con un agente della CIA che mi dicono essere una vostra conoscenza».

«Marcus» precisò Thompson. «In questo momento è già a Caracas».

«Okay, ricapitoliamo» fece Luke. «Sappiamo che Irina è viva. Se i narcos avessero scoperto che è una spia l'avrebbero già uccisa come hanno fatto con gli altri agenti, quindi sono propenso a credere che la nostra amica, saputo dell'omicidio di Gerber, abbia autonomamente deciso di proseguire la missione. Deve presumere che il collega abbia parlato e la cassetta di sicurezza sia compromessa: capisce di essere tagliata fuori e di non poter comunicare con nessuno».

«In tal caso avrebbe dovuto rientrare. Il protocollo dell'operazione era molto chiaro al riguardo» obiettò Dempsey.

«Avrebbe dovuto, ma non l'ha fatto» intervenne Thompson lanciando un'occhiata eloquente a Luke. «Conosco qualcuno che si sarebbe comportato allo stesso modo. Sono il primo a stigmatizzare questi comportamenti, ma non posso che provare rispetto e ammirazione per il coraggio di donne e uomini così. Per loro abbandonare una missione prima di averla portata a termine non è un'opzione».

«Proprio così» ammise Luke. «E conoscendola sono convinto che, se ha scoperto chi ha ucciso Gerber ed è riuscita a infiltrarsi, non mollerà l'osso prima di avere delle prove o di aver eliminato il colpevole... o entrambe le cose».

«Maledizione...» mormorò Dempsey. Poi prese un fascicolo che aprì sul tavolo.

«Contiene tutte le informazioni che abbiamo raccolto sui membri di spicco dell'attuale organizzazione» spiegò.

«Non è molto...» obiettò Luke sfogliando con aria critica le poche pagine del dossier.

«In compenso vi lascio queste» rispose contrito Dempsey mettendo sul tavolo una decina di fotografie. «Dietro ci sono i nomi e nel fascicolo troverete i loro poco invidiabili curricula. Non mi è possibile condividere di più, McDowell».

Luke ne esaminò alcune: le immagini, scattate evidentemente con potenti teleobiettivi, ritraevano i volti di vari membri dei cartelli.

Dempsey guardò l'orologio e si alzò.

«Ora dobbiamo andare. Ci attende una riunione al Dipartimento di Stato che si preannuncia infuocata».

Prima di avviarsi verso l'elicottero, Thompson si rivolse a McDowell e Dimitrov: «Temo che questa faccenda non sarà risolvibile in tempi brevi. Troppe agenzie coinvolte e troppa burocrazia. Fate quello che dovete fare, penserò io a mettere la polvere sotto il tappeto».

«Dovremo andarci giù pesante, Barney. Se qualcosa va storto potrebbero reclamare la tua testa» lo avvertì Luke.

Il direttore allargò le braccia in segno d'impotenza. «Vorrà dire che me ne andrò in pensione, così avrò più tempo da dedicare a mia moglie e ai miei figli».

Dimitrov poggiò una mano sulla spalla di Thompson,

assumendo un'espressione cospiratrice. «Se qualcuno, al Dipartimento di Stato, dovesse chiederti di utilizzare... metodi poco ortodossi pur di risolvere la faccenda, tu fingiti sorpreso».

Il direttore aprì bocca, poi rinunciò a far domande. Scosse la testa incredulo e, dopo aver stretto la mano ai due amici, raggiunse l'agente della DEA a bordo dell'elicottero.

Poche ore dopo McDowell e Dimitrov osservavano un altro elicottero posare delicatamente i pattini sull'Helideck del ponte inferiore. Diego aprì il portello del Robinson R44 e, chino sotto le pale del rotore che stavano ancora girando, si avviò verso la scaletta. Lo videro avvicinarsi con passo deciso, il borsone in spalla e un'espressione corrucciata dipinta sul volto.

Ybarra strinse la mano al russo e abbracciò l'amico di sempre, poi tutti e tre si avviarono verso il salone interno dove li attendevano Joe Martino, Uros Kolarov e Tony Kirkbridge. Insieme avevano già combattuto più di una battaglia, ma i tre salutarono il nuovo arrivato senza la consueta baldanza cameratesca. Diego percepì l'imbarazzo che aleggiava pesante nell'aria e divenne guardingo.

«Si può sapere che succede? Evgenj è stato enigmatico al telefono e non mi ha voluto anticipare nulla. Stiamo aspettando qualcun altro?»

In effetti sì, ma non era quello il punto, pensò Dimitrov.

Arrivò il cameriere con una bottiglia di champagne Armand de Brignac e riempì i calici per tutti. McDowell chiese del caffè nero e Diego una birra gelata.

Luke scambiò un'occhiata eloquente con Dimitrov poi si fece coraggio e cominciò a raccontare tutto.

L'espressione di Diego passò dall'incredulità alla paura per poi tramutarsi in rabbia e infine in fredda determinazione. Quando Luke ebbe terminato di esporre i fatti, Diego squadrò ammutolito gli uomini seduti intorno a lui e tutti sostennero il suo sguardo. Erano dei veri soldati, uomini duri e altamente addestrati, pronti a combattere, a uccidere e a morire per un commilitone. Non avrebbe desiderato nessun altro al suo fianco in quel momento.

«Qual è il nostro piano?» mormorò infine.

Fu Dimitrov a rispondere: «Stiamo facendo rotta verso l'Isla Margarita. Domani si unirà a noi l'ultimo elemento della squadra. Il mio amico Rosenthal mi ha informato che sarà latore di importanti informazioni».

Ariel Rosenthal era il comandante della Direzione Operativa del Mossad di cui faceva parte il *Kidon*, l'unità operativa dei servizi segreti israeliani che aveva come finalità l'eliminazione dei nemici dello Stato di Israele in territorio straniero. McDowell e Dimitrov avevano collaborato con i suoi uomini durante una recente missione e da lui era stato messo a disposizione l'elicottero, ufficialmente della Haifa Oil & Mining Company, con il compito di evacuare Luke dopo l'operazione in Mali.

Diego parve perplesso.

«Avremo tra i piedi il Mossad?»

Dimitrov si alzò. «Abbi fede, amico mio, so quel che faccio. Utilizzate il poco tempo che vi resta per familiarizzare con armi ed equipaggiamenti. Troverete tutto nella palestra. Per il resto, godetevi la crociera».

Il Segretario di Stato richiuse il fascicolo, considerando conclusa la riunione. Gli uomini seduti intorno al tavolo di cristallo radunarono velocemente i documenti sparsi davanti a loro e si alzarono.

Per Erik Dempsey era stata un'ora stressante e interminabile. Poco incline a comprendere i complessi equilibri e interessi politici che condizionavano ogni decisione ai più alti livelli, avrebbe voluto mandare tutti al diavolo già da un pezzo e tornarsene a Phoenix dai suoi uomini. Oltre a lui e Thompson, alla riunione erano presenti il direttore della CIA James Dowley, il responsabile dell'Agenzia per il Sudamerica Hiram Walcott, il direttore del DAS colombiano Benicio Caicedo, un generale di cui non ricordava il nome e un paio di consiglieri politici del presidente degli Stati Uniti con annessi assistenti.

L'esito della riunione non aveva contribuito a migliorare il suo umore: dopo infiniti giri di parole con i quali il Segretario di Stato e i consiglieri politici avevano a lungo monopolizzato la conversazione, la decisione, tutt'altro che unanimemente condivisa, era stata di considerare fallito e concluso lo sperimentale coinvolgimento dei servizi segreti di altri Paesi nelle "operazioni di prioritario interesse per la sicurezza nazionale". Ovviamente la lotta al narcotraffico andava portata avanti "con rinnovato vigore, ma facendo esclusivamente conto su agenzie nazionali". Dempsey aveva chiesto altri agenti e maggiori risorse economiche per poter usufruire della tecnologia necessaria in una guerra contro un nemico così ricco e agguerrito, ma i consiglieri politici avevano in coro sostenuto che chiedere ulteriori finanziamenti al Congresso, con le elezioni di metà mandato alle porte, era fuori discussione. L'appuntamento elettorale di medio termine, che avrebbe riguardato anche l'elezione dei governatori di trentasei Stati, assumeva un'importante dimensione politica di giudizio dell'operato del Presidente e dal suo esito era possibile fare un'analisi di previsione delle scelte politiche del successivo biennio. In pratica, la DEA se ne usciva da quella riunione con un monito a fare meglio, tutto da sola e senza un centesimo di più nel suo già risicato budget.

Dempsey e Thompson, tra gli ultimi a lasciare la sala, stavano per varcare la soglia quando la voce del Segretario di Stato li fermò.

«Direttore Thompson, agente speciale Dempsey, rimanete. Vorrei parlarvi».

Barney si voltò e vide che il più anziano dei consiglieri politici del Presidente non si era affatto mosso dalla sua posizione, seduto alla destra del Segretario.

Dieci minuti più tardi Thompson e Dempsey uscivano dall'ascensore al pianterreno e si avviavano finalmente verso l'uscita. William H. Kenneth III, consigliere politico del Presidente fin dai tempi della campagna elettorale, dopo una significativa occhiata al Segretario, li aveva autorizzati – in via non ufficiale naturalmente – a utilizzare "qualunque mezzo" per risolvere "nel modo più radicale" l'intera faccenda.

Per la prima volta nella sua lunga carriera, Dempsey non si era visto tarpare le ali, limitare la possibilità d'azione, anzi aveva addirittura carta bianca.

«Devo confessare che mi ha davvero sorpreso il consigliere Kenneth. Specie dopo il tenore della riunione» disse uscendo nell'aria fresca del crepuscolo.

Thompson sorrise tra sé: sapeva che dietro le parole

di Kenneth c'era ancora una volta lo zampino di Dimitrov.

«Ha sorpreso anche me» mentì. «Ma ciò che importa è che finalmente abbiamo via libera».

Dempsey lanciò uno sguardo sospettoso al collega. «Ho l'impressione di essermi perso qualcosa...»

Salirono sulla berlina del Bureau che li attendeva fuori dall'Harry S. Truman Building e, mentre l'autista si immetteva nel traffico di Constitution avenue, il direttore si volse verso Dempsey.

«Tieni a freno i tuoi per qualche giorno. Dopo, probabilmente, avranno un po' di cocci da raccogliere».

Il mattino successivo Dimitrov convocò tutti i membri del team sul secondo ponte di poppa. Trovarono il russo appoggiato alla balaustra di babordo, intento a gustarsi uno dei suoi sigari preferiti, i Davidoff Nicaragua Toro.

Scrutando il mare deserto, Luke si accese a sua volta una sigaretta. «Non vedo vele nemiche all'orizzonte. Novità dalla vedetta sull'albero di maestra?»

Dimitrov apprezzava lo humor col quale Luke riusciva a spezzare la tensione, soprattutto prima di una missione e nei momenti di difficoltà.

«A dire il vero ci stava seguendo un allegro branco di delfini, ma ora si sono allontanati, probabilmente spaventati dall'arrivo del nostro ospite».

«Non vedo nulla» mormorò Diego scrutando il cielo terso.

«Aspetta e vedrai» sorrise sornione Dimitrov.

Trascorsero pochi secondi e, in un ribollio di

schiuma, la prua nera di un sommergibile classe Dolphin spuntò tra le onde a mezzo miglio dallo yacht, subito seguita dalla sagoma tozza della torretta. L'acqua stava ancora defluendo dalle fiancate quando i portelli si aprirono e un gruppo di marinai sciamò sul ponte. Dal panfilo li osservarono mettere in mare un battello e una figura scendere rapida la scaletta. Spinto dal motore fuoribordo, il piccolo natante colmò la distanza che lo separava dal *Socrates III* e pochi minuti dopo, mentre i suoi marinai issavano a bordo il canotto e il sommergibile scompariva tra i flutti, Dimitrov stringeva la mano dell'ufficiale israeliano.

«Benvenuto a bordo, maggiore Stiegler».

Luke, che lo aveva conosciuto con il grado di capitano, lo salutò a sua volta: «Congratulazioni per la promozione, Stiegler».

Esauriti i convenevoli, la squadra al completo si riunì nel salone. L'israeliano prese dalla borsa una cartella in plastica da cui estrasse una serie di foto che dispose sul tavolo. Andò dritto al punto.

«Si chiama Pedro Ricardo Ayala, ma tutti lo conoscono come *el Inglés*, soprannome che si è guadagnato vivendo in Inghilterra e laureandosi a Cambridge. È lui la testa del serpente ed è nella sua villa che troveremo Irina».

Luke fissò allibito le foto che ritraevano un uomo di corporatura esile accanto a una Ferrari gialla. Capelli neri impomatati, occhiali da sole, lineamenti delicati, indossava un completo di sartoria evidentemente costoso e sembrava fissare l'obiettivo della macchina fotografica. Figurava anche nel dossier della DEA, la quale, però, ne ignorava la reale importanza.

«Rosenthal è stato di parola...» mormorò Dimitrov.

Stiegler s'incupì. «Negli ultimi sessant'anni, dando la caccia ai criminali di guerra nazisti, abbiamo avuto modo di affinare le nostre... tecniche investigative».

Luke annuì ricordando che un paio d'anni prima, in Sudamerica, era stata messa una taglia di quasi mezzo milione di dollari per la cattura di uno dei nazisti più ricercati al mondo, l'ex medico delle SS, Aribert Heim.

«Ormai quei fottuti crucchi saranno tutti all'inferno e se anche qualcuno dovesse essere ancora vivo, la sua vita l'ha vissuta impunemente e ora è solo un povero vecchio. Con i narcos è tutta un'altra faccenda» obiettò Diego.

«Io per primo mi dolgo per i troppi carnefici che sono riusciti a sfuggire al giusto castigo,» ammise Stiegler, «ma l'età avanzata non comporta l'immunità ed è giusto compiere ogni sforzo per assicurare alla giustizia quegli assassini, se non altro per il rispetto dovuto alle famiglie delle vittime. Continuare la caccia ai criminali nazisti impedisce l'oblio sugli efferati delitti legati all'Olocausto e rappresenta un monito contro gli attuali rigurgiti antisemiti. Con i narcos la faccenda è differente, è vero, ma non dovremo rendere conto a un tribunale internazionale e non siamo qui per fare prigionieri».

«Meglio così» fece Diego puntando il dito su una delle foto. «Sai dove si trova la villa di questo figlio di puttana?»

«A El Guamache, un piccolo centro della baia omonima, sulla costa meridionale dell'Isla Margarita, poco distante dal porto che la collega alla terraferma. Il problema è che tutta la cittadina è in mano ai narcos e nessuno entra senza essere visto, fermato e, nella migliore delle ipotesi, perquisito».

«La tengono prigioniera?»

Stiegler guardò Diego Ybarra con un sorriso sornione. «Tua moglie è furba quanto temeraria. È entrata nella vita del boss dalla porta principale. Ciò non toglie che non potrà reggere il gioco a lungo senza...»

Non era necessario terminare la frase. Diego ricordava benissimo come aveva conosciuto Irina Hackermann. Per infiltrarsi nell'organizzazione di uno dei più potenti boss di Chicago, non aveva esitato a diventarne l'amante, nello stesso periodo in cui anche lui lavorava per il gangster. Ora erano felicemente sposati e sapeva che Irina non avrebbe più accettato di andare a letto con un altro uomo. Doveva aver capito che Ayala era l'obiettivo – e forse anche il responsabile della morte del collega israeliano – e aveva deciso di andare fino in fondo, introducendosi nella tana del nemico per trovare le prove necessarie a inchiodarlo. Il maggiore Stiegler aveva ragione: non disponevano di molto tempo prima che la donna fosse costretta a uccidere il boss e tentare la fuga. E Diego sapeva fin troppo bene che sarebbe stato arduo per lei uscirne viva.

«Cosa sapete di Ayala?» chiese Dimitrov.

«È a capo di un cartello a cui si deve oltre l'ottanta per cento delle importazioni di droga di vario genere negli Stati Uniti e che detiene il monopolio totale dell'eroina e delle metanfetamine dirette in Israele. Ha contatti con la mafia italiana e la malavita marsigliese, anche se il panorama dei fornitori del mercato europeo è molto più frammentato».

«La mia priorità è tirar fuori Irina dalla prigione in cui si è cacciata. Non mi interessa eliminare Ayala. Da quanto ne so, morto un capo se ne fa un altro. Se lo uccidiamo scoppierà una guerra per la successione e poi tornerà tutto come prima» considerò Luke.

«Non in questo caso» replicò Stiegler. «Mai come adesso l'intera organizzazione è stata traversata da correnti scissioniste che *el Inglés* riesce a tenere a bada solo grazie alle sue doti di leader. Tuttavia il malcontento serpeggia, molti *pranes* vorrebbero fargli la pelle, e senza di lui, tutti tradirebbero tutti, il cartello si smembrerebbe in tante frange in concorrenza tra loro, nessuna, in verità, capace di invadere il mercato e di difendersi con l'attuale efficacia. La DEA e il governo colombiano potrebbero infliggere colpi devastanti, anche se dubito che questa guerra avrà mai fine, almeno finché non si decideranno a legalizzare le droghe. In ogni caso, non credo sarà possibile liberare l'obiettivo senza eliminare *el Inglés*».

«Perché è andata a ficcarsi in un vicolo cieco? Cosa spera di fare da sola nella tana di un boss come Ayala?» sbottò esasperato Diego, senza rivolgersi a nessuno in particolare.

«Non credo fosse una mossa premeditata, ma questo, amico mio, toccherà a voi scoprirlo». Dimitrov fissò i suoi occhi color del ghiaccio in quelli dell'uomo di cui poteva ben comprendere lo stato d'animo. «Ora che sappiamo dove si trova, possiamo escogitare un piano. Hai la mia parola, la riporteremo a casa».

Stiegler prese dalla borsa una carta topografica dell'Isla Margarita e altre fotografie, questa volta scattate da un satellite.

«Potremmo avvicinarci alla costa settentrionale dell'isola con il canotto a motore, poi affondarlo e coprire l'ultimo tratto a nuoto» spiegò indicando un punto sulla mappa. «Ma attaccare la villa di Ayala sarà ben più difficile, è costantemente sorvegliata».

Diego prese una foto nella quale si distingueva nitidamente il tetto rosso di una villa circondata da un enorme giardino con piscina.

«È qui che la tengono?»

«Non è prigioniera, è un'ospite. Il che significa che non siamo sicuri di trovarla nella villa. Dovremo fare un attento lavoro di monitoraggio prima di prendere qualunque iniziativa» precisò Stiegler.

«Disponete di una planimetria della villa?» chiese Luke.

L'israeliano scosse la testa. «Le informazioni sono troppo recenti, non abbiamo avuto il tempo di procurarcele, ma in ogni caso un'incursione non figura tra le mie opzioni preferite».

«Ci serve l'appoggio di qualcuno sul posto» commentò Joe Martino.

«A quello penserà Marcus» rispose Dimitrov consultando l'orologio. «A quest'ora sarà sul traghetto per Punta de Piedras».

«Sono d'accordo con Stiegler» disse Luke. «Tentare un assalto alla villa metterebbe a repentaglio la vita di Irina e comporterebbe inevitabili perdite anche da parte nostra. Sarà sufficiente riuscire a mettersi in contatto con lei, farle sapere che ci siamo. Irina è un agente operativo esperto e ben addestrato e non è nuova a operazioni sotto copertura». Lanciò una fugace occhiata a Diego. «Deve trovare una scusa per uscire da El Guamache. Di sicuro sarà scortata da qualche gorilla, ma questo per noi non costituirà un problema».

«Ben detto. Li accoppiamo e ce ne torniamo a casa»

insorse Diego battendo il pugno sul tavolo.

Stiegler si mostrò perplesso.

«L'idea è buona, ma non dobbiamo sottovalutare la fase di evacuazione. Non potremo tornare da dove siamo venuti».

Dimitrov si lisciò la barba, con l'espressione soddisfatta di un gatto che ha appena preso un topo. «Lasciatemi fare qualche telefonata. Conto di farvi uscire dalla porta principale».

Capitolo 11

Irina fu svegliata alle nove in punto dall'improbabile imitazione del *Dies Irae* di Giuseppe Verdi. Allungò una mano verso il comodino e interruppe la sveglia che aveva impostato sul cellulare. Rimase seduta sul letto, nella camera degli ospiti della villa di Ayala, a osservare i pulviscoli di polvere in sospensione che sembravano galleggiare nell'aria densa e afosa, prigionieri dei raggi di sole che filtravano dalle persiane socchiuse. Nonostante l'incessante lavoro del ventilatore a soffitto, Irina era sudata fradicia. Si tolse maglietta e shorts, si diresse in bagno e si infilò sotto il getto fresco della doccia dove rimase a meditare sulle successive mosse.

Una notte era uscita di soppiatto dalla sua stanza con l'intento di dare una sbirciatina allo studio privato di Ayala, ma aveva trovato la porta chiusa a chiave. Forzare la serratura sarebbe stato tanto facile quanto sciocco: avrebbe significato autodenunciarsi. Erano tre giorni, ormai, che Ayala era partito, poteva essere di ritorno da un momento all'altro e lei non aveva fatto alcun progresso. Doveva assolutamente escogitare qualcosa.

La seconda sera del suo dorato soggiorno, cingendole le spalle da dietro e sussurrandole di chiudere gli occhi, il boss le aveva messo al collo uno splendido, raffinato e costoso girocollo in oro bianco. Girandosi, Irina aveva temuto di dover dimostrare la sua estasi con un bacio appassionato, ma lui, dopo un baciamano da perfetto gentiluomo, l'aveva accompagnata in sala da pranzo dove avevano cenato a lume di candela. Mentre finivano il dessert, le aveva annunciato che si sarebbe assentato per qualche giorno lasciando intendere che al suo rientro avrebbe preteso una tangibile prova dei suoi sentimenti.

Quando, cinque giorni prima, Ayala l'aveva invitata a cena nella propria villa, lei si era dimostrata rapita da tanto lusso e uscendo in giardino, vedendo l'acqua immota della piscina, che i faretti posti sul fondo rendevano simile a un gigantesco smeraldo di luce, il tavolo apparecchiato con un vaso di rose rosse al centro, due calici di cristallo e una bottiglia di champagne in un secchiello colmo di ghiaccio, si era fatta scappare un gridolino di giubilo. Lui pregustava già i piaceri carnali che il nuovo giocattolo poteva offrirgli, ma Irina aveva saputo tenergli testa con astuzia. Aveva giocato con il boss e con la propria vita, alternando sguardi languidi a bronci improvvisi, palesando il desiderio che provava per lui, un uomo così affascinante e misterioso, ma anche la volontà di non essere fraintesa. Anche se ballava la lap dance lei non era una sgualdrina. Non voleva che lui si facesse idee sbagliate, lei aveva intenzioni serie, si era innamorata fin dal primo giorno che lo aveva conosciuto e desiderava con tutto il cuore che quella non si rivelasse solo un'effimera avventura.

Irina aveva colto nel segno: l'insaziabile ego del giovane boss si nutriva dei sentimenti che il proprio potere e il proprio fascino potevano suscitare in una donna così bella. Non avrebbe saputo dire quante prostitute avevano allietato le sue notti e soddisfatto ogni suo capriccio, ma nessuna, mai, gli era parsa davvero interessata a lui. Si limitavano a recitare una parte che procurava loro denaro e momentanei privilegi, ma nulla più. Irina, invece, era diversa, aveva una classe innata e non stava affatto recitando, di questo Ayala ne era certo.

Irina ricordava benissimo la notte in cui, annunciato da un nugolo di guardie del corpo, Ayala aveva fatto la sua comparsa al Loco Loco, il locale di Porlamar dove lei si esibiva, ed era rimasto a osservarla per un po'. La sera successiva il padrone, uno dei boss sulla lista nera del DAS, le aveva annunciato che aveva fatto colpo e che avrebbe ballato nel privé per un personaggio molto importante.

«Non fare la stupida e sii gentile,» le aveva detto, «*el Inglés* sa essere molto generoso». In quel momento aveva cominciato a sospettare chi fosse il vero capo. Lo spettacolo privato si ripeté per altre due sere, durante le quali *el Inglés* riceveva altri boss che ascoltava distrattamente, osservando le lunghe gambe e le curve seducenti del corpo di quella bionda mozzafiato agitarsi con la sinuosità di un serpente intorno al palo della lap dance. Irina notava la cerimoniosità con cui si presentavano al boss, i cenni di sudditanza durante i brevi colloqui di cui lei non riusciva a sentire una parola, le espressioni a volte soddisfatte, a volte rassegnate e incupite quando se ne andavano.

La mattina del terzo giorno, mentre attendeva di imbarcarsi sul traghetto per Puerto la Cruz dove avrebbe incontrato l'agente del Mossad, l'auto di quest'ultimo, una Lincoln Continental decappottabile di un azzurro così improbabile da renderla più unica che rara, le era sfrecciata accanto. Al volante, però, non c'era Gerber, ma uno dei tirapiedi del suo capo, il proprietario del Loco Loco. Temendo il peggio, non era andata all'appuntamento e si era fatta ancora più guardinga. Due giorni dopo aveva saputo che l'israeliano era stato trovato morto per overdose nel suo appartamento e un infiltrato del DAS crivellato di proiettili nel suo letto, insieme alla sua amante. Avevano parlato? Non poteva saperlo, ma di certo qualcuno aveva fatto la spia. C'erano le condizioni per considerare compromessa la missione e rientrare alla base. Ciò nonostante aveva deciso di andare fino in fondo e, per farlo, doveva troncare ogni contatto con altri agenti. Sapeva che il rischio di farsi ammazzare era più che concreto e non poteva più fidarsi di nessuno, tantomeno dei colombiani.

Irina chiuse l'acqua e mise un piede sul morbido tappetino a forma di nuvola. Attraversò la camera ancora nella penombra frizionandosi i capelli. Completamente nuda, restò a sbirciare attraverso le persiane il giardino sottostante, mentre l'aria calda mossa dal ventilatore le asciugava la pelle.

Le mancava Diego. Avrebbe voluto sentire le sue dita percorrerle la schiena seguendo la linea della spina dorsale, le sue mani cingerle i seni da dietro mordicchiandole i lobi delle orecchie, come faceva spesso quando voleva fare l'amore con lei. Avrebbe voluto girarsi e incontrare le labbra carnose di lui.

Il rumore degli pneumatici sulla ghiaia rosa del vialetto anticipò la sagoma scura di una Chevrolet Caprice che si fermò proprio sotto le sue finestre. Ne scesero due uomini di Ayala che entrarono in casa. Li conosceva, erano Paco e Hugo, due armadi tanto grossi quanto stupidi i cui principali scopi nella vita erano mangiare come maiali e perdere soldi a poker.

Cinque minuti dopo, indossati un paio di jeans e la maglietta più casta che aveva, Irina scese in silenzio le scale. Si fermò a metà della seconda rampa e ascoltò le voci dei due provenire dalla cucina, seguite dai rimbrotti di Rachele, l'anziana cuoca, che li esortava a togliersi dai piedi e lasciarla lavorare. A un certo punto Paco, la voce impastata dal cibo che stava ingurgitando, minacciò: «Non farmi arrabbiare, vecchia, o dopodomani dirò al capo che ci hai tenuto a digiuno e finirai tu stessa dentro il forno. Ah, Ah, Ah!»

Irina udì Rachele, per nulla intimidita, rispondere per le rime a quell'odioso bestione dalla faccia butterata. Solo allora riprese a scendere, facendo la sua comparsa in cucina mentre i due gorilla stavano uscendo. Ora sapeva che Ayala sarebbe rientrato di lì a poco: aveva meno di due giorni per cercare di scoprire qualcosa.

Il traghetto che collegava Puerto La Cruz all'Isla Margarita era una nave tozza e sgraziata. Occupato per quasi tutta la sua lunghezza dalla stiva per gli automezzi sopra la quale un nudo ponte, aperto ai due lati, costituiva la zona passeggeri, era una via di mezzo tra un battello del Mississippi e un traghetto europeo.

A bordo della Chevrolet presa a nolo, Marcus osservava gli addetti della compagnia intenti a governare il gregge di veicoli che si accalcava all'ingresso della stiva.

Per difendersi dal caldo i venezuelani erano soliti foderare i vetri delle auto con una pellicola trasparente blu che permetteva di vedere fuori filtrando tuttavia la luce del sole. Anche il parabrezza non era risparmiato da tale espediente, con l'unica eccezione di una porzione di vetro orizzontale larga una trentina di centimetri che veniva lasciata libera, a mo' di feritoia. La pellicola blu, infatti, se non costituiva un ostacolo di giorno, rendeva precaria la visibilità di notte.

Fermo in coda in attesa del suo turno d'imbarco, dietro ai vetri oscurati, Marcus si sentiva al sicuro da sguardi indiscreti. Attraverso lo specchietto retrovisore gettò un'occhiata alla figura coricata sul sedile posteriore, il berretto da baseball calato sugli occhi.

«Ci siamo quasi» annunciò.

Mezz'ora più tardi, appoggiato alla murata del vecchio traghetto, Marcus respirava l'aria salmastra del porto. In lontananza, alcune petroliere erano alla fonda, in attesa di caricare la loro parte di greggio. Si voltò a osservare la variegata umanità che stava riempiendo il ponte, una sorta di grande salone arredato in modo spartano con tavoli e panche disposti orizzontalmente. Con buona pace delle norme sulla sicurezza, non era vietato restare nella stiva e alcuni autisti erano rimasti a bordo dei propri camion. Altri passeggeri, legate le amache ai numerosi tubi che correvano sul soffitto, si misero a dormire cullati dal ritmico rollio della nave. Molti bagagli erano costituiti da gabbie contenenti galline, polli, conigli e perfino alcune oche.

Dopo che la nave fu uscita dal porto, comparve un

uomo di colore che annunciò con voce allegra l'imminente apertura del bar, un loculo lungo quattro metri e profondo non più di due, ricavato vicino alle scale che scendevano nella stiva. Marcus si fece dare una Coca-Cola, accese un sigaro e tornò a osservare la costa che si allontanava.

A metà del viaggio la maggior parte dei passeggeri si era addormentata, mentre altri, affacciati alle murate prive di vetri, si gustavano lo spettacolo offerto dai delfini che seguivano la nave guizzando tra le onde. Marcus consultò l'orologio e, gettata la lattina vuota nel bidone dei rifiuti, scese nella stiva.

Il ministro dell'Economia venezuelano, Emerson Rivas Rublo, aveva ottenuto il prestigioso dicastero grazie a due importanti contratti per la fornitura di greggio a Cina e India, promessi durante la campagna elettorale e sottoscritti subito dopo il suo insediamento. Essi garantivano un significativo incremento del PIL per il suo Paese e un aumento di consensi per il governo. Un ulteriore motivo di vanto era rappresentato dall'acquisto dalla Marina cinese di quattro motovedette di ultima generazione a un prezzo di favore.

Quando la segretaria gli annunciò la telefonata dell'uomo a cui doveva le sue fortune, fu dunque senza esitazioni che Rivas Rublo prese la comunicazione.

Dopo un breve colloquio, promise a Dimitrov che avrebbe avuto quanto richiesto e chiamò il Primo Ministro a *Palacio de Miraflores*. Meno di quarantacinque minuti più tardi, in un anonimo palazzo governativo di Caracas, il telefono del direttore del

DISIP, la potente Direzione dei Servizi d'Informazione e Prevenzione del Venezuela, cominciava a squillare.

La CIA aveva "case sicure" sparse per tutto il centro e sud America fin dagli anni Sessanta, durante i quali le tensioni con i Paesi del blocco sovietico avevano raggiunto il culmine con la crisi dei missili di Cuba, nell'ottobre del '62. Una di queste case si trovava nel centro di Punta de Piedras, una cittadina di diecimila abitanti che, con i suoi terminal traghetti, rappresentava la porta d'ingresso dell'Isla Margarita.

Giunto sul retro della fatiscente palazzina di tre piani poco distante da calle Nueva, Marcus scese dalla Chevrolet, prese dal bagagliaio il borsone da viaggio e si incamminò pigro verso il portoncino in legno. Un paio di isolati prima aveva discretamente fatto scendere il suo passeggero, l'agente del DAS Sara Ortega, la quale, berretto dei Caribes in testa e macchina fotografica alla mano, aveva cominciato a fare la turista per le vie della città.

L'appartamento era costituito da una camera, un soggiorno con angolo cottura e un bagno stretto, lungo e privo di finestra. I raggi del sole filtravano dalle imposte chiuse diffondendo una dorata penombra nella quale risaltavano scure le sagome dei pochi mobili presenti. Richiusosi la porta alle spalle, Marcus si inginocchiò e con una piccola torcia elettrica illuminò il pavimento impolverato davanti a sé: la luce rivelò che il filo ad inciampo era intatto. Simile al filo di una ragnatela, era composto di un materiale che lo rendeva al contempo duraturo e delicato. Bastò toccarlo con un dito perché si dissolvesse nel nulla. Anche i sigilli posti alle porte della camera e del bagno erano intatti. Appurato che la casa non era stata violata da indesiderati ficcanaso, accese la luce e si mise al lavoro.

Tre ore più tardi, seduti al tavolino di un bar sulla spiaggia, lui e Sara si stavano gustando due *mojito* come innocui turisti in vacanza intenti a consultare la cartina dell'isola. Diedero un'occhiata anche agli annunci immobiliari e di auto usate su un giornale locale.

La prua del *Socrates III* fendeva le acque del mar dei Caraibi diretta a sud, lasciando dietro di sé una iridescente scia di schiuma bianca. Quella sera, dopo cena, gli uomini del team avevano coinvolto Diego in una partita a poker, più che altro per non lasciarlo solo ad arrovellarsi sulle sorti di sua moglie. Luke era uscito sul terzo ponte superiore di poppa a fumarsi una sigaretta, contemplando la superficie del mare che la luce della luna dipingeva di riflessi d'argento.

Stiegler si appoggiò alla balaustra al suo fianco restando in silenzio per qualche minuto, intento anche lui ad ammirare quello spettacolo della natura. Il monotono rumore dei potenti motori diesel giungeva loro attutito e, oltre il perpetuo sciabordio dei flutti che scorrevano veloci ai lati dello scafo, udivano in sottofondo le voci degli uomini intenti a giocare a carte nel salone.

«Hai mai sentito parlare del *Kidon*?» chiese a un tratto il maggiore.

Luke non rispose.

«Lo prendo come un sì» riprese Stiegler. «Quello che forse non sai è che gli obiettivi affidati al *Kidon* sono stati dichiarati "nemici dello Stato di Israele" da un tribunale di Tel Aviv. Pedro Ricardo Ayala è uno di loro e la mia missione è di eliminare l'obiettivo. A qualunque costo. Ma il mio superiore, probabilmente per l'amicizia che lo lega a Dimitrov, mi ha ordinato, in via non ufficiale, di fare tutto il possibile affinché Irina Hackermann torni a casa sana e salva».

Luke annuì. Restò ancora un istante ad ammirare il mare illuminato dai riflessi argentei della luna.

«Ti ringrazio» rispose infine.

«Devi ringraziare Rosenthal, non me».

Luke si voltò a guardare il maggiore. «So che tu avresti fatto lo stesso».

Questa volta fu Stiegler ad annuire. «Sei consapevole che la tua non è una missione... legale?»

«Neanche la tua lo è, per le leggi internazionali».

«Sì, ma almeno io ho un governo che mi appoggerà se qualcosa dovesse andare storto».

Luke tornò a voltarsi, posando i suoi occhi in quelli del maggiore.

«Ne sei proprio sicuro?»

Capitolo 12

Mancava un'ora all'alba quando sei figure emersero silenziose dall'acqua coprendo rapidamente i pochi metri che le separavano dalla vegetazione oltre la sottile striscia di spiaggia.

Armati di pistole mitragliatrici Heckler & Koch MP7, gli uomini del commando si inoltrarono verso il centro dell'isola. Percorsi cinquecento metri si appiattirono al suolo mimetizzandosi tra gli arbusti. Attraverso i visori notturni di cui tutti erano equipaggiati, distinguevano chiaramente la sagoma del grosso fuoristrada che si stagliava nitida a cinquanta passi da loro.

A un cenno di Luke si mossero aprendosi a ventaglio, perlustrando palmo a palmo il terreno intorno al fuoristrada. Nell'auricolare di Luke risuonarono una dopo l'altra le voci dei suoi uomini. L'area era libera.

Avvicinatosi alla vettura, una Toyota Land Cruiser piuttosto malandata, Luke distinse due teste e due corpi avvinghiati al posto di guida. Scosse la testa divertito e bussò al finestrino. All'interno ci fu un po' di tramestio, vide la donna spostarsi e l'uomo aprire la portiera e scendere.

«*Bonjour mon ami*, bene arrivati» gli sussurrò Marcus porgendogli la mano.

«Ciao Antoine. Dolente di aver interrotto l'idillio…» rise Luke.

«Puah! Mi farà male la schiena per un mese. Non ho più l'età per fare certe cose in auto, nemmeno per finta. Ti presento l'agente del DAS Sara Ortega» rispose Marcus indicando la donna che nel frattempo era comparsa al suo fianco. Trent'anni, poco più bassa di Antoine, di corporatura minuta ma procace, aveva i capelli corvini raccolti in una lunga coda di cavallo e si stava riabbottonando la camicia di jeans.

«Da queste parti un uomo solo desterebbe troppi sospetti,» spiegò la donna porgendo la mano a Luke, «invece una coppia di amanti…»

«Messinscena scomoda ma efficace» ammiccò Marcus. «Tu comunque non dirlo a Stefania, okay? Potrebbe fraintendere…»

«Non temere» rispose Luke divertito. «Il tuo segreto è al sicuro».

«*Mais non*! Tu non hai capito. Stavamo solo facendo finta!»

«Sì, come no!» rise la donna facendo l'occhiolino a McDowell.

«*Parbleu*! Io…»

La voce di Diego interruppe le proteste del francocanadese. «Ciao Antoine, abbiamo interrotto qualcosa?»

Dietro a Ybarra, altre tre figure emersero dall'oscurità. Joe Martino era rimasto di guardia.

«Stavamo prendendo in giro il vecchio Antoine» spiegò Luke facendo rapidamente le presentazioni.

«In otto staremo un po' stretti, ma il tragitto è breve» spiegò Marcus tornando serio. «Abbiamo lasciato l'altra auto dentro una baracca sulla strada per Piedras Negras, è a cinque minuti da qui».

Poco dopo Marcus fermò il fuoristrada davanti a una costruzione bianca priva di finestre, la cui facciata anteriore era quasi interamente coperta da lamiere arrugginite.

«Sara vi accompagnerà fino a San Juan Bautista, un paesino tranquillo e troppo fuorimano perché i narcos vadano a ficcarci il naso. Abbiamo trovato una casa in cui potrete nascondervi».

In un attimo Joe, Tony e Diego liberarono l'apertura, salirono con l'agente colombiana sulla Chevrolet e si allontanarono nella luce timida dell'alba. Marcus, Luke, Stiegler e Kolarov, invece, si diressero verso la cittadina di Punta de Piedras, sulla costa meridionale dell'isola.

Il camion della nettezza urbana comparve all'angolo della via al solito orario. Accostò ai luridi bidoni allineati lungo i resti di una rugginosa recinzione che delimitava un terreno incolto, disseminato di rifiuti e carcasse di automobili, davanti al quale campeggiava un gigantesco cartello che ne annunciava l'imminente trasformazione in un lussuoso resort con piscina. I due netturbini terminarono le solite, quotidiane e monotone operazioni, poi saltarono sui predellini posteriori del mezzo che ripartì in direzione nord. La vedetta, appoggiata al parapetto della terrazza sul tetto della palazzina di fronte, aspirò una boccata dal suo *cigarillo* seguendo con lo sguardo annoiato le casacche arancioni catarifrangenti scomparire dal suo campo visivo. Coperto dal camion e tutt'altro che interessato allo spettacolo, non aveva notato la figura che era sgusciata nel varco della recinzione rendendosi invisibile tra l'erba alta e i rifiuti. Scrutò il cielo e un banco di nuvole eburnee profilarsi all'orizzonte, verso ovest. Non erano foriere di pioggia né di refrigerio e si preannunciava un'altra giornata torrida. Si augurò che venissero a dargli il cambio prima che cominciasse a fare troppo caldo.

In quello stesso momento, a non più di duecento metri di distanza, Irina stava aprendo la vetrata scorrevole che dava sulla piscina. Giunta sul bordo, lasciò cadere l'accappatoio, esitò un istante per dar modo a Pedro di ammirare le curve seducenti messe in evidenza dal costume intero che lasciava scoperta la schiena fin quasi alla curva dei glutei, poi si tuffò, percorrendo quasi tutta la vasca sott'acqua e riemergendo con un sorriso radioso rivolto verso il suo nuovo paladino. Lo vide immobile, l'espressione indecifrabile, ammirarla appoggiato al telaio della porta, una tazza di caffè fumante in mano. Gli aveva confessato che adorava nuotare, soprattutto al mattino, prima di fare colazione.

Ayala si stava divertendo. Una donna che gli teneva testa, facendosi corteggiare senza finire subito nel suo letto, era una piacevole novità che aumentava la sua libido e lo spingeva ad assecondarla. Lo affascinava.

Irina continuò a nuotare alternando le vasche in stile libero con quelle in apnea, contando mentalmente i minuti. Sapeva che, di lì a poco, lui sarebbe dovuto uscire e non aveva intenzione di smettere finché non avesse sentito il motore della Ferrari rombare nel vialetto di accesso.

Era dorata, ma era pur sempre una prigione. Anche durante l'assenza del boss, nella villa non era mai rimasta sola, c'erano scagnozzi, servitù e telecamere di sorveglianza ovunque. Con la scusa di recarsi al centro commerciale, un pomeriggio aveva cercato di uscire da sola, ma Paco aveva insistito per accompagnarla non perdendola di vista un attimo, piantonando i camerini dove lei si misurava gli abiti e ispezionando i bagni delle donne prima che lei ci potesse entrare. Era tornata alla villa delusa e preoccupata. Le ricordava un'altra prigione, a Chicago, anni prima, un altro boss, un'altra missione sotto copertura e senza nessuna protezione. In quella prigione aveva conosciuto Diego e, nonostante lei si fosse imposta di non lasciarsi coinvolgere, si erano innamorati. Ma ora era diverso, molto diverso, questa volta il boss era infinitamente più potente e spietato. La sua sparizione, unitamente alla morte di due agenti impegnati nell'operazione, doveva aver già messo in agitazione i suoi superiori e, soprattutto, avrebbe messo in pericolo Diego, il quale, appena fosse venuto a saperlo, non avrebbe esitato a partire per andarla a cercare. Doveva trovare il modo di avvisarlo, ma sembrava impossibile comunicare con il mondo esterno senza che il suo nuovo anfitrione lo venisse a sapere.

Stava completando una vasca a dorso quando, finalmente, udì oltre la siepe il rombo sordo del motore Ferrari. Aggrappata al bordo della piscina, sentì la voce della guardia salutare il boss e la potente vettura partire sgommando. Si issò fuori dall'acqua, si infilò l'accappatoio e si diresse verso la veranda dove la cameriera le avrebbe servito la colazione. Diede una veloce occhiata ai quotidiani del mattino, indugiando sulle riviste di gossip che, evidentemente, Ayala aveva fatto recapitare per lei. Incredula delle banalità che stava leggendo, si sforzò di mostrarsi interessata calandosi nella parte della bella fanciulla senza troppo cervello, a beneficio di occhi indiscreti che certamente la stavano osservando.

Da Rachele, la cuoca, aveva saputo che il signor Ayala non sarebbe rientrato prima di cena. Si allenò per il resto della mattina nella palestra della villa e pranzò da sola, in giardino. Aveva deciso di ricorrere alla scusa più antica e abusata del mondo per trascorrere il resto della giornata nella sua stanza.

Rientrando in casa incrociò la governante.

«Margarita, non mi sento affatto bene» le annunciò con espressione sofferente. «Ti dispiace preparare la mia stanza e riferire al signor Ayala che sono indisposta?»

Nato a Subotica, una cittadina di centocinquantamila abitanti della provincia della Voivodina situata nell'estremo nord della Serbia, Uros Kolarov aveva militato per tre anni nell'esercito, divenendo uno dei cecchini più abili delle forze speciali serbe. Congedatosi con il grado di sergente, aveva in seguito girato il mondo con alterne fortune, fino a quando aveva conosciuto Dimitrov.

Ora, reso invisibile da una *ghillie suit* creata ad hoc, Kolarov spuntava da una buca scavata nel terreno, riparato su due lati da una vecchia lavatrice e dalla carcassa di un frigorifero. Inquadrò nel reticolo del suo fucile il tetto della casa a trecentottantadue metri davanti a lui, presidiato ventiquattr'ore su ventiquattro da uno dei *sicarios* di Ayala. Da quella distanza sarebbe stato un gioco da ragazzi piantargli due pallottole nel cranio, ma doveva aspettare il buio e il segnale convenuto.

Alle dieci una Volkswagen accostò alla casa. A causa dei vetri foderati della solita pellicola trasparente blu non riusciva a vedere chi ci fosse all'interno, ma ne scese un giovanotto di colore che entrò nella palazzina per uscirne furtivo pochi minuti dopo, risalire in auto e ripartire sgommando. In poco più di un'ora era già il quinto pusher che passava a rifornirsi di droga.

All'ora prefissata, due pick-up e un furgone della polizia sbucarono a sirene spiegate dall'angolo della via, inchiodando davanti al portone della palazzina. Incalzati dagli ordini di un ufficiale, gli agenti sciamarono rapidi dentro l'edificio.

La vedetta sul tetto aveva già dato l'allarme e, come al solito, i poliziotti non avrebbero trovato niente di importante. Era una seccatura necessaria per salvare le apparenze. La polizia non poteva restare a guardare senza far nulla, così, per placare l'opinione pubblica e soddisfare le esigenze dei politici corrotti che dovevano dimostrare il loro impegno nella lotta contro la malavita organizzata, periodicamente veniva pianificata un'irruzione preventivamente concordata con i boss. Un paio di giovani furono trascinati in manette dentro il furgone e i tre veicoli ripartirono con uno stridio di gomme e il suono lacerante delle sirene. Appena i mezzi della polizia scomparvero alla vista, Kolarov vide rispuntare la vedetta sul tetto. L'uomo, per niente turbato da quanto era appena successo, fumava annoiato il suo *cigarillo*. I suoi compari sarebbero stati rilasciati prima di sera e la prossima volta sperava toccasse a lui la gita in centro, sempre meglio che starsene a cuocere sotto il sole su quella fottuta terrazza.

Kolarov sorrise soddisfatto: nessuno si era reso conto che nell'edificio erano entrati quattordici poliziotti e ne erano usciti solo tredici.

McDowell era dentro.

Tornò a inquadrare la testa calva e tatuata dell'uomo di vedetta e accarezzò con l'indice il grilletto pregustando il momento in cui gli avrebbe fatto saltare il cervello.

Dalla finestra di una stanza abbandonata al piano terra, Luke riusciva a scorgere il cancello e il muro di recinzione della villa di Ayala. Dietro la palazzina in cui si trovava, e che fungeva da punto di spaccio per i pusher della zona, c'era un cortile ingombro di rifiuti. Oltre le carcasse arrugginite di due vecchie Mercedes, vide parcheggiato un carrello per trasporto imbarcazioni coperto da un telo cerato dalla cui sagoma intuì che doveva celare una moto d'acqua. Al di là di un basso muretto correva uno stretto canale quasi in secca. La vegetazione era scarsa, ma lungo la riva alcuni arbusti potevano offrirgli riparo almeno fino a una ventina di metri dal muro di cinta. Esplorò attentamente la villa e il terreno circostante con i binocoli. Era una costruzione in stile coloniale, intonacata di bianco. Due portefinestre del piano superiore erano cinte da basse ringhiere in ferro battuto. Le imposte erano spalancate e all'interno riuscì a scorgere una corpulenta donna in camice azzurro che risistemava quella che sembrava essere una camera da letto. Guardò perplesso l'orologio: era quasi l'una del pomeriggio, un po' tardi per riordinare le camere. Incuriosito, continuò a seguire i movimenti della donna finché, a un tratto, si rese conto che non stava rifacendo il letto, bensì lo stava preparando per accogliere l'ospite. La donna scomparve per un attimo dietro al muro che divideva le due portefinestre, poi la vide sporgersi per chiudere le imposte di una di esse. Ripuntò i binocoli all'interno della stanza giusto in tempo per vedere Irina affacciarsi all'altra finestra, appoggiarsi un istante alla ringhiera e poi voltarsi per lasciare spazio alla governante che chiuse le persiane.

Luke passò al setaccio il resto della casa: la parte rialzata era più piccola del piano terra e presumibilmente ospitava la camera padronale, quella degli ospiti dove si trovava Irina, e forse un paio di bagni. Le camere della servitù e dei gorilla di guardia dovevano essere al piano di sotto. Alto circa due metri e privo sulla sommità di cocci o filo spinato, il muro di cinta non era certo invalicabile, probabilmente perché il boss contava più sulla video sorveglianza che sulle barriere fisiche. Nella parte anteriore, il muro era alto non più di cinquanta centimetri, completato da un'inferriata che lasciava intravedere ampi scorci del giardino interno fino all'ingresso della villa. Il cancello era presidiato da una guardia armata che, tuttavia, non sembrava rappresentare un problema. Più complicato era escogitare un modo per comunicare con Irina. Avvertì Kolarov che la donna stava bene e si trovava all'interno della villa. Il cecchino avrebbe avvisato via radio Diego e il resto della squadra.

Luke studiò la posizione del sole: da lì a poco l'intero cortile sarebbe stato all'ombra della palazzina. Rispetto al riverbero accecante delle zone assolate, quel punto sarebbe risultato imperscrutabile agli occhi di una sentinella. Avvitò il silenziatore alla sua Beretta 9 mm, mise il colpo in canna e si dispose ad aspettare.

Il rombo inequivocabile del motore da quattrocentosessanta cavalli annunciò l'arrivo della Ferrari California di Ayala. Luke vide il bolide giallo sbucare sulla strada alla sua destra, fermarsi dinanzi al cancello ed entrare sgasando all'interno della villa. Inforcò i binocoli e osservò la figura scendere dalla vettura: si trattava senza dubbio dello stesso uomo immortalato nelle fotografie che gli aveva mostrato Stiegler.

Nascosti all'interno di una rimessa per le barche, il maggiore israeliano e gli altri uomini della squadra furono aggiornati da Kolarov e si prepararono a entrare in azione.

Invisibile nell'ombra del cortile, Luke superò le carcasse delle Mercedes e si acquattò al riparo del carrello telonato. Una rapida occhiata alle sue spalle gli diede la conferma che dal tetto della palazzina la sentinella non poteva vederlo. Si apprestò a coprire i pochi metri che lo separavano dal basso muretto, un breve tratto nel quale sarebbe stato pericolosamente allo scoperto. Dubitava della buona mira dei suoi nemici, ma uno sparo avrebbe comunque dato l'allarme.

Quel pensiero lo fece esitare: forse aveva trovato il modo per comunicare con Irina.

Si mosse rapido, giunse al muretto e lo scavalcò appiattendosi a terra. Non avevano sparato, non lo avevano visto. Strisciò verso il canale e si lasciò scivolare tra gli arbusti che ne coprivano le rive. In quel momento udì nuovamente il rombo della Ferrari. Sbirciando attraverso un cespuglio spinoso vide la California gialla di Ayala uscire dal cancello, seguita da una berlina scura: aveva sempre la capote abbassata e poté riconoscere Irina seduta a fianco del boss colombiano. La voce di Kolarov gli giunse nell'auricolare per avvertirlo che i loro obiettivi se ne stavano andando.

«Li ho visti» rispose. «Aspetto il buio, poi proverò a dare un'occhiata più da vicino alla villa. Magari senza il capo la vigilanza è meno attenta. Resta in posizione, potrei avere bisogno di te. Se mi dovessero scoprire rientra alla base. Chiudo».

Avvisati da Kolarov, il maggiore Stiegler e Diego Ybarra indossarono i caschi integrali, inforcarono la vecchia Triumph che Marcus era riuscito a procurarsi e si mossero per intercettare il boss. Il franco-canadese, placidamente sdraiato in spiaggia al fianco di Sara, prese il cellulare al primo squillo e fu aggiornato da Joe Martino sui recenti sviluppi.

Irina si era chiusa in camera, sperando che isolarsi dal boss fingendo un malessere potesse farle guadagnare tempo, ma si era illusa. Ignorando le proteste di Margarita, Ayala aveva bussato alla sua porta con insistenza e lei aveva dovuto far buon viso a cattivo gioco. Sapeva di camminare in precario equilibrio su un filo sottile e senza rete di protezione.

Al volante del bolide lanciato a tutta velocità sulla strada per Porlamar, Ayala sembrava felice come un bambino tra i suoi giocattoli preferiti. Continuava a voltarsi verso Irina regalandole sorrisi a trentadue denti e sguardi carichi di aspettative.

«Voglio portarti in un posto davvero incantevole» annunciò Ayala. «Si chiama Papaito Beach, è un ristorante sul mare dove preparano ottimi cocktail e cucinano il pesce in modo davvero formidabile».

Irina sfoggiò il sorriso più ebete e solare che poté, affidò un bacio al proprio dito indice che lo recapitò sensuale sulla guancia di lui. Ayala le prese la mano e la baciò con dolcezza.

«È bellissimo viaggiare su una macchina così, con l'aria che ti accarezza il viso e i capelli» mormorò lei estasiata, ritraendo la mano.

«Purtroppo, in questi giorni, urgenti questioni d'affari mi hanno costretto a trascurarti, ma ora ho intenzione di farmi perdonare. Voglio conoscerti meglio e trascorrere un po' di tempo insieme a te. Inizieremo con una serata rilassante in riva al mare dove nessuno ci disturberà».

Irina decise di cogliere l'occasione al volo. «Ne ho proprio bisogno. Di stare un po' con te, intendo. In questi giorni i tuoi uomini sono stati così invadenti...»

«Ti hanno forse mancato di rispetto?» chiese lui corrucciato.

«No, no, sono stati molto educati. È solo che li avevo sempre addosso, anche al centro commerciale. Non sono abituata ad avere la scorta».

Ayala sorrise senza distogliere gli occhi dalla strada.

«È per la tua sicurezza, tesoro».

«Qui sull'isola cosa mai potrebbe capitarmi?» protestò Irina con aria innocente.

«Ti ci abituerai».

Giunsero a Porlamar e attraversarono la città sotto gli sguardi incantati della gente che additava la Ferrari con un misto di ammirazione e invidia. Transitando a fianco di un posto di blocco, Irina vide i poliziotti salutare con riverenza il boss.

Anche in lontananza, il puntino giallo dell'auto di Ayala era facile da seguire, così Stiegler e Ybarra si erano mantenuti a distanza di sicurezza per tutto il tragitto. In città, coperti dal traffico, avevano ridotto le distanze. Percorsero avenida Villalba, superarono un grosso centro commerciale, costeggiarono un parco divertimenti e infine accostarono dietro alcune auto quando videro la Ferrari varcare il cancello di un esclusivo resort sul mare.

Il proprietario del Papaito Beach aveva riservato al suo privilegiato ospite un tavolo all'estremità della terrazza che si protendeva per diversi metri sull'acqua. Per garantire la privacy cui Ayala era abituato, aveva precluso l'intera veranda agli altri clienti, per lo più turisti, relegandoli nella sala interna. Due uomini del boss, seduti a un tavolo sulla porta, si assicuravano che nessuno disturbasse il loro capo e la bella biondina.

Cullati dal quieto e perenne sciabordio della risacca sotto di loro, cenarono a base di pesce, chiacchierando amabilmente come due innamorati. Irina si sforzava di mostrare interesse per gli aneddoti che Ayala le raccontava, più che altro incentrati sul periodo che aveva trascorso a studiare in Inghilterra, a Cambridge. Per due anni, raccontò il boss, aveva anche fatto parte della squadra di canottaggio dell'università, ma non era mai stato selezionato per la famosa regata di quattro miglia e trecentosettantaquattro iarde contro Oxford.

Irina, preparata alle inevitabili domande sul suo passato, al loro primo appuntamento aveva spiegato che era nata in un sobborgo di Londra, da madre venezuelana e padre inglese. Con questa spiegazione contava di giustificare l'accento che sapeva di tradire nonostante parlasse uno spagnolo quasi perfetto. Aveva solo dieci anni quando suo padre era morto e sua madre aveva deciso di tornare in Venezuela. Ora stava per raccontare un aneddoto sulla prima volta che si era esibita su un palco, quando sentì dietro di lei i passi pesanti della guardia del corpo. L'uomo la superò e, lanciandole un'occhiata diffidente, disse qualcosa all'orecchio di Ayala.

Irina avvertì un brivido gelido percorrerle la schiena. Che l'avessero scoperta? Era disarmata, si trovava su un'isola in mano ai narcos e, anche se fosse riuscita a fuggire, non aveva un posto dove rifugiarsi.

Vide Ayala irrigidirsi, guardarla per un attimo, scuro in volto, poi detergersi la bocca col tovagliolo di lino, ripiegarlo con ostentata calma e alzarsi.

Per quanto fosse inutile, istintivamente ogni muscolo di Irina si tese, pronto a lottare. Non sarebbe morta senza combattere.

Il boss le si avvicinò, le prese la mano e la baciò, restando un attimo più del necessario ad assaporare con le labbra il profumo della pelle di lei. Gli occhi dei due si incrociarono e Irina poté riconoscere il pozzo senza fondo di fredda crudeltà che essi celavano.

«A quanto pare, mia cara, dovremo rimandare la serata dedicata a noi. Vieni, ti riporto a casa. Purtroppo un piccolo contrattempo richiede la mia attenzione».

«Cosa è successo?» gli chiese mentre, a bordo della Ferrari, tornavano verso El Guamache.

«Nulla di grave» rispose lui evasivo. «Un mio…dipendente ha combinato un piccolo pasticcio e devo occuparmi della questione prima che la cosa degeneri».

Durante la loro prima cena insieme, Irina gli aveva dovuto chiedere di cosa si occupasse. Non farlo sarebbe risultato sospetto. Ayala aveva risposto che esportava merci varie negli Stati Uniti e in Europa e lei aveva a stento represso un sorriso per la prevedibilità della risposta.

«Domani ci sarai?»

Ayala la squadrò. «Perché me lo chiedi?»

Irina fece spallucce.

«Vorrei andare a Puerto La Cruz a fare un po' di shopping».

Il boss tornò a guardare la strada.

«Se non ci sarò, ti accompagnerà uno dei miei uomini. Hai bisogno di soldi?».

«No... è che non mi va di avere un bestione che mi segue come un'ombra».

Nella luce soffusa dell'abitacolo le labbra sottili di Ayala assunsero una forma sghemba, a metà tra un ghigno e un sorriso.

«Te l'ho detto, mia cara, è per la tua sicurezza. Non sopporterei che qualcuno ti facesse del male...»

L'ultima frase del boss arrivò a Irina più come una minaccia che come una rassicurazione.

Capitolo 13

Muovendosi silenzioso nel buio della sera, Luke McDowell aveva sfruttato il letto del canale per avvicinarsi alla villa. Dalla sua posizione poteva controllare sia il cancello che le finestre della stanza di Irina. Il ciccione di guardia all'ingresso faticava a stare sveglio pur avendo iniziato il suo turno solo un'ora prima. Il viale che portava davanti alla casa era illuminato da bassi lampioncini sferici che diffondevano una luce soffusa. Tutte le finestre erano buie a eccezione di quella della stanza a destra del portoncino. Un alone di luce rischiarava il prato anche sul lato opposto della casa. Sull'angolo del muro di cinta più vicino a lui distingueva chiaramente il profilo oblungo di una telecamera di sorveglianza ed era certo che ce ne fossero altre tutt'intorno alla villa. Stava per spostarsi lungo il corso d'acqua alla ricerca di un punto debole, quando l'inconfondibile rombo della Ferrari annunciò il ritorno del padrone di casa. Subito il ciccione si diede un contegno vigile e salutò il boss mentre il cancello si apriva con un ronzio sovrastato dal potente motore V8. Vide l'auto di Ayala oltrepassare il cancello, seguita dalla berlina nera della scorta. Altre luci si accesero intorno alla casa e sulla soglia comparve la stessa donna che poche ore prima aveva visto riordinare la stanza, la quale salutò Irina e il suo padrone con un caldo sorriso caraibico. Ayala non entrò nemmeno. Salutò la sua ospite esibendosi in un compìto baciamano e salì sul sedile posteriore della Vauxhall nera che fece manovra e uscì dalla villa allontanandosi veloce nella notte.

La voce di Kolarov gli giunse negli auricolari disturbata, dovevano aver ormai raggiunto il limite della portata: «Che diavolo succede?» chiese il serbo.

«Ayala ha accompagnato Irina a casa ed è ripartito con i suoi tirapiedi, avverti gli altri».

«Ricevuto. Chiudo».

Stiegler e Diego avevano seguito la Ferrari e la scorta fino a quando avevano capito che il boss stava rientrando alla villa. Parcheggiati al riparo tra un furgone e un grosso pick-up nei pressi di un incrocio, attendevano istruzioni. L'israeliano rispose non appena la ricetrasmittente emise il primo cicalio, ascoltò il breve rapporto di Kolarov, fece un cenno a Diego e i due si rimisero i caschi preparandosi a un nuovo inseguimento. Pochi istanti dopo videro la Vauxhall nera attraversare sfrecciando l'incrocio, incurante del semaforo rosso.

L'uomo era legato a una seggiola, con le mani dietro la schiena. Sudava copiosamente e non solo per il caldo afoso che rendeva l'aria densa e irrespirabile. Quella sera, mentre usciva di casa, quattro uomini lo avevano aggredito, gli avevano messo un cappuccio in testa e lo avevano condotto in un capannone usato per il rimessaggio e la riparazione delle barche, situato lontano da occhi indiscreti, tra El Guamache e Punta de Mangle.

Quando gli avevano tolto il sacco nero dalla testa, aveva riconosciuto il posto ed era terrorizzato. Aveva cercato di dire qualcosa, ma un violento pugno in faccia lo aveva indotto a tacere.

«Risparmia il fiato per *el Inglés*» gli aveva ordinato uno dei suoi aguzzini.

Aveva perso la cognizione del tempo e piangeva sommessamente. All'improvviso sentì le voci degli uomini salutare il boss e i passi dell'uomo farsi sempre più vicini. Capì che era fermo alle sue spalle. Il cuore accelerò ancora, sembrava quasi volesse uscirgli dal petto per mettersi in salvo, almeno lui.

«Io posso spiegare…» provò a dire, la voce resa acuta dal terrore.

Il boss non rispose. Poteva sentirne il respiro a pochi centimetri dalla sua nuca, avvertiva i suoi occhi su di sé, aspettava atterrito il freddo contatto di una lama d'acciaio contro la sua gola.

Finalmente, Ayala si mosse. Gli fu davanti e lo guardò come si guarda un ragazzino troppo vivace che ha appena fatto una marachella.

«La prego, posso spiegare. Non è come sembra, io non volevo scappare» ripeté l'uomo.

Ayala lo zittì con un gesto della mano. Vide una pozza di urina allargarsi alla base della seggiola e fece un passo indietro con espressione disgustata.

«Mi deludi, Andrés. Ti ho affidato un incarico di responsabilità, di fiducia, e tu cosa fai? Rubi i miei soldi e cerchi di scappare in Europa. Hai acquistato due biglietti per Amsterdam, per te e tua moglie. Pensavi davvero di farla franca così facilmente?»

«No! Vi avrei restituito tutto, fino all'ultimo centesimo e con gli interessi». L'uomo annuì vigorosamente con la testa. «Sì, con molti interessi».

«Non è così che funziona, Andrés, dovresti saperlo». Gli occhi di Ayala si fecero, se possibile, ancora più cupi, ricordando al prigioniero quelli di uno squalo, bui e privi di sentimenti.

«Un milione e duecentomila dollari sono tanti, ma non è questo il punto. Non posso permettere che un mio contabile prenda impunemente certe iniziative, sarebbe un precedente pericoloso, tu lo capisci questo, vero Andrés?»

L'uomo annuì ancora, vigorosamente. «Avete ragione, signor Ayala, avete *perfettamente* ragione, ma io non volevo... non credevo... non succederà più, signor Ayala, glielo prometto. Sapete che potete contare su di me».

«*Credevo* di poter contare su di te. Hai tradito la mia fiducia, Andrés Da Silva. Avevi bisogno di più soldi? Di un periodo di vacanza in Europa? Se ti fossi rivolto a me con onestà, avremmo trovato insieme una soluzione, ma tu hai voluto agire da solo e alle mie spalle, rubando il mio denaro».

Ayala si allontanò di alcuni passi, si fece dare uno Zippo e si accese una sigaretta, poi fece un gesto ai suoi uomini. Uno di essi si piazzò alle spalle del prigioniero, alzò una tanica e gliene rovesciò il contenuto sulla testa.

«No! Che fate? No!» urlò disperato l'uomo.

Ayala squadrò con disprezzo la figura patetica che sedeva dinanzi a lui, inzuppata di benzina, implorante pietà. Scosse la testa, le labbra a disegnare un ghigno malevolo. Gettò l'accendino addosso all'uomo tramutandolo all'istante in una torcia umana.

Mordechai Stiegler e Diego Ybarra si erano avvicinati al capannone con la massima cautela, ma il boss non aveva lasciato nessuno di guardia fuori. Era una costruzione rettangolare fatiscente, situata a pochi metri dal mare, probabilmente una rimessa o un'officina per le barche. Le finestre, lunghe e strette, erano posizionate a ridosso del tetto, troppo in alto per consentire di spiare all'interno. La Vauxhall che avevano seguito era ferma davanti al portone, sul lato più corto dell'edificio, a fianco di una vecchia Lincoln color argento. Mentre Diego faceva un rapido giro del perimetro, Stiegler impugnò la Glock con entrambe le mani e si avvicinò fino ad appiattirsi con la schiena contro la lamiera a fianco della porta ricavata nel più ampio portone. L'uscio era parzialmente aperto e poté spiare all'interno. Gli giunse la voce disperata di un uomo che implorava di essere risparmiato, poi il tono autoritario di *el Inglés* che lo redarguiva. Nella penombra che avvolgeva l'interno della rimessa contò cinque uomini oltre al boss, ma era un dato di cui non poteva essere certo a causa delle numerose imbarcazioni e attrezzature che gli ostruivano la vista.

Diego gli giunse accanto. «Non ci sono altri ingressi a parte le aperture sul mare. Che sta succedendo?»

«Pare che abbiano beccato uno che voleva fare il furbo» rispose a mezza voce Stiegler. «Credo che stia per fare una brutta fine».

Videro un uomo sollevare una tanica sulla testa del prigioniero, legato a una sedia. Un istante dopo ci fu una vampata e le fiamme avvolsero il condannato. Diego distolse lo sguardo.

«Presto, andiamocene, stanno per uscire» ordinò

Stiegler.

Avevano appena fatto in tempo a nascondersi che i narcotrafficanti uscirono dal capannone. Contarono sei uomini più Ayala. Stiegler fece rapporto a Joe Martino che avvisò Marcus e Kolarov.

Irina era certa che si trattasse di un regolamento di conti. Sperò solo che il malcapitato fosse un altro narcotrafficante e non l'ennesimo agente dell'antidroga, almeno ci sarebbe stato un delinquente in meno al mondo.

Nella villa, a parte la servitù, erano rimasti solo la guardia al cancello e due uomini che quasi sicuramente erano intenti a giocare a carte o a guardare film porno nella stanza al pianterreno.

Doveva approfittarne.

Indossò una maglietta, un paio di fuseaux neri e scarpe da ginnastica. Se l'avessero scoperta con quella tenuta avrebbe potuto sostenere che stava facendo un po' di esercizi prima di coricarsi. In fondo era la verità, li faceva davvero. Aprì la porta piano, benedicendo Margarita che manteneva ben oliati i cardini. Si mosse lungo il corridoio e guardò con cautela verso il piano di sotto. La casa era buia e silenziosa e l'unica lama di luce, che feriva timida l'oscurità, sembrava filtrare da sotto l'uscio della stanza dei *sicarios* di Ayala, a destra dell'ingresso. Lo studio del boss era alle sue spalle, proprio di fronte alle scale. Appoggiò la mano sulla maniglia di ottone e fece un respiro profondo, sperando che questa volta la porta non fosse chiusa a chiave e, soprattutto, non cigolasse.

Girò la maniglia.

La porta si aprì, docile e silenziosa, lasciando uscire l'odore di legno lucidato, cuoio e tabacco di qualità. Richiuse l'uscio dietro di sé, fece un altro respiro profondo e accese la piccola torcia tascabile, stando attenta a schermare il più possibile il fascio di luce affinché non trasparisse attraverso le persiane. La stanza non era molto grande, ma sembrava arredata senza badare a spese. Le ricordò l'ufficio del suo capo, Lord William Anthony Davenport, responsabile delle Operazioni Speciali dell'MI6. Per prima cosa andò alla scrivania e accese il computer, un portatile Apple di ultima generazione. Mentre l'apparecchio esauriva le procedure di accensione diede un'occhiata nei cassetti: ce n'erano otto, quattro per lato. Nel primo trovò materiale di cancelleria e un pacco di buste da lettera intonse. I due successivi erano colmi di riviste su armi da guerra e da caccia e Irina si chiese quanto quell'uomo sapesse distinguere l'una dall'altra. L'ultimo cassetto del lato di destra era vuoto. Colta da ispirazione, lo sfilò dalle guide e lo capovolse alla ricerca di un doppio fondo, sperando di essere sulla pista giusta.

Rimase delusa, non c'era alcun sottofondo, era semplicemente un innocuo cassetto vuoto.

Il computer emise un debole segnale acustico che a Irina parve lacerare il silenzio come un allarme antiaereo, ma ciò che più la colpì fu la piccola finestra color indaco che lampeggiava al centro dello schermo, occupato interamente da una suggestiva veduta notturna di Manhattan. Richiedeva una password d'accesso a otto cifre. Imprecò tra sé, anche se si rendeva conto che un uomo come Ayala non avrebbe mai lasciato documenti comprometti in un computer privo di protezione. Era tentata di fare qualche prova, magari digitando il soprannome del boss, *el Inglés*, che era proprio di otto caratteri, ma c'era il rischio di innescare altri sistemi di protezione e Ayala avrebbe potuto scoprire il tentativo di intrusione. Decise di continuare a ispezionare i cassetti: con un po' di fortuna, annotata da qualche parte, avrebbe trovato la password.

Nel primo cassetto a sinistra trovò un revolver, due scatole di munizioni calibro .357 magnum e il kit di pulizia della pistola. Stava per aprire il secondo quando udì la scala scricchiolare e passi pesanti risuonare sul parquet. Nelle notti che aveva trascorso alla villa non si era mai accorta che i *sicarios* facessero dei giri di ronda durante la notte, ma la sua stanza si trovava in fondo al corridoio e, se non fosse stata con tutti i sensi all'erta, anche adesso non si sarebbe accorta di nulla. Un istante dopo, la porta si aprì permettendo alla luce del corridoio di inondare la stanza come un fiume in piena. A Irina sembrò che tutti i riflettori del mondo fossero puntati su di lei. Tutto durò un paio di secondi che parvero non finire mai. Poi la luce si ritirò dietro la porta e le tenebre tornarono a regnare nello studio. Irina aveva appena fatto in tempo a chiudere lo schermo del pc e gettarsi sotto la scrivania, trattenendo il respiro, una frazione di secondo prima che Heriberto, un gigante nero alto quasi due metri, spalancasse la porta.

Improvvisa, le balenò in mente un'altra atroce possibilità: se l'uomo avesse avuto l'ordine, o magari l'ardire, di controllare anche la sua stanza, lei sarebbe stata nei guai. Rifletté freneticamente. Se l'avessero cercata, lo studio di Ayala era il posto più sicuro dove restare al momento, perché era appena stato controllato. Poi però doveva decidere che fare. Tornare nella sua stanza, magari sostenendo che era in cucina quando la guardia aveva fatto il giro di ronda? Tentare la fuga?

Stava ancora escogitando un piano quando risentì i passi pesanti dell'uomo, lo scricchiolio del primo gradino delle scale, e tirò un sospiro di sollievo, benedicendo l'educazione inglese che impediva a un gentleman di violare la privacy di una signora.

Si rimise al lavoro. Aprì il secondo cassetto di sinistra che si rivelò pieno di documenti. Li depose con cura sulla scrivania e li scorse velocemente alla luce della piccola torcia. Erano estratti conto bancari, ricevute di pagamento per riparazioni effettuate a un elicottero, la lettera di un avvocato delle Isole Cayman. Le venne in mente Al Capone, che fu incriminato per frode fiscale, ma Ayala non era cittadino statunitense e, in ogni caso, era determinata a inchiodarlo per delitti ben più gravi.

Nel terzo cassetto trovò un'agenda e il cuore accelerò il ritmo. La sfogliò, pagina per pagina, alla ricerca della password per il computer e di qualunque nota che potesse costituire una prova o un indizio da seguire. Un paio di volte al mese, a intervalli irregolari, Ayala si era appuntato le incursioni della polizia: le note riportavano l'ora e, tra parentesi, un numero che variava da due a tre a seconda delle volte. Anche quella mattina, alle 12, era prevista un'irruzione. Ricordò le sirene della polizia e il trambusto che ne era seguito, giusto a mezzogiorno. Bene, se non altro quella era una prova delle collusioni tra Ayala e le autorità locali. Rinfrancata, continuò ad esaminare l'agenda. Alla pagina del 28 maggio trovò un'altra nota interessante che riportava coordinate geografiche, orario e quello che doveva essere un se-gnale di riconoscimento acustico o luminoso: "tre lun-ghi, tre corti, due lunghi. In risposta due lunghi, quattro corti". Era pronta a scommettere che si trattasse di un appuntamento, probabilmente in qualche punto del mar dei Caraibi, per consegnare partite di droga da infiltrare negli Stati Uniti. In fondo all'agenda, tra l'ultima pagina e il dorso, trovò un foglietto con un elenco di quattro nomi che riconobbe essere le identità di copertura di Gerber, dei due agenti della DEA e di uno del DAS colombiano. Tre di essi erano stati cancellati con un semplice tratto di penna. Provò un moto di rabbia al pensiero della facilità con cui Ayala aveva decretato la morte dei suoi compagni. Uno di loro, però, era ancora vivo e, cosa più importante, lei non figurava nella lista. Non ancora.

Non trovò traccia della password, ma era comunque soddisfatta. Estrasse la minuscola macchina fotografica digitale e scattò le foto della lista e delle note incrimi-nanti, poi passò all'ultimo cassetto che, con suo disap-punto, Irina trovò chiuso a chiave. Sarebbe stato un gioco da ragazzi forzare la debole serratura, ma ciò avrebbe svelato al boss la sua perquisizione. Probabil-mente nello studio, celata da qualche parte, c'era anche una cassaforte, ma senza conoscere la combinazione sarebbe stato inutile perdere tempo a cercarla.

Rimise tutto meticolosamente a posto e si accinse a tornare nella sua stanza. Socchiuse l'uscio e scrutò il corridoio nella penombra del tenue alone di luce che saliva dal piano terra. Udì le voci di Heriberto e Paco, poi il rumore di una porta che si chiudeva e il corridoio fu avvolto dalle tenebre.

Stava per abbassare la maniglia della sua camera quando la porta al pianterreno si aprì di scatto, le guardie uscirono imprecando e le luci del giardino si accesero. D'istinto, Irina si precipitò dentro, recuperò da sopra l'armadio il coltello che aveva rubato in cucina qualche giorno prima e si fiondò vestita sotto le lenzuola. Se l'avevano scoperta e avessero fatto irruzione in camera, era consapevole di avere poche possibilità di cavarsela. Avrebbe potuto cogliere di sorpresa i gorilla, forse anche ucciderne un paio, ma poi dove avrebbe potuto fuggire? Rimpianse di non avere con sé la sua fedele Glock e disse mentalmente addio a Diego. Sapeva che molto probabilmente l'avrebbero trascinata in qualche posto tranquillo dove l'avrebbero torturata e uccisa.

Luke aveva deciso di rompere gli indugi. Doveva essere successo qualcosa di grosso per costringere Ayala a interrompere una serata galante e ripartire in tutta fretta con i suoi uomini. Si augurò che non avessero smascherato un altro agente dell'antidroga. In ogni caso era il momento per cercare di stabilire un contatto con Irina. Era un piano azzardato, ma poteva funzionare.

Si mise in contatto con Kolarov e gli diede l'ordine. Da una distanza di trecentottantaquattro metri e mezzo, il cecchino inquadrò il bersaglio nel mirino a infrarossi del fucile di precisione M200 CheyTac munito di silenziatore e premette dolcemente il grilletto. Il cranio dell'uomo esplose con un sordo "flop", colpito alla tempia da un proiettile calibro .408.

Nessuno si accorse di nulla. Solo dopo una decina di minuti, uno degli uomini intenti a supervisionare la suddivisione in dosi dell'eroina che avveniva al piano di sotto, chiamò con la radio ricetrasmittente il fratello di guardia sul tetto. Non ottenendo risposta, pensò che si fosse addormentato. Se uno dei luogotenenti di Ayala se ne fosse accorto sarebbero stati guai e decise di andarlo a svegliare. Giunto sul tetto, Luis vide il cadavere del fratello e rimase impietrito. Poi urlò a squarciagola dando l'allarme e correndo verso il corpo scompostamente riverso a terra. Due proiettili calibro .408 Chey-Tac, alla velocità di 1100 metri al secondo, lo colpirono in pieno petto facendogli compiere una macabra danza prima di crollare a terra in una pozza di sangue.

In pochi istanti il putiferio fu generale. Altri due uomini si precipitarono sul tetto, cadendo sotto i colpi infallibili del cecchino. Un terzo uomo, convinto di aver visto un riflesso, esplose alcuni colpi di pistola che si persero nella notte a centinaia di metri da Kolarov.

Dalla sua posizione, nel canale a pochi metri dal muro di cinta, Luke osservò la villa illuminarsi e il guardiano al cancello riscuotersi dal suo torpore. Temendo un attacco in corso, tutta l'attenzione dei narcos era rivolta a presidiare l'ingresso. Alcuni riflettori perlustravano il cielo stellato alla caccia di eventuali elicotteri. Luke si spostò fino a trovarsi esattamente di fronte alla camera dove si augurava ci fosse Irina. Prese la mira ed esplose tre colpi cadenzati che trapassarono la parte alta di una persiana, andando a conficcarsi nel soffitto. Da quell'angolazione e mirando così in alto sapeva di non avere possibilità di colpire la donna, erano colpi perfettamente innocui. Si augurò che la 007 britannica cogliesse il messaggio.

Irina sobbalzò quando il primo colpo mandò in frantumi il vetro e si conficcò nel soffitto. Si sdraiò a terra mentre altri due proiettili seguirono la stessa traiettoria del precedente. Qualche istante prima aveva udito degli spari in lontananza, ma questi provenivano da un'arma silenziata. A giudicare dal trambusto generale, ormai l'allarme era stato dato quindi perché usare il silenziatore? E perché sparare così in alto? Guardò il soffitto: i tre proiettili si erano conficcati a pochi centimetri uno dall'altro e non sembrava un caso. Chi aveva sparato sapeva il fatto suo.

Le venne un dubbio, ma non osava essere così ottimista.

Strisciò fino al muro che separava le due portefinestre e si alzò mantenendosi aderente alla parete. Allungò una mano e aprì la finestra, poi si rimise a terra e strisciò fino alla persiana, scrutando nel buio oltre il muro di cinta.

I suoi occhi colsero un fugace lampo di luce. Guardò meglio e lo vide di nuovo, questa volta più lungo, poi altri due lampi veloci.

Era un codice morse!

Non era sicura della prima lettera, ma le successive erano certamente U, K e E. "Luke"! Si alzò, socchiudendo le persiane; i narcos avrebbero potuto vederla, ma era plausibile, anche se sciocco, che una persona non avvezza ai combattimenti potesse commettere una tale imprudenza per vedere cosa stesse succedendo. Il messaggio si ripeté e questa volta ne fu certa, era Luke McDowell. Seguì un'altra serie di lettere: W, A, I, T, "aspetta": le stava dicendo che non era ancora il momento di uscire di scena, voleva solo farle sapere che non era più sola.

Irina prese la sua torcia e rispose con tre lampi lunghi, una pausa, e altri tre lampi, il primo lungo, poi breve, poi ancora lungo. Aveva risposto "ok". Richiuse la persiana e la finestra, si spogliò, nascose torcia, macchina fotografica e coltello e tornò a letto, preparandosi a recitare la parte della donna terrorizzata, ma ora era decisamente più ottimista. McDowell non era certo lì fuori da solo, sicuramente c'era anche Diego. Un altro pensiero si fece strada nella sua mente: la presenza di Luke significava che era in corso un'operazione non ufficiale, probabilmente nemmeno autorizzata dal governo, ed era pronta a scommettere che dietro ci fosse la regia di Dimitrov. Si accorse che stava sorridendo. Non c'era nemico peggiore di una squadra di veterani altamente addestrati e decisi a non rispettare le regole. Sì, stava proprio sorridendo, l'agente Gerber e gli altri suoi colleghi sarebbero stati presto vendicati.

Capitolo 14

Tutta la squadra era riunita nell'appartamento di Punta de Piedras. Gli ultimi a rientrare erano stati McDowell e Kolarov, costretti a fare un ampio giro per allontanarsi dalla zona controllata dai narcos di Ayala.

Il maggiore Stiegler aveva fatto rapporto sulla barbara esecuzione cui lui e Diego avevano assistito e Luke aveva confermato l'avvenuto contatto con Irina. Il morale di Diego era palesemente migliorato, anche se nell'ultimo quarto d'ora aveva già chiesto tre volte all'amico se era riuscito a vedere Irina, se fosse sicuro che avesse capito il messaggio, se era certo che fosse stata lei a rispondere ai suoi messaggi luminosi.

«*Parbleu, mon ami*! Mantieni la calma! Così non le sarai di nessun aiuto!» aveva sbottato spazientito Marcus e solo allora Diego si era calmato.

Secondo i calcoli di Joe, che finora aveva brillantemente coordinato gli spostamenti degli uomini sul campo e gestito le informazioni che da loro gli giungevano, Ayala poteva contare su almeno due dozzine di *sicarios* dislocati nelle immediate vicinanze della villa e dell'edificio che fungeva da punto di rifornimento per i pusher locali. Kolarov era certo di poter aggiungere quattro tacche al suo fucile, ciò nonostante il numero degli avversari restava pericolosamente alto.

«Ora che Irina sa che ci siamo, cercherà di mettersi in contatto con noi. Dovremo organizzare una sorveglianza continua e turni di pedinamento quando si sposterà. Così potremo cogliere i messaggi che sicuramente cercherà di farci avere» suggerì Luke.

«Purtroppo il pedinamento non è una nostra specialità» obiettò Martino.

«É un lavoro da poliziotti» ammise Tony.

«Dopo l'attacco di ieri staranno all'erta, abbiamo perso il fattore sorpresa» aggiunse Sara.

«Al contrario» la corresse Luke. «Abbiamo visto coi nostri occhi come i narcos siano sempre all'erta. Perfino al ristorante, nella *sua* isola, Ayala era scortato dai suoi scagnozzi. La villa e la zona circostante sono costantemente sorvegliate. Il fattore sorpresa non è mai stato un'opzione. Ora, invece, se quanto sostiene il Mossad è vero, Ayala volgerà la sua attenzione verso altri boss, i suoi occhi si faranno più attenti, ma non guarderanno nella nostra direzione».

Stiegler si alzò dalla sedia e cominciò a passeggiare avanti e indietro nella stanza.

«Ho totale fiducia sull'attendibilità dei nostri rapporti e convengo con l'analisi fatta da McDowell: la DEA non avrebbe agito come noi e Ayala lo sa benissimo. Si guarderà le spalle dai boss che sa essergli più ostili e, se noi adotteremo il giusto modus operandi, potremo colpirlo in maniera... definitiva e poi lasciare che le belve si sbranino tra loro per spartirsi la carcassa del tiranno».

«Non dimentichiamoci, *mes amis*, della nostra amica oltre le linee. Irina è un'agente esperta e ci sarà di enorme aiuto, ne sono certo» fece convinto Marcus.

Kolarov, intento a pulire il suo fucile, straccio in una mano e bomboletta di lubrificante nell'altra, alzò gli occhi verso i compagni. «Avete un piano?»

McDowell si accese una sigaretta e andò alla finestra: il cielo si era rapidamente coperto di nubi e la luna non era che un pallido bagliore dove esse erano meno dense.

«Molto dipende da cosa riuscirà a fare Irina. Se fossimo costretti a liberarla con la forza, non potremo andare tanto per il sottile».

Prese il telefono satellitare e digitò il numero di Dimitrov. «Abbiamo effettuato un attacco diversivo e stabilito un contatto con Irina» annunciò appena il russo rispose. «Spero riesca a sganciarsi da sola, altrimenti dovremo andarla a prendere».

«Non che nutrissi dubbi in proposito, ma Thompson mi ha confermato che dalle alte sfere di Washington avete carta bianca».

«In via non ufficiale immagino...»

«Se la cosa può tranquillizzarti, amico mio, dal Presidente in persona».

Luke spense la cicca nel posacenere.

«Mi stai suggerendo di fidarmi della parola di un politico?»

A bordo del *Socrates III*, Dimitrov sorrise.

«Ti sto dicendo che puoi fidarti di me».

Ayala era furibondo. Rientrato nel suo quartier generale, aveva appreso dell'uccisione di quattro dei suoi uomini e aveva un'idea ben chiara su chi si celasse dietro quell'attacco intimidatorio.

Gaston Cobarez, suo primo luogotenente, seduto di fronte alla scrivania nello studio del boss, schiacciò con rabbia il *cigarillo* nel portacenere a forma di conchiglia. Aveva la stessa età di *el Inglés* e i loro padri erano sempre stati buoni amici anche se avevano intrapreso strade molto diverse. Cobarez aveva studiato Economia all'università di Buenos Aires senza riuscire a terminare il corso di laurea. Quando Ayala era rientrato dall'Inghilterra e aveva cominciato a prendere in mano le redini del cartello gestito dal padre, Gaston lo aveva da subito appoggiato, diventandone ben presto il consigliere più fidato.

«*El Goyo* vuole farci le scarpe, non è un mistero. Non ha mai condiviso la tua politica riformista e innovativa né compreso l'importanza di riciclare il denaro in attività pulite. È un dinosauro e non capirà mai che il vecchio modo di gestire i cartelli è ormai superato».

Ayala, in piedi davanti alla finestra, si volse verso l'amico: «Non è solo *el Goyo* che mi preoccupa e in ogni caso sapremo presto se c'è lui dietro a tutto questo. Quanti ragazzi abbiamo dentro la PGV?»

«Tre» rispose Cobarez. «Domani stesso li farò contattare. A chi altro stai pensando?»

«A chi sto pensando? Cristo, Gaston! Sono almeno quattro i capi scissionisti, lo sai meglio di me, e quel vecchio pallone gonfiato non è certo quello più pericoloso».

«Ma è il più potente».

«Il più ricco, forse, ma ricordati, Gaston, che i soldi non bastano per essere davvero potenti se non hai anche le palle e il cuore. Mette in discussione la mia autorità, ma si è rifugiato come un coniglio in quel buco di culo della PGV per sfuggire ai miei sicari».

«Però è strano,» borbottò Cobarez accendendosi un altro *cigarillo*, «non hanno preso d'assalto la villa, non hanno attaccato te mentre eri alla rimessa, si sono limitati a far fuori quattro dei nostri e poi sono spariti nel nulla, senza lasciare tracce. Qual è il loro scopo? Spaventarci?»

Ayala rispose con un'alzata di spalle: «Forse volevano attaccarci e la mia improvvisa uscita ha scombussolato i loro piani o forse hanno solo voluto mandarci un messaggio, farci capire che sono disposti a fare la guerra e sono in grado di violare la mia isola. Ma quello che mi chiedo è da dove hanno sparato per colpire i nostri sul tetto. Hai detto che nessuna auto si è avvicinata».

«Nessuna, sicuro» confermò Cobarez. «Comunque, appena farà giorno manderò gli uomini a setacciare la zona».

Ayala annuì. «Procurami un incontro con l'ispettore Caguaripas, per domani pomeriggio. É giunto il momento che si guadagni il denaro che gli passo».

Cobarez indicò con un cenno alle sue spalle, in direzione della camera di Irina. «E la tua nuova... amica? Che intendi fare?»

«Domani me ne sbarazzerò. Avrei voluto divertirmi, è un tipo interessante... mi intriga» sospirò. «È davvero un peccato».

Il nuovo giorno aveva portato con sé un cielo plumbeo e alcune gocce di pioggia cominciavano già a disegnare piccoli cerchi perfetti sulla superficie liscia dell'acqua nella piscina. Rachele aveva apparecchiato davanti all'ampia vetrata scorrevole che dava sul giardino.

Dopo l'incontro a distanza con Luke, Irina si era concessa solo tre ore di riposo e alle prime luci dell'alba era già all'erta per capire cosa stesse succedendo. Alle sette aveva sentito il boss scendere le scale parlando al telefono. Stava per mettere la mano sulla maniglia quando Margarita aveva bussato alla sua porta per avvertirla che il signor Ayala la attendeva per la colazione.

Pochi minuti dopo Irina abbracciava il padrone di casa cercando di assumere un'espressione terrorizzata. «Pedro! Cosa è successo ieri sera? Stai bene? Ho una tale paura! Lo sai che per poco non mi uccidevano?» esagerò.

Evidentemente i danni alle persiane non erano ancora stati notati perché Ayala la scostò da sé, guardandola sconcertato.

«Cosa? Ti hanno sparato? Non eri nella tua stanza?»

«Sì,» rispose lei sedendosi senza abbandonare l'aria afflitta, «ma piovevano schegge dappertutto, i vetri in frantumi, ho avuto così paura...» esagerò di nuovo.

Ayala tornò a sedersi, mentre Rachele serviva le uova al bacon.

«Non ti devi preoccupare, probabilmente si è trattato di un regolamento tra bande dell'isola» mentì. «Qualche pallottola vagante è arrivata fino a noi. La cosa importante è che tu non sia ferita, anche se mi dispiace di non esserti stato accanto quando è successo».

Irina si versò del tè.

«Ci sono state vittime? La polizia cosa dice?»

«Da queste parti la polizia arriva sempre troppo tardi. Per questo ho molti uomini che lavorano per la mia sicurezza. Ricordi quando ti lamentavi per la scorta che ti accompagnava ovunque? Come vedi le mie paure non erano infondate».

Stavano gareggiando a chi mentiva meglio, pensò Irina, come due giocatori di poker che, senza uno straccio di carta decente in mano, rilanciano *chips* sul tavolo palesando certezze che non hanno.

«Dovrò assentarmi per qualche giorno. Credo sia meglio che tu torni a Puerto La Cruz. Sarai più al sicuro, almeno finché l'incidente non sarà chiarito» riprese il boss. «Non sarà questione di molto. Presto potremo dedicarci di nuovo a noi».

Irina si finse delusa. «Sì, forse hai ragione. Ma non è che mi stai scaricando, vero?»

Ayala sorrise accondiscendente. «No, mia cara. Hai la mia parola che riprenderemo da dove ci hanno interrotto».

Dopo colazione lui volle vedere la stanza di Irina. Esaminò con aria critica le persiane scheggiate, i vetri infranti, i tre fori nel soffitto, sicuramente di una nove millimetri, che formavano uno stretto triangolo, a poca distanza dal ventilatore. Chi aveva sparato doveva trovarsi molto vicino al muro di cinta, forse nel canale, che poteva aver sfruttato per avvicinarsi non visto. Si ripromise di far pulire dagli arbusti quello stupido fosso e di piazzare delle luci in tutta la zona. Tuttavia, non capiva il senso di quel gesto. Da quell'angolazione il sicario non aveva alcuna possibilità di colpire una persona all'interno della stanza a meno che non fosse stata in piedi davanti alla finestra. Forse l'intento era dimostrare che potevano colpirlo nella sua stessa casa? Il trillo del cellulare interruppe le sue elucubrazioni. Era Gaston.

Irina ascoltò il breve scambio di battute, poi lui le si avvicinò, le diede un rotolo di banconote, si profuse nel consueto baciamano, si scusò e uscì.

Dalla sua camera, Irina lo vide salire su una Porsche insieme a un uomo alto, con le spalle larghe, i capelli neri raccolti dietro la nuca a formare una corta coda di cavallo. Lo aveva già intravisto nella penombra del locale, durante gli spettacoli che lei faceva in esclusiva per il boss. Al telefono, Ayala lo aveva trattato come un suo pari e Irina rammentò una delle tante foto nei dossier della DEA: si trattava senza dubbio di Gaston Cobarez, il braccio destro di *el Inglés*.

Davanti all'edificio adibito a laboratorio e spaccio, dove i primi pusher cominciavano a fare la spola per rifornirsi, Cobarez rallentò indicando un punto in mezzo al prato incolto, in cui erano stati abbandonati un frigorifero e una lavatrice.

«Abbiamo trovato tracce di un appostamento, tra quei rifiuti laggiù» spiegò. «Credo sia stato un solo uomo a sparare, un ottimo tiratore, forse un cecchino». Cobarez accelerò e la 911 Carrera rispose rombando. «Ci sono impronte nel fango del canale, direi di anfibi militari. Si fermano davanti alle finestre del lato sud. Anche in questo caso, un solo uomo».

Ayala disse al luogotenente dei proiettili che avevano colpito la camera degli ospiti. L'uomo sgranò gli occhi preoccupato. «Forse pensavano fosse il tuo studio, dobbiamo dunque pensare che volessero ucciderti?»

«Che mi vogliano morto è poco ma sicuro, Gaston, ma i colpi sono stati sparati da un'angolazione tale che sarebbe stato impossibile colpire qualcuno all'interno, a meno che non si trovasse proprio davanti alla finestra».

Ayala abbassò la temperatura del condizionatore. «Secondo me si è trattato di un'azione dimostrativa, ma hanno commesso un errore fatale, volevano spaventarmi e invece si sono traditi».

Lo sguardo interrogativo di Cobarez lo sollecitava a proseguire. Ayala fece un ghigno soddisfatto.

«Ora so chi c'è dietro a tutto questo».

Capitolo 15

A bordo della propria Nissan, l'ispettore capo della Polizia Nazionale Bolivariana Xavier Caguaripas li stava aspettando all'estremità di un polveroso parcheggio nel parco Andrés Eloy Blanco, poco lontano dal terminal traghetti di Puerto La Cruz. La portiera posteriore sinistra si aprì e il poliziotto avvertì le sospensioni cedere quando l'imponente figura di Cobarez prese posto alle sue spalle. Un istante dopo Ayala si sedeva al suo fianco.

Il viso paffuto, i capelli neri lucidi di gel, gli occhi porcini, piccoli e ravvicinati, in costante movimento, lo rendevano simile a un personaggio dei cartoni animati o a un gangster americano degli anni Trenta.

Il poliziotto ascoltò paziente il resoconto di Ayala sui fatti della notte precedente, infine scosse il capo, perplesso.

«Di sicuro non è stata una nostra operazione. Non è così che lavoriamo e comunque, se ci fosse stato qualcosa di grosso in ballo, ne sarei venuto a conoscenza» asserì convinto.

«Questo lo so» rispose spazientito *el Inglés*. «L'uomo che ha stecchito i miei uomini ha sparato da… quanto Gaston? Trecento metri?»

«Anche quattrocento, a occhio e croce» confermò

Cobarez.

«Quindi si tratta di un cecchino» concluse Ayala. «E il bastardo che ha sparato dentro casa mia indossava anfibi militari e ha piazzato tre proiettili in meno di dieci centimetri. Cosa ti dice tutto questo, Xavier?»

Il poliziotto rimase un istante a riflettere, poi alzò lo sguardo su Ayala. «Guardia Nazionale... ma è strano lo stesso. Se avessero voluto ucciderti o catturarti avrebbero attaccato in forze e, con tutto il rispetto, i tuoi uomini non avrebbero potuto fermarli».

«Tieni occhi e orecchie bene aperti, interroga tutti i tuoi informatori e ungi dove è necessario, ma fammi avere qualunque informazione, qualunque dettaglio che possa svelarci chi mi ha attaccato. Sono stato chiaro?»

«Chiarissimo, mi metto subito al lavoro, anche se non sarà facile. Quelli della Guardia non ci vedono di buon occhio e sono molto diffidenti».

«Se ti chiedessi lavori facili non ti pagherei così profumatamente, non credi Xavier?»

L'ispettore annuì contrito. «Ho un paio di amici presso il comando generale a El Paraíso, vedrò di riscuotere qualche favore».

Tornati alla loro auto, Cobarez si rivolse all'amico: «Credi che scoprirà qualcosa?»

«Non lo so, Gaston, ma vale la pena di tentare. Tutti i boss sanno come la penso: con le politiche di Chavez, ostili agli Stati Uniti e a Israele, i nostri affari non potranno che prosperare e, tra gli scissionisti, solo due sono dichiaratamente contro l'attuale Presidente. Se pensi che all'interno della Guardia Nazionale sono in molti a essere contrari a Chavez, puoi immaginare da dove proveniva il cecchino. Tirando le somme, restano solo due i capi che possono aver ingaggiato elementi della Guardia per lo spettacolo di ieri notte».

«*El Manco* e Benny Lozano...»

«Falli pedinare e scopri il loro punto debole. Offri ai loro luogotenenti nuove piazze e percentuali più alte, prometti ai loro uomini il doppio di quanto prendono adesso. Hai carta bianca, Gaston, ma voglio uccidere con le mie mani il figlio di puttana che ha attaccato la mia casa!»

Irina scese dalla Chevy Caprice e si avviò verso la ripida scaletta d'imbarco seguita da Paco con il bagaglio. Indossava un tubino aderente e tacchi alti e sentiva lo sguardo lascivo dell'uomo posato sul suo fondoschiena. Si sedette sul ponte di poppa e congedò il suo angelo custode cercando di mascherare il sollievo che provava. Come previsto, prima di lasciare la villa il gigante dalla faccia butterata aveva perquisito il suo trolley, indugiando più del necessario quando fu il turno dello scomparto dove teneva la biancheria intima. Anche il leggero giubbetto di seta cotta era stato controllato, ma le mani addosso non aveva osato mettergliele. Non che il suo vestito offrisse molte possibilità di nascondere alcunché, curve del corpo comprese. Per prudenza, tuttavia, aveva indossato un assorbente voluminoso nascondendovi all'interno la microcamera digitale e la piccola torcia che aveva usato la sera prima.

Mentre il traghetto usciva dal porto, Irina restò a osservare le case di Punta Piedras farsi sempre più piccole fino a diventare indistinguibili sul profilo dell'isola che si allontanava. Portava occhiali da sole alla moda dalle lenti molto scure e non ebbe difficoltà a dissimulare la sorpresa quando una voce che ben conosceva si levò baritonale alle sue spalle.

«*Parbleu, ma chérie*, è stata davvero una bella vacanza, *n'est pas?*»

Irina si mosse con disinvoltura, fingendosi intenta ad ammirare il panorama, fino a inquadrare l'uomo appoggiato alla murata della nave, una decina di metri alla sua destra. Sui sessant'anni, calvo, non molto alto e dal fisico robusto, l'uomo era in compagnia di una donna di almeno trent'anni più giovane, piccola e minuta e dall'aspetto sveglio. Antoine Marcus si girò verso il ponte della nave senza mai posare lo sguardo su di lei, poi tornò a guardare il mare. Irina represse un sorriso malizioso. I suoi amici, che costituivano il team più letale con cui avesse mai lavorato, erano già in azione.

Per il momento, il piano di Luke era giocoforza semplice. Quella mattina lui e Stiegler avevano seguito la Porsche di Ayala e Cobarez fino all'aeroporto di Porlamar dove i due narcos erano decollati con un elicottero privato, sfuggendo al pedinamento. L'agente del Mossad, tuttavia, non aveva perso il suo ottimismo, certo che avrebbero ritrovato i loro obiettivi a Puerto la Cruz.

Avvisati gli altri, avevano preso due posti sul primo aereo per il continente che avrebbe dovuto partire di lì a mezz'ora, ma che non decollò prima di mezzogiorno. Dopo trentacinque minuti di volo il vecchio Boeing 737-200 dell'Avior Airlines posava il carrello sulla pista dell'aeroporto internazionale Generál José Antonio Anzoátegui, situato poco fuori Barcellona e a meno di venti chilometri dal centro di Puerto La Cruz.

Sull'Isla Margarita i binocoli di Diego Ybarra stavano seguendo i movimenti di Irina che, tallonata da un energumeno, risaliva la scaletta d'imbarco del *Virgen del Valle*, il traghetto della Conferry diretto sul continente.

Appena Joe Martino e Tony Kirkbridge, rimasti a sorvegliare le strade di accesso alla villa, avevano segnalato l'auto con a bordo Irina dirigersi verso il porto, Antoine e Sara si erano precipitati al terminal di Punta de Piedras, mettendosi in fila per l'imbarco. Diego e Kolarov, appostati più lontano, controllavano ogni singolo passeggero che si imbarcava, a piedi o in auto.

L'appartamento in cui viveva Irina era stato ricavato nel seminterrato di un edificio di quattro piani piuttosto malconcio, in barrio Campo Alegre, poco lontano dal centro di Puerto La Cruz. Composto di un'unica grande stanza che serviva da cucina, soggiorno e camera da letto, vantava una sola finestra protetta da sbarre di ferro arrugginito, lunga una settantina di centimetri e alta non più di trenta. Un microscopico bagno ricavato in una nicchia ospitava il gabinetto, un lavandino e un foro per terra in corrispondenza di un soffione doccia che spuntava dal muro. Dovendo recitare la parte della ballerina in bolletta, non potevano trovarle una sistemazione più adatta, pensò richiudendo dietro di sé la vecchia porta in alluminio e pvc. Aveva cominciato ad abituarsi a quello squallido alloggio, che ora, dopo il soggiorno nella villa di Ayala, le sembrò ancora più triste e inospitale della prima volta che l'aveva visto. Soprattutto le tornò in mente l'agente Gerber, che non aveva nemmeno avuto il tempo di conoscere più che superficialmente, ma che sapeva essere sposato da meno di un anno. Pensò a Diego e a come aveva sofferto Frances quando tutti credevano che Luke fosse morto. Si chiese se fosse stata egoista, nel momento in cui aveva deciso di continuare la missione quando avrebbe potuto rientrare alla base, e si ritrovò a pensare che i troppi anni passati a ragionare come una spia le avevano forse tolto il senso delle priorità verso gli affetti più importanti.

Controllò che la pistola fosse ancora al suo posto, sotto la piastrella alla base dei fornelli, insieme con un caricatore di riserva. Non era granché come nascondiglio, ma quel cubicolo non offriva molte alternative e, comunque, era ragionevolmente certa che nessuno fosse venuto a ficcare il naso. Prese la pistola e nascose nell'angusto anfratto la microcamera la cui scheda di memoria conteneva le preziose foto che aveva scattato nello studio di Ayala.

Si sdraiò sul divano letto dove si addormentò quasi subito, vinta dalla tensione degli ultimi giorni e dalla mancanza di sonno.

Nel sogno, Irina girovagava in tetri corridoi di nudo cemento, il biglietto vincente in mano. Glielo aveva confermato l'impiegato dietro lo sportello in plexiglass: aveva in pugno una fortuna. Doveva solo portarlo all'ufficio del piano superiore entro la mezzanotte per farselo cambiare in denaro contante. Era semplice, doveva prendere il corridoio sulla destra poi svoltare a sinistra e salire le scale. Aveva seguito le indicazioni, ma non c'erano scale, solo altri corridoi, altri incroci e poi ancora lunghi, stretti e cupi corridoi. Era giorno fino a un attimo prima e ora l'orologio segnava già le undici e trenta e le lancette giravano assurdamente veloci. Le restava poco tempo, troppo poco tempo, poi il biglietto sarebbe scaduto e non avrebbe incassato la vincita. Ma c'era un'altra cosa che la terrorizzava: se non fosse riuscita a uscire da quel labirinto, nessuno mai avrebbe saputo che lei aveva vinto. Finalmente si trovò davanti a una porta. Sperò ci fosse qualcuno che potesse aiutarla. Bussò con decisione, ma il rumore del suo gesto le ritornò attutito, quasi timido. Tre colpi, poi altri tre.

Si svegliò di soprassalto, la mano a cercare la pistola sotto il cuscino. Qualcuno stava bussando alla sua porta. Guardò la radiosveglia: era quasi mezzanotte. Si alzò, mise il colpo in canna e si accostò alla parete, cercando di regolarizzare il respiro. Bussarono ancora.

«Irina, svegliati, apri la porta, *parbleu*!» bisbigliò la voce inconfondibile di Marcus.

Con un sospiro di sollievo, Irina girò la chiave e aprì. Il franco-canadese sgusciò dentro seguito da Luke McDowell.

La donna li abbracciò entrambi, grata di vedere finalmente volti amici.

«Diego è con voi?»

«Fa parte della squadra, ma è ancora sull'isola» le rispose Luke. «Lui e Kolarov ci raggiungeranno domani».

Protetti da Stiegler e dall'agente Ortega appostati nei pressi dell'appartamento, i tre amici si aggiornarono raccontandosi reciprocamente quanto era successo. Alla fine Irina si accovacciò alla base dei fornelli e prese dal nascondiglio la microcamera fotografica che mostrò orgogliosa. «Qui abbiamo le prove della collusione tra Ayala e la polizia, la lista dei nostri agenti che ha fatto ammazzare e soprattutto, se il 28 maggio avverrà ciò che penso, possiamo intercettare una partita di droga».

«Sei stata a dir poco spregiudicata, Irina» la redarguì Luke ignorandone l'entusiasmo. «Preparati a ricevere una bella strigliata da Diego e, quando succederà, non contare sul mio appoggio. Ci hai fatto prendere un dannato colpo a tutti quanti».

«Senti da che pulpito...»

«Luke ha ragione, *ma chérie*,» la interruppe Marcus, «potevi rientrare e rivolgerti a noi, avremmo pianificato un piano tutti insieme... ma, *parbleu*, bisogna ammettere che hai fatto un dannatissimo ottimo lavoro!»

Luke tornò a sorridere. «Sì, davvero un ottimo lavoro. Sei in gamba e hai tutta la mia ammirazione, ma sappi che non lo ammetterò mai davanti a Diego».

Irina si rilassò, prese dal frigorifero tre lattine di birra lanciandone due ai suoi amici. Brindarono insieme a quella prima vittoria.

Luke si guardò intorno: a parte il divano letto, l'arredamento era composto da una seggiola, uno sgabello traballante con la pubblicità della Coca-Cola e un tavolo di formica pieno di bruciature di sigaretta. Decise di accomodarsi sul letto.

«Ti spiace se restiamo qui? Nelle altre stanze potrebbero sentirci...»

«Divertente...» fece lei con una smorfia.

Marcus raccontò di come era stato coinvolto e delle indagini che aveva svolto con l'agente del DAS.

«C'è un altro agente colombiano di cui non si sa più nulla. Avete scoperto qualcosa?» chiese Irina.

Antoine scosse cupo la testa.

«No, e non credo che sia ancora vivo purtroppo».

«Qual è il piano?»

«L'attacco di ieri sera ci ha permesso di stabilire un contatto con te, ma soprattutto aveva lo scopo di mettere in allarme Ayala, dargli qualcosa di urgente di cui occuparsi per darti l'occasione di sganciarti» spiegò Luke. «E pare che abbia funzionato. Ora il nostro lavoro è finito. Ce ne torniamo a casa».

«Cosa!?» protestò Irina. «Non se ne parla nemmeno! Quel delinquente ha ammazzato il mio partner e Dio sa quanta altra gente. Non ho intenzione di fargliela passare liscia».

«Non la passerà liscia» la tranquillizzò Luke. «Il Mossad lo ha già condannato a morte e il maggiore Stiegler è qui per ucciderlo. Per quanto lo conosco, non fallirà la missione. Puoi considerarlo morto».

Irina non si arrese.

«Non si tratta solo di uccidere Ayala! Il suo braccio destro e un tipo risoluto almeno quanto lui. Dobbiamo sferrare un colpo decisivo all'intera organizzazione, altrimenti, morto un capo, ne faranno un altro».

«Sono le stesse parole che ho detto a Stiegler,» rispose Luke, «ma, secondo la loro intelligence, la federazione creata da Ayala è più fragile di quanto possa sembrare. Morto lui, gli scissionisti, molti dei quali privi delle sue capacità strategiche e organizzative, si spartiranno la torta, divenendo facili prede delle agenzie antidroga. In ogni caso, non è più affar nostro e tantomeno tuo. L'operazione "Ghigliottina" è stata chiusa dopo che due agenti sono stati uccisi, tu e un altro scomparsi e un quinto rientrato. Come ti abbiamo raccontato, siamo qui grazie a Dimitrov, non al governo inglese o americano e non abbiamo alcuna autorità. Se non fosse stato per l'amicizia che lega Dimitrov a Rosenthal e per la lealtà di Stiegler, gli israeliani avrebbero eliminato Ayala senza preoccuparsi di salvarti la pelle».

«Tutto molto incoraggiante, ma io non me ne vado» fu la risoluta risposta di Irina.

«*Parbleu*! Non metteremo fine al traffico di droga, né noi né altri dopo di noi, Irina, fattene una ragione. È una guerra persa in partenza».

La donna allargò le braccia frustrata.

«Che vi è successo? Non vi riconosco più! Abbiamo forse debellato il traffico di esseri umani o il contrabbando di diamanti sporchi di sangue? Abbiamo ripulito il mondo dai poteri occulti che gestiscono nell'ombra i loro sporchi interessi? Certo che no. Eppure quei bastardi li abbiamo ammazzati, abbiamo sempre portato a termine le nostre missioni!»

«La nostra missione era di riportarti a casa sana e salva ed è quello che faremo» rispose Luke.

«Allora dovrete farlo con la forza, perché io resto qui. Con o senza di voi».

Senza scomporsi, Luke bevve un'altra sorsata di birra. «Okay. Come vuoi tu. Finisco la birra, ti impacchetto e ti porto via di qui».

«Provaci e ti ammazzo» ringhiò Irina senza peraltro risultare convincente.

«Non lo faresti, poi Frances ucciderebbe te» rise Luke.

Irina si lasciò cadere supina sul letto dove rimase distesa con le mani sul viso. Poi si alzò di scatto e cominciò a passeggiare nervosa nell'angusto monolocale. Non poteva andarsene, mollare tutto e tornare alla sua casa in Messico oppure dedicarsi a un'altra missione, prima di aver vendicato Gerber e gli altri colleghi morti. Stiegler avrebbe ucciso Ayala, ma questo a lei non bastava. Voleva di più, soprattutto ora che non era più sola.

Luke finì la sua birra e si alzò, parandosi di fronte a lei. Irina sostenne lo sguardo dei suoi occhi, verdi come le colline d'Irlanda, che sapevano essere solari e seducenti con gli amici, freddi e spietati con i nemici. Seguì la linea volitiva della mascella, le spalle ampie, i muscoli poderosi tendere la maglietta aderente. Era un uomo dalla tempra d'acciaio, un veterano di mille battaglie. Sapeva che avrebbe potuto caricarsela sulle spalle e portarla dove voleva, in barba alle sue proteste, per non parlare di Diego che l'avrebbe condotta al sicuro a costo di metterla dentro una scatola.

Le tornarono in mente le parole di suo padre, quando ancora era una recluta all'accademia dell'MI6.

"Conduci il nemico sul tuo terreno e affrontalo usando le tue armi, non le sue".

Si sedette sul letto e lasciò che le prime lacrime le rigassero le guance.

«Scusatemi, avete rischiato la vita per salvarmi e non vi ho nemmeno ringraziato. Gli ultimi giorni sono stati davvero duri. Temevo di essermi cacciata in un vicolo cieco, non avevo trovato uno straccio di prova contro Ayala e mi sentivo in colpa verso Diego. Ora dovrei essere contenta di poter finalmente lasciare questo posto e tornare a casa, ma non ci riesco». Alzò uno sguardo aperto, implorante, prima su Antoine e poi su Luke. «Ci sono delle volte in cui non si può far finta di niente e lasciar perdere, e voi questo lo sapete meglio di me».

Forse perché una donna in lacrime fa sempre un certo effetto, forse perché, quando i due uomini si erano ritrovati esattamente nella stessa situazione di Irina, non avevano scelto la via più sicura ed erano andati fino in fondo, la determinazione di Luke vacillò. Tutti, in quella stanza, si erano ritrovati allo stesso bivio e sapevano che la strada riservata a loro dal destino era solo una. In realtà non avevano scelta.

«*Tonnerres*! Io...»

«E va bene! Al diavolo!» sbottò Luke. «Ma se vogliamo fare la guerra al cartello di Ayala, dovremo farlo tutti insieme. Io non posso né voglio disporre della vita dei miei uomini, e credo che non lo desideri nemmeno tu, Irina, perciò faremo così: ne discuteremo con il resto della squadra. O tutti o nessuno».

Questa volta la donna dovette ammettere che Luke aveva ragione e acconsentì, soddisfatta comunque di aver appena vinto una battaglia.

Capitolo 16

Barcellona e Puerto La Cruz, insieme a Guanta e alla località turistica di Lecheria, formano un'area metropolitana di quasi un milione di abitanti.

Sara Ortega aveva affittato un appartamento in calle Paez, a poca distanza dalla spiaggia di Playa Muerta, una zona dove i narcos difficilmente sconfinavano, in virtù di un accordo con le autorità locali siglato per non danneggiare il business turistico della cittadina.

Kolarov e Kirkbridge erano rimasti sull'Isla Margarita, la quale, benché il boss fosse partito, rimaneva pur sempre il quartier generale del cartello. Diego Ybarra in traghetto e Joe Martino in aereo, avevano raggiunto il resto della squadra nel primo pomeriggio. Dopo che Luke aveva proposto di concedere un paio d'ore di privacy a Diego e Irina e tutti ne avevano approfittato per rilassarsi in spiaggia, la 007 britannica aveva condiviso le sue scoperte, sostenendo che avrebbero potuto sferrare colpi devastanti all'organizzazione di Ayala.

Riuniti intorno al computer portatile, erano intenti a esaminare le foto scattate dalla donna, sia nello studio del boss che durante la sua permanenza alla villa.

«Ayala conosceva l'identità dei nostri agenti, questo non prova che li abbia fatti ammazzare lui» obiettò l'agente Ortega osservando la lista sul monitor. «Se le nostre supposizioni sono esatte, fra tre giorni avverrà un'importante spedizione di droga. Se ci muoviamo adesso potrebbe saltare tutto».

«Una spedizione in più o in meno non sposterà gli equilibri. Ora che l'agente Hackermann è stata liberata, l'obiettivo primario della mia missione è di eliminare Ayala. Gli altri boss si autodistruggeranno facendosi la guerra tra loro» sostenne Stiegler.

«Se ci limitiamo a uccidere Ayala e poi molliamo tutto, Gerber e gli altri agenti saranno morti invano» protestò Irina.

«Non secondo la teoria del Mossad» obiettò Diego gettando un'occhiata all'ufficiale israeliano.

Luke si accese una sigaretta e andò alla finestra, scostando cautamente le veneziane. Sulla sinistra, in fondo alla strada, si scorgeva un lembo di spiaggia. Si voltò di nuovo verso le sei persone radunate nella stanza.

«Siamo solo in nove e abbiamo di fronte un intero esercito. Continuare la missione sarà estremamente pericoloso, perciò voglio che ognuno di voi parli liberamente. E non dimentichiamoci che le guerre tra i cartelli provocano sempre molte vittime innocenti. Siamo disposti a pagare tale prezzo?»

Sara fu la prima a rispondere: «Io dico di no».

Irina la guardò furibonda. «Anche tu facevi parte dell'operazione "Ghigliottina"! Non ti importa del tuo collega, che come minimo avranno fatto a pezzi, di Gerber, di Devalos che hanno trucidato nel suo letto? Davvero non vuoi fargliela pagare?»

«Non siamo qui per cercare vendetta» rispose Sara con durezza. «Dobbiamo fare il nostro lavoro con lucidità. La tua mente è offuscata dalla rabbia, se fossi il tuo capo ti solleverei dalla missione».

«Ma non lo sei!» ribatté Irina, il viso congestionato.

«Basta, smettetela!» intervenne Luke.

Irina non si arrese, determinata ad andare fino in fondo. «I narcotrafficanti sono responsabili, direttamente o indirettamente, della morte di molte persone, in tutto il mondo, ogni giorno. Se non ci limitiamo al solo Ayala, ma eliminiamo i boss più pericolosi, inducendo i superstiti a una guerra fratricida, i cartelli ne usciranno inevitabilmente indeboliti e le agenzie antidroga potrebbero riuscire a vincere la partita una volta per tutte. In fondo, è già successo: i cartelli di Medellin e Cali sono stati sconfitti».

Nonostante avesse appena ribadito quale fosse la sua missione, Stiegler stesso ammise che, se oltre alla testa del boss, avesse portato a casa anche quella del suo luogotenente unitamente a ingenti danni collaterali a tutto il cartello, Tel Aviv avrebbe approvato l'iniziativa.

«Joe, tu cosa ne pensi?» chiese Luke.

L'ex legionario, intento a pulire imperturbabile la propria MP7, alzò gli occhi dall'arma.

«Nella Legione non c'è mai stata democrazia e io vado dove va *mon capitaine*, ma visto che me lo chiedete... io dico di fare il massimo dei danni».

Luke prese il cellulare e chiamò Kolarov. Il serbo rispose al primo squillo: «Agli ordini comandante».

Luke si ripromise di chiarire una volta per tutte che, pur considerando un privilegio guidare quegli uomini, gli dava sui nervi essere chiamato così.

«Abbiamo deciso di divertirci ancora un po'. Obiezioni?»

«Nessuna» rispose senza esitazioni Kolarov che dopo un istante aggiunse: «e nemmeno da parte di Tony».

Per ultimo, Luke chiamò Dimitrov che stava incrociando con il suo yacht poco fuori dalle acque territoriali venezuelane.

Il russo rispose al terzo squillo: «*Dobrij vecer*, amico mio. Dimmi che sei latore di buone notizie».

Dopo che Luke ebbe esposto anche a lui la situazione, Dimitrov si concesse qualche istante prima di replicare.

«Hai fatto bene a coinvolgere i tuoi uomini, ma l'onere della decisione spetta a te, sei tu il comandante. Avrai il mio appoggio, qualunque cosa tu decida. Fammi sapere».

«Allora è deciso. Andremo fino in fondo».

Come al solito, Dimitrov sembrava conoscere già la risposta di Luke. Senza esitare, riprese: «Domani mattina alle nove, parco di plaza Miranda, a Barcellona. Da solo. Riceverai le istruzioni su come esfiltrare a missione compiuta».

«Come lo riconosco?»

«Sarà lui a trovare te».

Il taxi lasciò McDowell all'ingresso del parco su calle Maturin, di fronte al Banco del Sur. A quell'ora del mattino i bambini erano a scuola e il parco era frequentato per lo più da persone anziane e da qualche vagabondo. Uno di essi, un uomo dall'età indefinita, il viso scarno e la barba lunga, si avvicinò a Luke porgendo una mano sporca e tremante. Dalla tasca del giubbotto spuntava un cartoccio di carta dal quale faceva capolino il collo di una bottiglia. L'alito del vagabondo puzzava di rum scadente lontano un miglio. Luke gli allungò un paio di banconote e l'uomo si profuse in coreografici inchini di gratitudine.

«Grazie, *amigo*. Vuoi un goccio della mia vodka? È siberiana» gli sussurrò in inglese.

«No grazie, bevila pure tu» gli rispose Luke in spagnolo, con un tono abbastanza alto da farsi udire dai pochi passanti.

L'uomo alzò le spalle e continuò per la sua strada zoppicando. Luke proseguì in senso opposto fino al chiosco degli hot dog dove un giovanotto di colore lo salutò allegro. Si fece servire un *Big South* abbondantemente farcito di salsa chili e tornò sui suoi passi, seguendo con noncuranza il vagabondo. Attraversarono il parco fino al cancello su avenida Miranda, superato il quale, il vagabondo diede una fugace occhiata al suo benefattore allontanandosi verso est.

L'attenzione di Luke fu catturata dal taxi fermo davanti a lui. Il passeggero sul sedile posteriore gli stava facendo cenno di salire. Appena ebbe richiuso la portiera, la vecchia Dodge si immise nel traffico dell'avenida.

«Buongiorno *señor* McDowell. A quanto pare abbiamo amici e interessi comuni» lo salutò l'uomo in inglese. Indossava un elegante completo di sartoria e spessi occhiali da vista. Sul viso scarno, un pizzetto nero incorniciava la sottile linea della bocca, atteggiata in quello che doveva essere un accenno di sorriso.

«Vodka siberiana... è stata sua l'idea?»

L'uomo scosse la testa divertito.

«Di Dimitrov. Solo i russi sanno essere così... raffinati».

«Dove siamo diretti?»

«In nessun posto. Un anonimo taxi immerso nel traffico è il luogo ideale per un incontro discreto, non le pare?»

Luke lanciò un'occhiata all'autista, un corpulento trentenne di colore dall'aspetto pericoloso.

«Non si preoccupi,» sorrise l'uomo, «è dei nostri. Ma non mi sono ancora presentato. Mi chiamo Carlos Torrealba, servizi segreti venezuelani».

Si strinsero la mano e Torrealba riprese: «Ho l'incarico di aiutarvi a lasciare il Paese».

«Quando avremo finito il nostro lavoro».

Torrealba abbozzò un sorriso forzato. Decisamente non avrebbe vinto il casting per lo spot di un dentifricio, pensò Luke.

«Il nostro Paese sta attraversando un momento complicato, *señor* McDowell, e temo che andremo incontro a giorni ancor più difficili. Attualmente uno dei nostri maggiori problemi è rappresentato dai cartelli dei narcos che hanno corrotto e inquinato gli ambienti della politica, della polizia e della Guardia *Nacional*. Se il vostro obiettivo è liquidare qualche boss, non saremo certo noi a impedirvelo, ma tenete a mente che stiamo camminando su una corda tesa e… *sin red de seguridad*. Dovremo stare attenti a non commettere passi falsi, sia noi che voi».

«Se vi facessimo arrestare qualche pezzo grosso e, chissà… magari anche mettere a segno un bel sequestro di droga? Avreste la vostra fetta di gloria».

«Vedo che ci intendiamo, *señor* McDowell». Il venezuelano fece una pausa. «Ieri Gaston Cobarez, il braccio destro di Pedro Ricardo Ayala, si è incontrato in gran segreto con gli uomini di due boss scissionisti, Benny Lozano e Gregorio Lopez Cardillo, detto *el Manco*. Abbiamo ragione di credere che Ayala intenda scoprire chi di loro è il responsabile dell'attacco avvenuto al suo quartier generale, tre sere fa. Vuole alterare gli equilibri, comprare le pistole dei suoi nemici. Naturalmente sappiamo entrambi che è sulla pista sbagliata, ma se *el Inglés* dovesse morire prima di scoprire la verità, una guerra intestina alla *federación* sarebbe inevitabile». Torrealba allungò a Luke un quotidiano sgualcito. «Cerchi tra gli annunci immobiliari, ne troverà uno evidenziato. É il covo di Santiago Miller, il luogotenente di Cardillo.

Il taxi accostò al marciapiede e Torrealba porse a Luke un biglietto da visita con il logo di una banca. «Quando avrete nostalgia di casa mi chiami a questo numero. Lasci squillare un paio di volte e riattacchi, la richiamerò io».

Cico Pereira, dai più conosciuto come *lo Zoppo*, era una di quelle persone convinte che il mondo fosse profondamente ingiusto, soprattutto con lui. Se suo padre lo avesse portato con sé, quando era emigrato in Italia in cerca di lavoro, avrebbe potuto scalare le gerarchie della camorra e diventare un boss. Invece era dovuto rimanere a Caracas con la madre, che per tirare avanti aveva lavorato in una fabbrica fino a diciotto ore al giorno, rimettendoci la salute. Era entrato a far parte del gruppo di fuoco di Benny Lozano, ma nessuno si era accorto delle sue potenzialità. Il luogotenente di Lozano era un incapace e un vigliacco, ma anche un fottuto leccaculo e solo grazie a questo aveva fatto carriera. Aveva convinto il boss a non attaccare apertamente *el Inglés* solo perché non aveva il fegato di combattere, di rischiare la pelle, ma lui sapeva che Benny Lozano avrebbe potuto regnare incontrastato su tutti i cartelli del Venezuela, senza colombiani tra i piedi, se solo ci fosse stato lui, *lo Zoppo*, al posto di quel codardo di Miguel Contrada.

La sera prima, come ogni martedì, era andato a trovare la sua vecchia. Cenava con lei tenendole compagnia per un paio d'ore e, prima di andarsene, le lasciava sempre un po' di soldi, eludendo le domande della donna sulla loro provenienza.

Tre uomini armati lo aspettavano appena fuori dal portone e, dopo averlo incappucciato, lo avevano fatto salire su un'auto che profumava di nuovo. Quando gli avevano tolto il cappuccio, Cico si era trovato di fronte un uomo alto e muscoloso che aveva riconosciuto essere Gaston Cobarez, primo luogotenente di *el Inglés.*

Dapprima, un po' per arroganza, un po' per diffidenza, aveva sdegnosamente rifiutato l'offerta che l'uomo gli aveva fatto dandogli ventiquattr'ore per pensarci. Ora, però, nutriva dei dubbi. Non avrebbe voluto tradire Lozano, ma aveva l'opportunità di dare una svolta alla propria vita, avrebbe avuto una piazza tutta sua e incarichi di responsabilità che sapeva di meritarsi. D'altronde – si disse – anche i campioni di baseball non esitavano a cambiare casacca se la nuova squadra offriva loro ingaggi più alti e possibilità di carriera migliori. Sapeva che gli altri ragazzi lo avrebbero seguito perché lui era un leader e, soprattutto, poteva garantire loro il doppio di quanto guadagnavano adesso. Tuttavia, fidarsi di

Cobarez costituiva un grosso azzardo: chi poteva immaginare cosa gli frullasse davvero nella testa? Forse aveva architettato una trappola per minare l'integrità del cartello rivale e lui avrebbe fatto la figura del coglione e la fine del topo. Stappò l'ennesima birra e si impose di riflettere, doveva assolutamente trovare il modo di sfruttare la situazione a proprio vantaggio.

Alla fine prese una decisione. Diede un'occhiata al poster di Dennis Eckersley con la maglia dei Red Sox e al fascio di banconote che gli aveva dato il colombiano come anticipo, spense la tv e compose il numero del cellulare che Cobarez gli aveva scarabocchiato su un foglio di giornale.

Santiago e Marcelo erano cresciuti come fratelli, imparando la dura legge della sopravvivenza in uno dei quartieri più malfamati di Bogotá. Entrati nel cartello di Cali ancora adolescenti, sembravano avviati verso una folgorante carriera ma, a causa dell'inasprimento delle leggi colombiane contro i narcotrafficanti e della sempre maggiore rilevanza che stavano acquistando altri cartelli, alla fine degli anni Novanta il cartello di Cali fu definitivamente sconfitto. Santiago era fuggito in Venezuela, Marcelo in Messico, dove aveva lavorato agli ordini di Vicente Zambada Niebla, soprannominato *el Vicentillo*, fino al marzo del 2009, quando il boss era stato catturato dalle forze speciali dell'esercito messicano. Ora i due amici si erano ritrovati nelle file di Gregorio Lopez Cardillo, detto *el Manco*, di cui Santiago era divenuto il luogotenente, e stavano per cambiare di nuovo datore di lavoro.

Il giorno prima, mentre viaggiava spedito sulla strada per San Mateo con Marcelo e Pablito, Santiago aveva ricevuto una telefonata. Una voce che non riconobbe gli disse poche, sibilline parole: «Non sparate, siamo amici, limitatevi a seguirci».

Un attimo dopo due pesanti fuoristrada sbucarono da una via traversa bloccando l'auto degli uomini di Cardillo. Santiago fece appena in tempo a ordinare ai suoi di non reagire.

L'inaspettata riunione era avvenuta in un ranch di proprietà di Gaston Cobarez, il temuto braccio destro di *el Inglés*, il quale aveva fatto a Santiago un'offerta che non poteva rifiutare. Il luogotenente di Cardillo era consapevole del rancore che il suo capo covava nei confronti di Ayala e sapeva che, presto o tardi, sarebbe scoppiata una guerra. Il problema era che Ayala diventava ogni giorno più ricco e più potente, mentre *el Manco* si dedicava a una vita dissoluta, tra alcol e donne. A volte risultava difficile parlargli per giorni interi perché se non era ubriaco era con una escort e se non era con una escort era ubriaco. Gli uomini di Ayala guadagnavano di più ed erano rispettati e temuti ovunque, quelli di *el Manco* erano sempre meno, poiché coloro che "sparivano" non venivano rimpiazzati.

«É un'occasione che non si ripeterà, dobbiamo prenderla al volo» mormorò Marcelo continuando a pulire la sua Beretta nove millimetri.

Santiago guardò l'amico a lungo prima di rassegnarsi e annuire.

«Sì, hai ragione. *El Manco* è convinto che un giorno farà la pelle a *el Inglés*, ma non si rende conto che diventa ogni giorno più debole, e noi con lui».

«Pablito e *Big Bubble* ti seguiranno senza esitare e, con la potenza di fuoco di cui dispone Ayala, fottere gli altri non sarà un problema» lo tranquillizzò Marcelo.

Santiago accarezzò pensieroso la testa di leone tatuata sull'avambraccio destro, poi ruppe gli indugi, prese il cellulare e compose il numero di Cobarez.

Parcheggiati tra un furgone e un carro attrezzi in fondo a calle Miraflores, McDowell e Marcus sorvegliavano la casa indicata nell'annuncio sul giornale. Su altre due auto posizionate in punti strategici, Diego, Irina e Stiegler tenevano d'occhio le altre vie di accesso. Joe Martino e l'agente Ortega, seduti fuori da un bar, sorseggiavano le loro birre gelate scambiandosi effusioni come due innamorati.

Dopo l'incontro con l'agente dei servizi segreti venezuelani, Luke aveva esposto il suo piano alla squadra. Se Ayala si era convinto che qualcuno, tra i boss scissionisti, voleva ucciderlo, non poteva permettersi di perdere tempo. Doveva aver affidato al suo luogotenente offerte difficili da rifiutare per i *sicarios* degli altri capi, e avrebbe preteso delle risposte in tempi molto rapidi.

Sara aveva sostenuto che sarebbero stati necessari lunghi turni di sorveglianza, proponendo di dividere la squadra in tre gruppi al fine di coprire per più giorni l'intero arco delle ventiquattr'ore. Luke, invece, era convinto che i narcos si sarebbero mossi molto presto, forse quel giorno stesso, e aveva dato immediatamente inizio all'operazione, coinvolgendo tutte le risorse a sua disposizione.

E aveva avuto ragione.

All'una e mezza il cellulare di Luke trillò.

«Si muovono. Tre uomini stanno uscendo dalla casa. Riconosco Santiago Miller. Salgono su una Dodge Charger nera» annunciò la voce di Joe.

«Non muovetevi. Tenete d'occhio il covo fino a nuovo ordine» rispose Luke. Poi digitò il numero del cellulare di Stiegler mentre Marcus avvertiva Diego e Irina, i quali si mossero per coprire le postazioni vacanti.

Videro la Dodge sbucare da calle Miraflores e svoltare a sinistra, la musica a tutto volume, tre uomini a bordo. Marcus mise in moto la Chevy e iniziò l'inseguimento.

«Come avevi previsto, Cobarez non si è fatto vedere» mormorò il franco-canadese. Dallo specchietto retrovisore vide la Ford di Stiegler spuntare da calle Bolivar e immettersi nel traffico dietro di loro.

«Di solito sono i pesci piccoli a spostarsi» ammiccò Luke. «Non sarebbe stato prudente per Cobarez farsi vedere in una zona controllata da Cardillo. Probabilmente li attende in un luogo controllato dai suoi uomini».

«Sono d'accordo con te, *mon ami*, ma ho notato che non l'hai detto durante il briefing».

«Inutile sottolineare l'ovvio» rispose Luke, ma in verità era un altro il motivo per cui aveva preferito non parlarne.

Poco lontano dalla casa dei narcos, sotto il cono d'ombra proiettato dall'ombrellone con la pubblicità della Tio Rico, Joe Martino sfogliava una rivista sorseggiando la sua birra. Sara, i lunghi capelli neri sciolti sulle spalle, sembrava nervosa.

A un tratto la donna sbottò: «Non capisco perché dobbiamo starcene qui a non fare niente!»

Apparentemente intento a leggere un articolo, Joe la guardò di sottecchi. «Potrebbe trattarsi di un depistaggio. E poi non sono abituato a discutere gli ordini».

«McDowell non ha nessuna esperienza...»

«Tu non hai nemmeno un decimo della sua esperienza» la interruppe l'ex legionario con tono duro. «Ora sorridi, tesoro, potrebbero guardarci».

Continuando a seguire la Dodge dei narcos da debita distanza, McDowell e Marcus lasciarono Barcellona lungo l'autopista 16 diretta a sud. Dopo quaranta minuti, l'auto di Santiago svoltò in direzione di Querecual, Antoine proseguì fino alla successiva uscita e invertì la marcia seguito da Stiegler.

«Tonnerres! Speriamo di non averli persi».

Luke non sembrava preoccupato. Controllò la sua Beretta e mise il colpo in canna. «Stando al dossier della DEA, Cobarez ha un ranch da queste parti. Sono convinto che li troveremo lì».

Superarono una stretta strada polverosa che un cartello in legno dichiarava condurre al Ranch Wild South.

«Ci siamo, accosta» ordinò Luke. Davanti a loro, la strada per Curataquiche, anch'essa sterrata come i due terzi delle strade del Paese, formava un lungo rettilineo. Luke inforcò i binocoli, ma non vide che un vecchio pick-up procedere stracarico lasciandosi dietro una nube di polvere bianca.

Raggiunti da Stiegler, nascosero le vetture in un avvallamento del terreno, dietro alcuni alberi, controllarono le armi e indossarono gli apparati ricetrasmittenti miniaturizzati.

«Evitiamo l'ingaggio. Non devono sapere che gli

stiamo addosso» si raccomandò Luke.

La vegetazione era rada, per lo più composta da bassi cespugli, e il suolo arido e roccioso. Dovettero procedere con molta attenzione per non farsi vedere dai narcos che sicuramente Cobarez aveva lasciato di guardia. Giunsero in vista del ranch, che esaminarono accuratamente attraverso i potenti binocoli Steiner: un agglomerato di costruzioni composto dalla casa padronale rossa, un fienile, tre silos e un paio di torri con le cisterne dell'acqua. Oltre uno steccato si scorgevano una mezza dozzina di cavalli. Un po' discosta, una manica a vento fissata in cima a un palo reagiva pigra alla debole brezza che giungeva da nord-est. Un recinto sul lato ovest ospitava una mandria di bovini e dietro a esso si scorgevano quelle che dovevano essere le abitazioni dei *rancheros*. La Dodge nera di Santiago Miller era parcheggiata poco oltre il cancello.

La voce di Marcus risuonò metallica negli auricolari: «Solo due scagnozzi davanti alla porta. Mi sembra strano».

«Probabilmente Cobarez deve ancora arrivare» suppose Stiegler. «Non vuole correre rischi, si muoverà solo quando i suoi uomini gli avranno dato il via libera».

A conferma delle parole dell'israeliano, una nuvola di polvere annunciò l'avvicinarsi di alcuni automezzi alle loro spalle. Due pesanti fuoristrada con i finestrini oscurati transitarono a gran velocità a pochi metri da loro.

Nonostante il polverone che ostacolava la visuale, Luke riuscì a riconoscere uno degli uomini che scesero dalla seconda vettura. Il fisico possente, i lunghi capelli neri raccolti in una coda di cavallo, i tratti somatici di un indio, era l'uomo che aveva visto in una delle fotografie nel dossier della DEA.

«È arrivato Gaston Cobarez» annunciò.

La riunione durò meno di mezz'ora, poi la porta si aprì e comparve Santiago, scuro in volto, che salì con i suoi uomini sulla Dodge e ripartì in direzione della città. Cobarez, però, non accennava a uscire.

«*Tonnerres*! Perché non escono? Che diavolo ci fanno ancora là dentro?»

«Aspettano qualcun altro?» ipotizzò Stiegler.

«Torrealba mi ha parlato di *due* boss scissionisti. Forse Cobarez aspetta la seconda delegazione» rispose Luke.

Attesero pazienti, immobili sotto il sole per quasi un'ora. Finalmente, un'altra nube di polvere bianca annunciò l'arrivo di nuovi ospiti.

«*Tonnerres*! Ci siamo» mormorò Marcus.

Una Mustang rossa, con un'enorme saetta gialla dipinta sulla fiancata, sfrecciò in direzione del ranch. Ne scesero tre uomini, uno dei quali, vestito con casacca e berretto dei New York Yankees, entrò nella casa. Gli altri restarono all'ombra della veranda.

«Devono essere gli uomini di Benny Lozano» fece Luke che aveva riconosciuto l'inconfondibile vettura sportiva vicino alla quale era stato immortalato il boss in compagnia dei suoi *sicarios*, in una foto del dossier. Ricordava anche che uno di essi aveva una felpa dei Red Sox, evidentemente lo stesso individuo, appassionato di baseball.

«Dobbiamo dividerci» suggerì Stiegler.

McDowell capì le intenzioni dell'agente israeliano: quando fossero usciti, voleva seguire gli uomini di Lozano nella speranza che lo conducessero al loro quartier generale.

«Buona idea, Mordechai. Io e Antoine restiamo qui».

«Bene. Ci vediamo più tardi» fu la secca risposta.

L'agente del Mossad si ritirò, riprese l'auto e si appostò lungo la strada che portava in città.

Capitolo 17

Cobarez aveva riservato per il suo capo e gli uomini della scorta tutto il dodicesimo e ultimo piano dell'Hotel Blue Lyon di Puerto La Cruz. Ayala era alloggiato nella suite, l'unica disponibile nell'albergo, composta da un piccolo salotto, un bagno con vasca idromassaggio e un'enorme camera da letto che dava su un terrazzo ricolmo di piante e fiori. Le rimanenti quattro camere del piano erano occupate da altrettante coppie di uomini armati. Una guardia, discretamente appostata nella hall, veniva sostituita ogni due ore per non attirare l'attenzione di occhi indiscreti.

Ayala non amava privarsi della propria libertà di movimento e, anzi, considerava la continua mobilità un fattore fondamentale per complicare i piani di chi lo voleva morto. Ma Cobarez aveva insistito sull'opportunità che lui si eclissasse per qualche giorno, senza tuttavia allontanarsi dal suo territorio, così, seppure a malincuore, *el Inglés* aveva acconsentito a rimanere recluso in quell'angusto appartamento in attesa di sapere chi fosse il mandante dell'attacco alla sua villa.

Coricato sul letto con le braccia intrecciate dietro la testa, il boss osservava la ragazza allacciarsi il reggiseno di pizzo e scrollare, con un movimento deciso, la lunga chioma corvina che le ricadeva sulle spalle ossute. Indossava un reggicalze in pizzo coordinato e un tanga microscopico. Percorrendo con lo sguardo la sua pelle ambrata, le curve dei fianchi, la vita minuta, le gambe lunghe ma troppo magre per i suoi gusti, decise che qualche chiletto in più avrebbe aggiunto tono e sensualità al corpo aggraziato della giovane haitiana.

Abbottonandosi la camicetta, Michaela si voltò verso di lui. «Sicuro che non vuoi farne un'altra?»

Ayala scosse la testa. Ecco un'altra cosa che non gli piaceva: il suo modo un po' volgare di esprimersi. La voce, calda e profonda, vantava la melodiosa cadenza caraibica, ma lei rovinava tutto con frasi come quella. Se avesse detto: «Vuoi fare ancora l'amore con me?» oppure «Sei vuoi mi spoglio di nuovo...» o ancora: «vuoi possedermi sul divano?» sarebbe stato diverso. Forse gli sarebbe tornata la voglia. Invece ora il suo pensiero era andato a Irina. Lei sì che aveva classe e femminilità da vendere. Superata la prima fase del corteggiamento, che amava condurre lui, si eccitava maggiormente quando era la donna a sedurlo, facendo ricorso al proprio sex-appeal, tramutandosi in una gatta calda e maliziosa, pronta a graffiare e a fare le fusa per far godere il proprio uomo. Purtroppo, non aveva tempo per coltivare una storia vera con una donna e, per quanto pagasse profumatamente, non era semplice trovare prostitute che sapessero recitare bene quella parte delicata e importante allo stesso tempo. Forse, con Irina c'era una possibilità. Anche se ballava la lap dance al Loco Loco, non era una puttana e aveva dimostrato di essere diversa dalle altre. E il fatto che altri uomini potessero ammirare il suo corpo muoversi conturbante intorno al palo, bramandola senza poterla avere, aumentava ancora di più il desiderio di averla nel suo letto e nella sua vita.

Sospirò e chiuse gli occhi. Sentì la ragazza salutarlo, la porta che si apriva, la voce di Gaston, la porta richiudersi.

«Ci sono buone e cattive notizie» esordì l'uomo riempendo con la sua figura possente il vano della porta.

Ayala si mise a sedere sul letto.

«Inizia da quelle buone».

«Il luogotenente di *el Manco* e alcuni ragazzi di Benny Lozano hanno accettato, sono dei nostri».

«Ottimo lavoro, Gaston. E allora qual è la brutta notizia?»

«Che non hanno idea di chi possa aver attaccato la tua villa. Quelli di Lozano non ne sapevano nulla e Santiago sostiene che Cardillo non c'entra, sono settimane che il suo capo frequenta solo rum e puttane. In ogni caso, se in un barlume di lucidità avesse architettato qualcosa, lo avrebbe saputo. Dice che ultimamente si limita a gestire la piazza e c'è molto malcontento tra le sue file».

Ayala si alzò e cominciò a rivestirsi.

«Aspettiamo a fidarci di loro. Teneteli d'occhio e ditegli che voglio sapere tutto quello che fanno i loro *ex* capi. Se necessario ricordategli che sono io che li pago, adesso».

«C'è un'altra cosa…»

Ayala si voltò verso l'amico sollecitandolo con lo sguardo a continuare.

«Dieci giorni fa, due uomini si sono recati alla PGV di San Juan. Sono entrati e usciti senza che nessuno torcesse loro un solo capello. Secondo il nostro informatore avrebbero ottenuto udienza da *el Goyo* in persona».

«Chi erano e per quale cazzo di motivo lo vengo a sapere solo adesso?»

Cobarez fece spallucce. «Alla PGV i nostri devono muoversi con cautela e lì dentro *el Goyo* riceve visite quasi ogni giorno: trafficanti, spacciatori, gestori di piccole piazze. Sul momento, il nostro uomo non gli ha dato importanza, ma lo ha incuriosito il fatto che fossero entrambi di una certa età e piuttosto distinti, soprattutto quello più alto. Un tipo carismatico, che sembrava molto sicuro di sé. Ne ha parlato quasi per caso con Gonzalo, che me lo ha riferito oggi. Potrebbero essere collegati alla visita dell'altra notte».

Ayala strinse i pugni, imponendosi di restare calmo. «Scoprite chi erano quei due, e d'ora in poi voglio essere informato su tutto quello che fa *el Goyo*. In tempo reale, non dopo un mese!»

«Quello è il suo regno e…»

«Non voglio scuse, Gaston! Infiltriamo altri uomini, se necessario. Sembra sfuggirti la gravità di quanto è successo. Sulla *mia* isola, Gaston, sulla *mia* isola!»

«Hotel Blue Lyon. Il nostro amico è furbo. Scommetto che ha prenotato un intero piano» mormorò Marcus osservando il monolite grigio e squadrato di fronte a loro.

Avevano dovuto attendere nascosti nei pressi del ranch fino a dopo il tramonto, ma ne era valsa la pena. Seguendo le auto dei narcos avevano scoperto il quartier generale di Ayala in città.

«Dodici piani. Io avrei preso l'ultimo, è il più facile

da difendere» aggiunse Luke.

«Ora sappiamo dove si nasconde il grande capo, ma non sarà facile stanarlo e tantomeno andarlo a prendere. Vuoi cedere la palla ai servizi segreti?»

McDowell guardò l'amico con occhi sgranati. «Non mi dire che ti fidi di loro. E poi Stiegler si offenderebbe a morte e avremmo sulla coscienza una crisi diplomatica con Israele». Tornando serio, Luke aggiunse: «Sono sicuro che Ayala non sia il tipo da starsene rintanato come un testimone sotto protezione. Non tarderà molto a uscire, e quando lo farà noi lo seguiremo».

«*Ça va alors*, come vuoi tu».

Dopo che Diego li ebbe raggiunti, Luke e Antoine controllarono il perimetro del palazzo e le vie adiacenti. Le scale antincendio sbucavano all'angolo sud-est ed erano visibili dalla stessa posizione da cui si controllava l'ingresso principale. Un'entrata secondaria riservata al personale, che probabilmente portava ai locali di servizio, era situata sul lato posteriore, di fianco alla rampa che conduceva al garage sotterraneo. Due persone erano sufficienti a tener d'occhio l'intero edificio. Tornati alla macchina, fecero il punto della situazione, poi, lasciati i due amici a fare il primo turno, McDowell fece rientro alla base per aggiornare il resto del team.

Seguendo gli uomini di Lozano, Stiegler aveva scoperto sia il loro covo che il quartier generale del boss, un esclusivo night club sul litorale di Brisas del Mar.

Gli altri, appostati nei dintorni di calle Miraflores, avevano visto Santiago Miller rientrare pochi minuti prima del suo boss. Gregorio Lopez Cardillo, detto *el Manco* perché privo del braccio sinistro, era sceso dal vano passeggeri di un'ambulanza che poi si era infilata in un parcheggio sotterraneo del palazzo di fronte.

Finalmente conoscevano la dislocazione dei loro obiettivi e potevano predisporre un piano d'azione.

Capitolo 18

Luke si era alzato poco dopo l'alba e ora stava correndo a piedi nudi sul bagnasciuga della Playa Muerta. Era un modo per sentirsi a casa. Frances adorava camminare in riva al mare e, quando tornavano alla loro amata baia di Monterey, quelle passeggiate erano ormai diventate un rito irrinunciabile che esercitava su di loro effetti benefici e rigeneranti.

Oltre a fare l'amore, naturalmente.

Gli mancava, Frances. Sentiva una sorta di incolmabile vuoto accanto a sé. Immaginò come dovesse sentirsi un uomo privo di un braccio, di una gamba o della vista. Non volle nemmeno pensare come si sarebbe sentito se lei fosse morta e si sentì in colpa per costringerla a stare in pena per lui. D'altronde quello comportava il suo lavoro. Si chiese quale fosse *lo scopo* del suo lavoro. Andare in giro per il pianeta a uccidere i cattivi e rendere il mondo un posto migliore in cui vivere? Forse. Il problema era stabilire chi fossero i cattivi e, ancor più difficile, chi avesse il diritto di giudicare chi. Si chiese quante delle colpe che lui era chiamato a punire ricadessero sul sistema, sulla struttura stessa di una società ormai annichilita, basata sul lucro, sul consumismo, consacrata al dio più crudele, un mostro con tre teste – denaro, successo e potere – che lega a sé i propri adoratori con un vincolo indissolubile di correità.

Calcolò di aver percorso circa dieci chilometri e si fermò a riprendere fiato e fare stretching. Quando ebbe normalizzato il battito cardiaco, digitò sul telefono satellitare il numero di Frances. Lei rispose quasi subito, era appena uscita dalla doccia e stava per fare colazione. Era felice di sentirlo e la sua voce gioiosa ebbe l'effetto di amplificare la nostalgia di lei. Come d'abitudine, Frances non gli chiese nulla della missione, accontentandosi di sapere che lui stava bene. Per lei sarebbe stata una giornata impegnativa, con un difficile intervento a cuore aperto con approccio mini invasivo su un bambino di nove anni. Luke le augurò ogni bene, rassicurandola sul fatto che lei era il miglior chirurgo a cui il bimbo potesse affidare la sua vita. Lui ne sapeva qualcosa. Ma non era solo l'intervento in sé a preoccupare Frances: il bambino era nato da una madre tossicodipendente e sieropositiva e il rischio di complicanze era maggiore.

Terminata la telefonata, Luke rimase a lungo a guardare il mare e le sagome nere delle petroliere che riempivano l'orizzonte. Si rammentò di quand'era bambino e disegnava il mare come una linea retta sulla quale poggiavano le navi. Una linea netta, definita, che divideva il mare azzurro dal cielo bianco. Nella realtà, invece, il mare e il cielo mutavano colore e spesso all'orizzonte, al confine del mondo, si confondevano l'uno nell'altro, senza soluzione di continuità.

Così era anche per il bene e il male. Il bianco e il nero occupavano una piccola parte di quello strano e imprevedibile foglio da disegno che era la vita. La maggior parte era grigio, di diverse tonalità, dal più chiaro al più scuro, ma era pur sempre grigio. Correità.

La sua mente tornò al bambino la cui vita era ora nelle mani di Frances. *"Nato da una madre tossicodipendente e sieropositiva"*, aveva detto lei. Luke si chiese quanti si erano arricchiti sulla pelle di quella donna, di suo figlio, della sua famiglia e di altre centinaia di migliaia di uomini e donne come lei. Si chiese quanta parte della Ferrari gialla di Ayala pesasse sul futuro di quel bimbo innocente.

Sara aveva giustamente sottolineato che non erano lì per cercare vendetta, dovevano restare lucidi, non cedere ai tentacoli della rabbia che ottenebra il cervello inducendo a scelte irrazionali.

Si sedette a gambe incrociate poco oltre la linea della battigia, restando nella posizione *Sukhasana* finché il corpo e la mente si stabilizzarono e uno stato di serenità gli pervase l'animo.

Quando ebbe riordinato le idee e ritrovato quella consapevolezza che la sera prima, nonostante i suoi sforzi, gli era sfuggita, decise di tornare verso l'appartamento. Mentre risaliva la spiaggia, compose il numero del cellulare di Dimitrov. Il siberiano tardò a rispondere, cosa inconsueta per lui, tanto che Luke stava cominciando a preoccuparsi.

«La mia inguaribile indole ottimista mi dice che hai buone nuove, amico mio».

Luke consultò l'orologio. «Spero di non averti svegliato».

«Dormire più del necessario è tempo perso e comunque a svegliarmi ci ha pensato una mia cara... amica, un paio d'ore fa. Stavo nuotando, in realtà, e non ho sentito il telefono. Ora, tuttavia, hai la mia piena attenzione».

«Abbiamo scoperto dove si nasconde Ayala, il quartier generale del suo luogotenente e i covi di altri due boss scissionisti. Per giunta, sull'agenda di Ayala, Irina ha trovato nota di una probabile consegna di droga. Coordinate geografiche, data, ora, codici di riconoscimento. Tutto il necessario per coglierli con le mani nel sacco. Visto che stiamo per scatenare una guerra, può essere l'occasione per infliggere al nostro nemico un altro duro colpo».

«Mmh..., prenderemmo solo pesci piccoli» obiettò Dimitrov.

«Ma il danno economico potrebbe essere ingente e ne risentirebbe l'affidabilità del cartello» insistette Luke. «Inoltre si chiederanno chi ha fatto la spia e le inevitabili epurazioni aggiungerebbero danno al danno».

«Non posso darti torto, anzi mi compiaccio per la visione più globale della situazione strategica. Diventerai un abile giocatore di scacchi, amico mio».

«Io *sono già* un abile giocatore di scacchi, Evgenj. L'ultima volta ti ho dato scacco matto in dodici mosse».

«Allorché l'allievo ha bisogno di acquisire sicurezza, il maestro indietreggia fingendo di accusare il colpo» ridacchiò il russo. «Quando e dove si svolgerebbe la consegna?».

«Domani, a mezzanotte meno dieci, in pieno oceano Atlantico, al largo delle coste della Florida, poco a nord delle Bahamas».

«Hai ragione, deve trattarsi di una partita consistente. E forse so anche chi potrebbe occuparsene».

«Probabilmente sarà fuori dalle normali rotte e uno yacht in zona non passerà inosservato» obiettò Luke.

«Sono pienamente d'accordo. Tuttavia, date le circostanze, credo di avere... lo scafo adatto». Il russo rise. «Prevedo che il nostro credito presso Rosenthal aumenterà vertiginosamente».

Dopo aver preso nota delle coordinate e del codice di riconoscimento che Luke si era impressi nella memoria, Dimitrov si congedò.

Seguita dalla Jeep della scorta, la Porsche Carrera di Cobarez lasciò l'avenida facendo stridere le gomme sull'asfalto bollente e attraversando a tutta velocità il vasto piazzale tra la raffineria di Guaraguao e i decadenti docks del terminal petroli. Oltrepassato un magazzino abbandonato dal tetto semi crollato, le due vetture superarono un primo check point, svoltarono a destra, percorsero un tratto di banchina costeggiando il mare, si fecero riconoscere a un secondo posto di controllo e si infilarono in un enorme capannone al cui interno erano allineati alcuni autotreni intorno ai quali una ventina di uomini stava lavorando alacremente scaricando decine di casse e cartoni che altri operai trasbordavano sui furgoni in attesa.

Dalla Jeep scesero quattro uomini armati di fucili d'assalto M4. Cobarez e Ayala aprirono le portiere quasi simultaneamente, subito accolti dal caldo afoso, dalla puzza e dalle imprecazioni degli scaricatori al lavoro.

Un uomo di colore, tozzo e robusto, con la canottiera fradicia di sudore, si avvicinò ai due asciugandosi il viso e le braccia con uno straccio di dubbia provenienza.

Ayala unì le mani a coppa e si accese un *cigarillo*. Seguì lo sguardo dell'uomo posarsi avido sull'accendino d'oro, il logo della Ferrari inciso sul dorso, che il boss aveva badato a tener bene in mostra.

«Se i tuoi ragazzi finiscono prima di sera, ce ne sarà uno per te, uguale a questo» gli disse scrutandone l'espressione. «A che punto siamo?»

L'uomo, un brasiliano di origini angolane che tutti chiamavano Pepito, si voltò soddisfatto verso i camion. «Con i cartoni di detersivi per la *Estrella del Sur* abbiamo quasi finito, signor Ayala. Per le casse ci vorrà un po' più tempo, ma sono sicuro che entro mezzanotte al massimo tutti i camion saranno pronti per ripartire. Il comandante Contreras vi aspetta di sopra».

A beneficio di Pepito, Ayala giocherellò con l'accendino d'oro prima di rimetterlo in tasca, poi fece un cenno a Cobarez ed entrambi si avviarono verso la scala che conduceva al piano soppalcato sul quale era stato ricavato un ufficio.

Maurizio Contreras, comandante cileno della petroliera *Estrella del Sur*, stava leggendo il giornale, i piedi appoggiati sulla rugginosa scrivania in metallo. Un ventilatore girava alla massima velocità, con l'unico risultato apparente di spostare folate di aria calda e appiccicosa.

Appena la sagoma imponente di Cobarez comparve sulla soglia dell'angusto ufficio, il comandante si alzò in piedi per salutare i suoi ospiti.

«È pronto a salpare?» gli chiese Ayala.

«Certamente. Domani all'alba».

«A Portland segua la stessa procedura dell'ultima volta. La ditta che deve ritirare la merce si chiama Cooper & Sons. La contatterà il signor Chester, chiamandola Ramirez. Lei risponderà che il suo nome è

Contreras e si vanterà di essere cileno. Tutto chiaro?»
L'ufficiale annuì.

«Stanotte controlli i fusti: devono essere mille»
aggiunse Cobarez porgendogli un foglietto sul quale era
scritto un numero. «Se ne manca anche solo uno, mi
avverta subito. Si accerti che altrettanti vengano presi in
carico dalla ditta americana, in caso contrario la
riterremo personalmente responsabile di qualsiasi am-
manco».

«La volta scorsa non mancava niente» si giustificò il
comandante.

«E infatti lei è ancora vivo» sibilò Ayala.

Luke era appena rientrato dalla spiaggia e si stava
facendo una doccia prima di iniziare il suo turno di sorveglianza, quando Joe Martino aveva avvisato che l'auto
di Cobarez aveva lasciato il Blue Lyon seguita da una
Jeep Cherokee con quattro uomini a bordo. Lasciata Sara
a presidiare l'hotel, l'ex legionario aveva seguito i narcos fino al porto dove era stato raggiunto da McDowell
e Stiegler.

Sdraiati sul tetto pericolante di un vecchio magazzino
abbandonato, McDowell e Stiegler osservarono la
Porsche uscire dal capannone e dirigersi verso il centro
città, seguita dall'auto della scorta.

«Deve trattarsi di qualcosa di grosso, per indurre
Ayala a uscire dal suo buco» mormorò l'ufficiale israeliano.

Non avevano potuto vedere chi c'era a bordo della
Porsche, ma il fatto che fosse scortata era di per sé un
dettaglio rivelatore.

Luke posò i binocoli. I tre lunghi finestroni rettangolari, posti appena sotto la linea di gronda del capannone, erano talmente sporchi che guardare dentro era pressoché impossibile, tuttavia erano riusciti a riconoscere le sagome di alcuni grossi autotreni.

«Merce in partenza?»

Stiegler si sfregò il naso, perplesso. «Probabile, ma non possiamo certo metterci a seguire tutti i camion. Dovremmo avvicinarci e dare un'occhiata più da vicino».

In quel momento un paio di furgoni senza insegne uscirono dal capannone dirigendosi verso una petroliera ormeggiata poco distante. I due inforcarono di nuovo i binocoli. Videro gli automezzi accostare alla scaletta della nave cisterna dalla cui asta di poppa sventolava pigra la bandiera cilena; poco sotto, una scritta scolorita ne annunciava il nome: *Estrella del Sur*. Gli operai, tre per ciascun furgone, si misero al lavoro con una lena inconsueta per gli standard del posto, cominciando a trasbordare sulla nave numerosi scatoloni su cui si riusciva a distinguere un marchio commerciale rappresentato da una sirena azzurra sdraiata sopra una scritta che da quella distanza era però indecifrabile.

«Muoviamoci» fece Luke lasciandosi scivolare lungo il tetto pericolante.

Un sinistro cigolio, accompagnato da un lieve cedimento delle travi sottostanti, indusse Stiegler a seguire rapidamente il compagno. Si calarono in uno spiazzo dove Joe Martino li attendeva al riparo di alcuni fusti abbandonati.

«Dobbiamo entrare. È necessario capire cosa stanno combinando» spiegò Luke.

«Non ci accoglieranno a braccia aperte...» mormorò

Joe avvitando il silenziatore alla propria Glock.

Stiegler fece altrettanto. «Per sorvegliare il lavoro degli operai bastano un paio di *sicarios* e nemmeno troppo svegli. Non sarà difficile eliminarli e Ayala incolperà dell'attacco uno dei boss scissionisti».

«L'idea è quella» confermò Luke. «Perciò sarà fondamentale non rivelare la nostra identità, quindi teniamo gli occhi aperti e non facciamo gli eroi. Al primo intoppo ce la filiamo».

Indossarono i passamontagna e si mossero. Appena oltre una recinzione che delimitava il cortile di pertinenza del capannone, erano accatastati sei container da quarantacinque piedi della Maersk, disposti in due pile da tre. McDowell si infilò in uno dei molti varchi che il tempo e l'incuria avevano aperto nella rete metallica e, mantenendosi al riparo dei container, sbirciò verso il capannone. Una porta di servizio era aperta sul lato di fronte a lui e poteva udire l'eco delle voci all'interno. Fece un muto segnale ai compagni e scattò, coprendo i pochi metri che lo separavano dalla costruzione e appiattendosi contro la parete a fianco della porta. Stiegler fece altrettanto; Martino rimase indietro a coprir loro le spalle.

Dopo aver dato una rapida occhiata, Luke entrò nel capannone accovacciandosi al riparo di un camion parcheggiato a pochi metri dalla porta. Stiegler fece altrettanto mentre Martino prendeva posizione a ridosso della parete esterna. Contarono quattro autotreni allineati ordinatamente di fianco a quello dietro a cui si erano nascosti. Una dozzina di operai erano intenti a trasbordare decine di casse, alcune delle quali venivano caricate sui furgoni in attesa. Una scala metallica portava a un soppalco sul quale era stato ricavato un ufficio dalle cui finestre si dominava il magazzino sottostante. Le luci si spensero e un uomo tarchiato, sui cinquant'anni, la pancia prominente e il viso rugoso incorniciato da folti baffoni neri, cominciò a scendere le scale, fumando un sigaro. Benché sporca e consunta, la divisa che indossava lo identificava come ufficiale di una nave mercantile. Scambiò qualche parola con uno dei manovali, un nero tozzo e robusto che subito abbaiò ordini agli altri, poi si avviò verso l'uscita allontanandosi pigro sotto il sole.

«Dieci a uno che è il comandante della petroliera cilena» bisbigliò Stiegler.

McDowell si girò verso l'uscita di servizio facendo cenno a Joe di raggiungerli. Appena l'ex legionario fu al suo fianco, Luke salì sul predellino, aprì silenziosamente la portiera del gigantesco Mack e constatò con sollievo che le chiavi erano inserite nel quadro comandi.

«Usciremo a bordo di questo bestione» disse tornando a terra. «Uomo armato a ore dieci. Esco per primo. Joe, coprici da qui».

Martino annuì infilandosi sotto il camion, al riparo delle ruote gemellate della motrice. Scambiato un ultimo cenno d'intesa con Stiegler, McDowell scattò in avanti mirando subito al narcotrafficante armato.

«Tutti a terra! Mani in vista! A terra! Subito!» urlò in spagnolo.

Intento a detergersi il sudore col fazzoletto, Hugo si accorse dell'intruso con un attimo di fatale ritardo. Due proiettili lo colpirono al petto scaraventandolo giù dalla seggiola. Pepito intravide una sagoma spuntare da un camion alle sue spalle e istintivamente portò la mano al coltello a serramanico che teneva nella tasca posteriore dei jeans. Una pallottola lo ferì a una gamba e l'arma gli cadde a terra. Un istante dopo, tutto il peso del mondo gravava sulla sua mano inutilmente protesa verso la lama che un calcio fece scivolare lontano. Un silenziatore nero e minaccioso, a pochi centimetri dal suo naso, lo convinse a starsene buono. Un altro uomo di Ayala, appostato nei pressi dell'uscita, accorse sparando verso gli aggressori con il suo revolver Smith&Wesson calibro .45 nuovo di zecca. Non abituato a una pistola così potente, mandò i primi tre colpi a vuoto e con il quarto ferì un operaio. Stiegler lo uccise prima che potesse premere il grilletto per la quinta volta. César, l'ultimo dei *sicarios* lasciati da Ayala, fece per estrarre la pistola poi cambiò idea, ricordandosi del fucile M4 posato accanto al muro alle sue spalle. L'esitazione gli fu fatale: Joe lo centrò due volte alla schiena mentre si voltava per raccogliere l'arma.

«Tutti a terra!» ripeté rabbioso Luke.

Il rumore di una portiera che sbatteva anticipò il sibilo di due proiettili che fecero esplodere il distributore dell'acqua a pochi centimetri da lui. Un autista, che dormiva nella cabina dell'ultimo camion, stava ora rispondendo al fuoco mantenendosi al riparo della motrice.

«Il Kenworth in fondo alla fila!» gridò Stiegler.

Martino uscì da sotto il camion, fece alcuni passi e si gettò al riparo di un muletto mentre altre due pallottole scheggiavano il pavimento dietro di lui. Luke sparò due volte in direzione della grossa cabina argentata, mandandone in frantumi il parabrezza. Stiegler, nel frattempo, salito su un furgone, ispezionava febbrilmente i cartoni di detersivo, tutti con il simbolo della sirena azzurra adagiata sopra la scritta "Sea World Industries". Contenevano taniche di plastica da venti litri di vari tipi di detergenti e solventi per uso industriale. Ne aprì uno versandone il contenuto. All'interno scoprì esserci un sacchetto accuratamente sigillato contenente circa due chili di polvere bianca. Estrasse il coltello e, praticato un taglio nella confezione, ne saggiò il contenuto: cocaina purissima. Ne aprì altri ed ebbe conferma che ogni tanica ne conteneva uno.

McDowell e Martino stavano tentando di accerchiare il camionista che sparava contro di loro imprecando in portoghese. Luke colse con la coda dell'occhio un movimento alla sua destra e si voltò nel momento in cui uno dei manovali scattava rapido, praticandogli una chiave alle gambe e trascinandolo a terra. I due ruzzolarono avvinghiati sul pavimento di nudo cemento. Il bagliore sinistro di un lama comparve nelle mani dell'uomo, un nero basso e tarchiato che doveva pesare almeno un quintale e che ora stava bloccando Luke con le spalle a terra, una mano a stringere la gola, forte come un maglio d'acciaio. L'uomo brandì il coltello spostando tutto il suo peso sul braccio destro lanciato contro il collo dell'avversario. Commise un errore che gli fu fatale.

Sfruttando lo slancio del suo stesso avversario, Luke gli bloccò la mano armata facendo al contempo leva sul bacino e le gambe. Come un cow-boy maldestro dalla groppa di un cavallo imbizzarrito, il narcotrafficante venne disarcionato, cadendo sulla schiena e battendo violentemente la testa sul cemento. Luke gli fu addosso facendosi scudo del suo corpo appena in tempo per intercettare i due proiettili sparati dall'uomo nascosto dietro l'ultimo camion. Martino ne approfittò per aggirarlo, premette quattro volte il grilletto e il camionista barcollò all'indietro, agitando scompostamente le braccia e lasciando cadere il revolver mentre tre macchie color cremisi si allargavano sul suo torace.

Stiegler, sceso dal furgone, teneva sotto tiro gli altri operai, anche se nessuno sembrava intenzionato a farsi ammazzare.

«Ho trovato la coca» annunciò.

I due uomini del check point più vicino, richiamati dagli spari, si stagliarono in quel momento all'entrata del capannone, sagome scure contro la luce abbacinante dell'esterno. McDowell e Stiegler spararono contemporaneamente uccidendo i due malcapitati prima che potessero fare qualcosa. Un rombo di motori e lo stridere degli pneumatici ruppe subito l'irreale silenzio che segue puntuale il fragore di una battaglia.

«Arriva la cavalleria, andiamocene!» ordinò Luke.

Salirono sul Mack e puntarono a tutta velocità verso l'uscita proprio mentre la Porsche di Cobarez e la Jeep si mettevano di traverso per chiudere la via di fuga. Il pesante autotreno investì come un rinoceronte infuriato le due vetture spostandole come fossero fuscelli e si diresse verso l'uscita del porto.

Al secondo check point, gli uomini di Ayala si erano appostati dietro la loro auto di traverso sulla strada, pronti a far fuoco, ma, quando videro il gigantesco camion puntare a tutta velocità contro di loro, abbandonarono le posizioni. Il Mack travolse con i suoi paraurti rinforzati la vecchia Lincoln e proseguì la sua corsa.

«Dove lo portiamo questo bestione?» chiese Joe.

«Sarebbe interessante perquisirne il carico con calma,

ma temo che non ci sarà possibile» rispose Luke scrutando gli specchietti laterali. «Se Ayala ci insegue non potremo seminarlo. Abbandoniamolo e prendiamo le nostre auto. Ci vediamo alla base».

Cobarez scese barcollando, girò intorno alla Porsche e cercò inutilmente di aprire la portiera di destra. Colpita in piena fiancata dal pesante autotreno in corsa, l'auto era piegata in modo grottesco. Ayala, privo di sensi, aveva battuto la testa e perdeva sangue da una ferita alla tempia. Le barre antisfondamento laterali avevano risparmiato a *el Inglés* una sorte ben peggiore.

La Jeep della scorta non era ridotta meglio. Coricata su un fianco, era stata scagliata a diversi metri di distanza. Alcuni manovali cominciavano ad affacciarsi timidi all'ingresso del capannone, ancora frastornati e spaventati da quanto era accaduto.

«Presto coglioni! Aiutatemi a tirarlo fuori!» inveì Cobarez. «E qualcuno si occupi della Jeep!»

Due uomini si riscossero accorrendo verso di lui mentre un terzo si avviò in direzione del fuoristrada. La vettura prese improvvisamente fuoco e l'uomo fece precipitosamente dietrofront gettandosi prontamente a terra. La deflagrazione riempì l'aria come un tuono sprigionando fiamme alte dieci metri. Della Jeep e dei quattro uomini di scorta non rimaneva che un ammasso di ferraglia contorta e fumante.

Riuscirono con fatica a estrarre Ayala dalla Porsche e lo adagiarono sull'asfalto.

«Presto, portatemi un'auto!» ordinò Cobarez. «E fate sparire quei camion. Subito! Tra poco qui brulicherà di poliziotti. Muovetevi, dannati idioti! Dove si è cacciato Pepito?»

«É ferito a una gamba» rispose uno.

«Maledizione! Hugo e gli altri?»

«Non lo so signore,» spiegò l'uomo, «hanno sparato tanto… un maledetto inferno… sono feriti, forse morti».

«Quanti erano?» incalzò Cobarez, furibondo.

«Almeno tre, signore, forse quattro, non di più, ma erano demoni».

Allarmato dagli spari era sopraggiunto anche il comandante della petroliera.

«Che diavolo è successo?» chiese guardando sconcertato quello spettacolo di distruzione e morte.

«Contreras, porti subito sulla nave i miei uomini, morti o feriti che siano. Si muova! Non voglio che la vedano qui. Lei non è mai sceso né ha visto nulla. E non faccia salire la polizia sulla sua nave senza un mandato. Sono stato chiaro?»

«Sissignore».

Ayala cominciava a riprendere i sensi; per sua fortuna la ferita alla testa non era grave. Cobarez lo aiutò a salire sull'auto poi si mise alla guida e si allontanò a tutta velocità, uscendo dal porto e dirigendosi verso la periferia sud.

Erano già fuori da Puerto La Cruz quando Ayala cominciò a ritrovare lucidità. «Che cazzo è successo?» mormorò tenendosi il fazzoletto premuto contro la ferita.

«Hanno ammazzato almeno tre dei nostri più Cichito e gli altri sulla Jeep. Sono certo che si tratta degli uomini di Cardillo. Solo un ubriacone come lui poteva pensare a un attacco così male organizzato. Un operaio mi ha detto che erano tre o quattro, non avevano speranze di farcela in così pochi. Quei coglioni sono fuggiti su uno dei nostri camion, ma non andranno lontano. Lo troveremo».

«Se non è già finito in mano alla polizia» fece rabbioso Ayala.

«Non possiamo farci niente e tutto sommato ci è andata bene. Se fossero stati gli uomini di Lozano o i servizi segreti avremmo detto addio all'intero carico».

«Maledetti bastardi! Perderemo comunque parte della coca e delle armi».

Cobarez lanciò un'occhiata al suo capo. «Speriamo solo che a qualche sbirro troppo zelante non venga in mente di salire sulla nave. Quando le acque si saranno calmate sfrutteremo i nostri contatti al dipartimento per recuperare almeno una parte della merce sequestrata».

«*El Manco* la pagherà cara…»

Capitolo 19

Quattro paia di occhi preoccupati scrutavano McDowell. Diego e Irina, impegnati a sorvegliare l'Hotel Blue Lyon, erano stati informati telefonicamente di quanto era accaduto e avevano riferito che Ayala e il suo luogotenente non erano rientrati in albergo. Già insospettito per il repentino ritorno del boss al magazzino, Luke cominciava a pensare che qualcuno lo avesse avvertito sia del blitz sia del fatto che il suo nascondiglio fosse ormai compromesso.

L'agente Ortega fu la prima a rompere quel silenzio carico di tensione: «Non è possibile, è successo tutto troppo in fretta. Nessuno poteva sapere che voi stavate spiando il magazzino. Avete detto che lui e Cobarez erano appena partiti quando avete fatto irruzione: avranno sentito gli spari e sono tornati indietro».

Luke scosse la testa. «Quando Ayala è partito, noi eravamo ancora sul tetto. Avrebbe dovuto essere troppo distante per accorgersi della sparatoria».

«Forse gli uomini dei check point intorno ai docks hanno avvisato il capo» suggerì Marcus.

«Questo non spiega perché non sia tornato nel suo buco» insistette Luke.

Sara fece spallucce. «Forse ha cose più urgenti da sistemare. Se è convinto che sia stato uno degli scissionisti ad attaccarlo, sarà ansioso di vendicarsi».

Stiegler passeggiava irrequieto per la stanza.

«In ognuno di quei fusti di detersivo ci sono almeno due chili di cocaina pura al cento per cento. Dobbiamo scoprire dove è diretta la *Estrella del Sur*».

«Potrebbero trasbordare la droga su un altro battello in alto mare...» obiettò Sara svolgendosi la coda di cavallo.

Luke osservò la cicatrice che le segnava la spalla sinistra finché i lunghi capelli corvini non la coprirono. Spostò lo sguardo sugli occhi della donna: erano neri e profondi, indubbiamente seducenti come, del resto, i fini lineamenti del viso, il naso gentile, la bocca sottile. Ma oltre che bella, era coraggiosa e determinata e faceva un lavoro molto pericoloso. Si chiese se avrebbe potuto innamorarsi di una come lei e si rammentò di un'altra agente, anch'essa con lunghi capelli neri, incredibilmente bella e risoluta. Quella volta era stato davvero sul punto di cedere, ma qualcosa lo aveva trattenuto, forse il suo istinto. Ricordò la Glock puntata contro di lui, il giorno che l'aveva uccisa sparandole in testa.

«...non possiamo monitorare l'intero viaggio della nave» stava spiegando Marcus. «Servirebbero una montagna di scartoffie e di autorizzazioni che non avremo mai senza prove più concrete, almeno non qui in Venezuela. Dovremo accontentarci di segnalarla alle autorità portuali di destinazione».

«Se gli beccano la droga a bordo sarà già un bel colpo. Arresteranno parecchia gente e qualcuno finirà inevitabilmente per cantare, fornendo nuove piste. Ma sono sicuro che tra quelle casse c'erano anche armi.

Peccato aver dovuto abbandonare il camion» fece sconsolato Stiegler.

«Joe, te la senti di dare un'occhiata al ranch di Cobarez?» riprese Luke. «Potrebbero aver deciso di nascondersi lì. Massima prudenza, mi raccomando, non devono scoprire che siamo della partita, non ancora».

«Affermativo, comandante» rispose l'ex legionario cominciando a prepararsi.

«Se mi chiama ancora così, giuro che gli sparo» brontolò Luke rivolto a Marcus. «Vado a fare due passi in spiaggia, ho bisogno di schiarirmi le idee».

Ayala aveva convocato Santiago Miller. Quando aveva ricevuto la telefonata, il luogotenente di Gregorio Lopez Cardillo si trovava sull'autopista 16, di ritorno da San Mateo, ed era giunto al ranch di Cobarez quasi subito, accompagnato da Marcelo e Pablito.

Santiago cominciò a preoccuparsi quando lui e i suoi uomini vennero perquisiti e costretti a lasciare le armi. Poi Ayala li condusse nella taverna, situata sotto il livello del suolo, dove la temperatura rimaneva fresca anche durante la stagione più torrida. Con le volte in mattoni e le colonne in pietra, arredata con un lungo tavolo in rovere, un bancone bar e alcune poltrone, si presentava come un locale ampio e accogliente, ma Santiago non riusciva ad apprezzarla. Aveva paura.

Cobarez prese una bottiglia di rum e una manciata di bicchieri e tutti si sedettero intorno al tavolo. Due uomini del boss si piazzarono davanti alla porta, le braccia conserte e i revolver nella cintura, i calci bene in vista.

Ayala, con espressione grave, raccontò dell'attacco al

porto avvenuto quella mattina.

«So che è stato il tuo capo» disse infine, piantando i suoi occhi accusatori in quelli di Santiago. «Quello che mi domando è cosa intendesse fare. Rubarmi il carico? Non con soli tre o quattro uomini. Provocarmi? Farmi incazzare? Se è così, ci è riuscito benissimo».

«Con tutto il rispetto che le porto, signor Ayala, non credo, anzi… sono sicuro che Cardillo non c'entra. In questo momento è a corto di uomini e di armi. Lucas e Juan Carlos sono stati arrestati pochi giorni fa alla frontiera con la Colombia e, a parte noi tre e *Big Bubble*, a Cardillo sono rimaste solo le guardie del corpo. In ogni caso avrebbe affidato a me il comando dell'operazione. Anche dietro l'attacco alla sua villa, signor Ayala, escludo ci sia lui. *El Manco*, ormai, è solo l'ombra di un boss» rispose Santiago sforzandosi di mantenere il sangue freddo.

«Il blitz di stamattina sembra sia stato condotto da tre uomini» intervenne Cobarez.

Santiago guardò gli uomini di fronte a lui; le mani gli sudavano e il cuore sembrava volergli uscire dal petto.

«No, sentite, dico davvero,» ribatté con un tono più acuto di quanto non avesse voluto, «non penserete sul serio che siamo stati noi!? Che interesse avremmo avuto? E poi ne veniamo da Ciudad Bolívar, cazzo! Abbiamo dormito alla Locanda Santa Clara, *Big Bubble* è ancora là, era talmente fatto che non siamo riusciti a svegliarlo. Potete verificare, non potevamo essere a Puerto La Cruz stamattina».

A un cenno di Cobarez, uno degli uomini di guardia uscì per tornare dieci minuti più tardi e bisbigliare poche parole all'orecchio di Ayala. Il boss, cambiò espressione, versò altro rum a tutti e propose un brindisi prima di parlare.

«Avete detto la verità e questo mi riempie di gioia, amici miei, non solo perché è la riprova del buon fiuto del mio braccio destro Gaston, ma anche e soprattutto perché siete dei buoni soldati e sarebbe stato un vero peccato dovervi uccidere. Al giorno d'oggi la manodopera qualificata è merce rara».

Santiago ricominciò a respirare.

Cobarez prese la parola e spiegò il piano che avevano in mente.

La Charger nera di Santiago risalì calle Miraflores a tutta velocità, frenando davanti all'ingresso del parcheggio sotterraneo. Pablito rimase in strada mentre Santiago e Marcelo salivano dal loro capo.

El Manco era ubriaco. Sdraiato nudo sul letto, stava godendosi le attenzioni di due ragazze in topless.

«Mi spiace disturbarti capo, ma dobbiamo portare via il culo da qui. Subito!» annunciò Santiago facendo letteralmente irruzione nella camera.

Il boss si levò a fatica sull'unico braccio rimastogli, facendo un gesto alle ragazze che si fecero da parte, seccate.

«Che ti prende Santiago? Lo sai che non voglio essere disturbato quando sono... in riunione! Ah, Ah, Ah!» Un sonoro rutto mise fine alla risata.

«Un mio informatore mi ha appena riferito che *el Inglés* vuole eliminarci. Stanno per venire qui. Dobbiamo andarcene, capo».

A quelle parole *el Manco* parve ritrovare la lucidità.

«Cosa? Ne sei sicuro?»

«Non al cento per cento capo, ma non mi sembra il caso di rischiare».

Cardillo strinse il pugno con tale rabbia che le nocche diventarono bianche. «Quel maledetto topo di fogna! Come osa! Che venga, gli daremo quel che si merita una volta per tutte!»

Le ragazze, impaurite, raccolsero i loro vestiti e si precipitarono fuori.

«Siamo solo in sei, capo, mentre *el Inglés* ha un intero esercito ai suoi ordini. Potrebbe perfino attaccarci con gli elicotteri o mandare qualche reparto della Guardia» insistette Santiago. «Dobbiamo andarcene, organizzarci e attaccarlo quando meno se lo aspetta».

El Manco si mise a sedere. Aveva un gran mal di testa e faticava a mettere a fuoco il viso del suo luogotenente. Dietro di lui, gli altri *sicarios* attendevano i suoi ordini.

«Forse hai ragione. Prendiamo lo yacht e andiamo a Cumaná. Mio cugino ci ospiterà. Ci riorganizzeremo e distruggerò quel bastardo una volta per tutte».

Il *San Luis*, che Cardillo definiva pomposamente "yacht", era un piccolo cabinato di otto metri, che tuttavia rappresentava la via di fuga più sicura, quella che aveva previsto Ayala.

Preceduta dalla Charger di Santiago, l'ambulanza con Cardillo a bordo attraversò il centro di Puerto La Cruz a sirene spiegate, dirigendosi verso il promontorio di El Morro dove il boss teneva ormeggiato il suo motoscafo. Gli uomini a bordo dei due automezzi avevano i nervi a fior di pelle, anche se per motivi molto diversi.

Giunsero al porticciolo dove, sempre circondato e protetto dai suoi, *el Manco* sparì velocemente a bordo del *San Luis.*

«Ci hanno seguiti?» chiese sbirciando il pontile da un oblò.

«No. Non avevano motivo di pensare a una nostra fuga. Attaccheranno la casa e non troveranno nessuno» mentì Santiago.

Nonostante le parole rassicuranti del suo luogotenente, Cardillo si sentì molto meglio solo quando avvertì i motori accelerare e vide il pontile allontanarsi velocemente.

Doppiarono la piccola isola di Morro Pelotas che si fece sempre più piccola dietro di loro. A un tratto, due puntini bianchi cominciarono a prendere forma ai lati dell'isola, distinguendosi dalla schiuma candida delle onde che si infrangevano sugli scogli. Il boss era sdraiato sotto coperta in compagnia di una bottiglia di rum. Santiago e Marcelo si scambiarono un cenno d'intesa e si misero in azione. Danny pativa il mare e preferiva stare verso prua: Marcelo lo trovò appoggiato alla battagliola di babordo intento a vomitare. Gli sparò un colpo silenziato alla nuca e lo spinse in mare. Santiago, intanto, aveva richiamato l'attenzione di Bruno su quelle che ormai apparivano chiaramente come imbarcazioni.

«Sono motoscafi e sono molto più veloci di noi» disse Bruno preoccupato continuando a scrutare il mare con i binocoli.

«Tienili d'occhio» gli ordinò Santiago. «Avverto il capo».

Bruno grugnì qualcosa senza staccare i binocoli dal viso. Santiago fece due passi verso la scaletta che portava sotto coperta, poi si girò e piantò tre pallottole nella schiena del compagno.

A Enrique, l'ultimo uomo rimasto fedele a *el Manco*, era parso di udire un grido seguito da un tonfo sordo. Probabilmente era la sua immaginazione oppure uno degli innumerevoli e inspiegabili rumori di cui era pieno un motoscafo in navigazione, tuttavia qualche idiota poteva anche essere caduto in mare. Lanciò un'occhiata al suo capo, addormentato sul divano con la bottiglia di rum ancora in mano, ormai vuota. Sudato, la barba incolta, aveva la bocca aperta e russava come un maiale. Provò un moto di pena: erano molti anni che lavorava per lui, da quando, poco più che tredicenne, Enrique era rimasto orfano. I suoi genitori tagliavano la droga per Gregorio Lopez Cardillo ed erano stati uccisi dalla polizia durante un'irruzione. Il boss, che non aveva figli, lo aveva preso sotto la sua protezione con l'intenzione di farne il suo luogotenente e, perché no, anche il suo erede, ma il ragazzo non ne aveva la stoffa. Aveva imparato a sparare bene e lo faceva senza remore, ma non era tagliato per comandare, così lo aveva tenuto come sua guardia del corpo personale. A Enrique andava bene lo stesso, non era mai stato un tipo ambizioso e non provava invidia per il potere che esercitava Santiago. Piuttosto era preoccupato per il suo capo: si stava autodistruggendo con alcol e puttane, perdendo progressivamente il controllo del suo piccolo impero.

Decise di alzarsi e andare a vedere cosa stava succedendo in coperta. La prima cosa che notò furono i due grossi motoscafi che si avvicinavano da poppa.

«Chi cazzo sono quelli?» chiese senza rivolgersi a qualcuno in particolare.

Santiago gli puntò la pistola alla tempia e fece fuoco da distanza ravvicinata.

I due motoscafi, nel frattempo, avevano accostato allo scafo del *San Luis*, che Pablito aveva fatto fermare. Gli uomini di Ayala, i fucili spianati, intimarono loro di deporre le armi e uscire con le mani in alto.

Santiago depose la pistola e alzò le mani. «Non sparate, sono Santiago Miller. Gli uomini di *el Manco* sono tutti morti. Lui è di sotto, ubriaco fradicio. Dubito che riesca a uscire con le sue gambe».

«Allora andate a prenderlo e portatelo fuori» gli intimò un mulatto che non aveva mai visto prima.

Marcelo scese sotto coperta con Pablito per riemergere pochi istanti dopo sorreggendo il corpo esanime di Gregorio Lopez Cardillo.

«Quello sarebbe il boss che voleva fare il golpe?» lo schernì il mulatto suscitando l'ilarità generale dei suoi. «Avanti, issate a bordo quel sacco di merda, *el Inglés* vuole farci una chiacchierata».

Con qualche difficoltà per via delle onde, Marcelo e Pablito trasportarono il corpo del loro ex capo sul cruiser di Ayala.

«Ora tornate su quella bagnarola e riportatela dov'era» ordinò di nuovo il mulatto.

Non appena i due ebbero rimesso piede sul *San Luis* scoppiò il finimondo. Da entrambi i motoscafi una decina di narcos fecero fuoco simultaneamente e la poppa del piccolo cabinato venne investita da una mortale pioggia di proiettili. Santiago, Marcelo e Pablito, falciati dalle raffiche degli M4, non ebbero scampo. Due uomini salirono a bordo per controllare che non ci fossero superstiti e piazzare una carica di tritolo vicino al serbatoio del carburante.

Mentre le imbarcazioni di Ayala solcavano veloci le

onde in direzione della costa, una potente deflagrazione disintegrò il *San Luis* e quel che restava del cartello di Gregorio Lopez Cardillo.

Capitolo 20

Mentre camminava lungo la battigia, Luke aveva nuovamente chiamato Dimitrov aggiornandolo sul blitz di quella mattina.

«Scoprire dov'è diretta la *Estrella del Sur* non sarà un problema. Avvertirò le autorità e, se la droga sarà ancora a bordo, non avranno scampo» lo rassicurò il russo.

«C'è un'altra cosa che dovresti controllare per me. Magari sono solo paranoico, ma...»

«Nel nostro mestiere essere paranoici allunga la vita, amico mio. Quale dubbio ti affligge?»

Luke spiegò al siberiano ciò che voleva sapere, poi fece altre due telefonate, l'ultima delle quali a Uros Kolarov che, insieme a Tony Kirkbridge, era rimasto sull'isola per tenere sotto controllo il quartier generale di Ayala.

Seguendo le istruzioni di McDowell, il cecchino serbo si era appostato sul tetto di una fatiscente rimessa per le barche che, a giudicare dalla vegetazione che ne aveva aggredito i muri, era abbandonata da parecchio tempo. Stava tenendo d'occhio il traghetto, proveniente dal continente, in procinto di attraccare. Di lì a poco tutti gli automezzi avrebbero cominciato a sbarcare, transitando proprio davanti al reticolo del suo fucile di precisione.

Finalmente lo vide: uno dei *sicarios* di Ayala, che quella mattina si era imbarcato per Puerto La Cruz, stava ora rientrando in compagnia di un secondo uomo, a bordo della stessa Chevrolet scassata con la quale aveva accompagnato al porto Irina. L'ordine di McDowell era stato chiaro: colpire qualunque bersaglio riconducibile ad Ayala. Kolarov provò la solita, immancabile e seducente scarica di adrenalina che arrivava ogni volta che si apprestava a eliminare un bersaglio. Premette quattro volte il grilletto del suo M200 che danzò docile tra le sue braccia e rimase a osservare la Chevy, priva di controllo, andare a sbattere contro un camion in sosta, tra il clangore del metallo che si contorceva e le urla terrorizzate dei passanti.

A bordo di una Crown Vic col motore acceso, Kirkbridge lo attendeva in una via laterale e, appena il compagno fu a bordo, si avviò in direzione dell'aeroporto.

All'ombra di un hangar della zona militare, in piedi vicino a un Sikorsky S-76 privo di insegne, trovarono ad attenderli un uomo in giacca e cravatta che si presentò come Carlos Torrealba, dei servizi di intelligence venezuelani. I due cecchini salirono a bordo del velivolo e il pilota diede inizio alle procedure di decollo.

Vista dall'alto, la villa di Ayala sembrava una preda inerme. Come un falco su un coniglio, il Sikorsky puntò a volo radente sull'obiettivo. Dai portelloni aperti, Kolarov e Kirkbridge fecero partire lunghe raffiche che trafissero la guardia al cancello e un narcos nel giardino, mandando in frantumi vetri, vasi di fiori e gli arredi intorno alla piscina. A un secondo passaggio lasciarono cadere diverse granate che aggiunsero ulteriore distruzione e scompiglio. Il pilota sorvolò il tetto dell'edificio adibito a spaccio e Tony falciò con una raffica i due narcos che stavano puntando le pistole verso l'elicottero. Due pusher uscirono di corsa dall'edificio precipitandosi verso una vecchia Toyota senza cofano, ma vennero crivellati da Kolarov prima che potessero raggiungerla. Da una finestra qualcuno sparò verso l'elicottero senza colpirlo.

A un cenno del serbo, Kirkbridge comunicò al pilota che potevano andarsene. Il Sikorsky riguadagnò quota e fece rotta verso il mare.

Faceva freddo, sembrava stesse per scoppiargli la testa e un rumore incessante e fastidioso non gli dava tregua. Gregorio Lopez Cardillo si sforzò di mettere a fuoco le immagini impossibili che gli sfilavano davanti, indistinte sagome scure nella penombra. Provò a muoversi, ma si accorse di avere il braccio e i piedi legati alla seggiola su cui era seduto. Cercò di concentrarsi. L'ultima cosa che ricordava era di essere salito sul suo yacht. Chi c'era con lui? Santiago, certo, e il fedele Enrique. Bravo ragazzo, Enrique. Provò a chiamare entrambi a gran voce, ma nessuno rispose. Quel terribile rumore, come di metallo che stride, sembrava non voler cessare mai. All'improvviso le luci si accesero, abbaglianti, costringendolo con un gemito a chiudere gli occhi. Udì dei passi avvicinarsi e avvertì la presenza di alcune persone intorno a lui. Una mano gli afferrò i capelli tirandogli indietro la testa con forza e costringendolo a sollevare la faccia.

«Apri gli occhi».

Non aveva bisogno di vedere l'uomo che gli stava parlando, lo aveva riconosciuto dalla voce, dal sofisticato accento inglese che gli era rimasto o che lui non aveva voluto perdere. Un pugno violentissimo lo colpì alla mandibola e sentì in bocca il gusto metallico del sangue.

Aprì gli occhi e guardò in faccia il suo odiato avversario, Pedro Ricardo Ayala. Sputò ai suoi piedi un grumo di sangue.

«Cosa vuoi da me? Dove sono i miei uomini?» chiese senza celare il disprezzo che provava.

«In pasto ai pesci. Tutti, dal primo all'ultimo. Se non fossi perennemente sbronzo, forse te ne saresti accorto. Sei vivo solo perché voglio sapere da te chi altri è coinvolto negli attacchi alla mia villa e al porto».

El Manco diede una rapida occhiata intorno a sé: si trovava in un mattatoio e le sagome che intravedeva erano maiali squartati e appesi a un nastro trasportatore che li portava dove una sega circolare – ecco spiegato il fastidioso rumore – li tagliava in due, per poi scomparire oltre una soglia. Tornò a posare su Ayala uno sguardo carico di odio.

«Ho sentito dell'attacco alla villa. Dunque la *tua isola* non è poi così inattaccabile, eh? Forse non sei onnipotente come credi. Qui non siamo in Inghilterra, damerino, qui le cose sono molto diverse».

Un altro pugno gli spaccò il labbro e Cardillo sputò due denti, ma il suo atteggiamento altero non sembrava essersi incrinato.

«Parla, Gregorio, e ti risparmierai inutili sofferenze».

Come per dare maggiore risalto alle parole di Ayala,

uno degli uomini alle sue spalle mise in moto una sega elettrica.

«Non riuscirai a spaventarmi» rispose *el Manco* sprezzante. «Io non c'entro niente con gli attacchi che hai subito e confesso che quando ho saputo della sparatoria alla tua villa mi è dispiaciuto non esser stato della partita. Ma ora ne sono contento. Tu non sai chi sia stato, stai brancolando nel buio. Qualcuno ti sta dando la caccia e tu non sai nemmeno chi è! Ah, ah! Mi deludi, fottuto damerino dei miei coglioni».

A un cenno del boss, un altro uomo si fece avanti brandendo un trapano che appoggiò sul ginocchio di Cardillo.

«È la tua ultima occasione, non fare l'eroe, Gregorio. Su questa sedia sono stati seduti uomini molto più duri di te e non hanno resistito che pochi minuti» intervenne Cobarez.

«Ve l'ho detto. Io non c'entro niente e questo per voi è un grosso problema».

L'uomo affondò il trapano e dalla gola di Cardillo uscì un urlo che aveva ben poco di umano, poi perse i sensi. Ayala gli puntò la pistola alla testa e gli sparò in mezzo agli occhi. Fece segno a Cobarez di seguirlo e si avviò a passo spedito verso l'uscita del mattatoio. «Fatelo sparire» ordinò ai suoi uomini.

«Perché l'hai fatto? Avrebbe parlato!» protestò Cobarez appena furono saliti in auto.

Con studiata lentezza, Ayala si accese un *cigarillo*. «E cosa avrebbe potuto dirci? Ammettere che è stato lui? E se non fosse così? Se ci fosse Lozano o qualcun altro dietro a tutto questo e lui si fosse preso la colpa, non ci avrebbe forse depistato? Quell'ubriacone si è dimostrato stupido fino alla fine. Poteva recarci maggior danno mentendo, assumendosi il merito di qualcosa che non aveva fatto, dando così un ulteriore vantaggio al nostro vero nemico. Credo dicesse la verità. Abbiamo preso l'uomo sbagliato».

Il cellulare di Cobarez si mise a suonare. Il braccio destro di Ayala ascoltò per alcuni istanti il rapporto di uno degli uomini rimasti sull'isola, imprecò e infine ordinò di aumentare la vigilanza.

«Che succede ancora?» chiese allarmato Ayala.

«Era Hugo, dall'isola. Hanno ucciso Paco e Don Carlo. Erano appena sbarcati dal traghetto» rispose cupo Cobarez. «Subito dopo un elicottero privo di contrassegni ha attaccato la villa e il laboratorio. I ragazzi stanno ancora contando i danni».

Don Carlo Raia era l'inviato di un mandamento siciliano col quale Ayala trattava da lungo tempo e che avrebbe potuto assicurare lauti profitti con la distribuzione in diversi Paesi europei. Dovevano incontrarsi quella sera stessa nella sua villa di El Guamache.

«Maledizione!» imprecò il boss. «Nessuno, al di fuori dei miei uomini più fidati, sapeva del suo arrivo!»

«Benny Lozano ha comprato qualcuno dei nostri» mormorò Cobarez.

Ayala si volse verso il suo braccio destro fissandolo a lungo negli occhi. «Lozano morirà, Gaston, te lo garantisco. Ma siamo sicuri che non ci siano i servizi segreti dietro a tutto questo? Ne siamo proprio sicuri?»

Cobarez sospirò, guardando fuori dal finestrino. «Le certezze non fanno parte del nostro mondo, Pedro, lo sai meglio di me, ma abbiamo eliminato gli agenti che avevano tentato di infiltrarsi e ora siamo noi ad avere

occhi e orecchi tra le loro file. Hai la mia parola che non
escluderò nessuna pista, ma il principale indiziato
rimane Benny Lozano. Era un fedelissimo di Leyva, e
sappiamo entrambi che ti ritiene responsabile della sua
morte. Per ora, comunque, l'isola non è sicura. È meglio
se resti a Puerto La Cruz. Sistemato Lozano, andrò io a
dare un'occhiata».

«Okay, torno al Blue Lyon. Tu convoca Caguaripas e
spremi i nostri informatori, ci vediamo domani sera».

Capitolo 21

Wuilker Perozo era un uomo mite e soddisfatto della propria vita. Il suo lavoro gli piaceva e a casa lo attendeva la sua famiglia, la moglie Maria e gli adorati figlioletti Carlito e Anna, rispettivamente di quattro e sette anni. Perciò, quando nel cuore della notte tre uomini avevano fatto irruzione a casa sua minacciando di uccidere i bambini e violentare sua moglie, lui non aveva esitato a rispondere a ogni domanda e a fare quanto gli veniva ordinato.

La mattina successiva si presentò al lavoro con la canonica mezz'ora di ritardo, rilevando il portiere di notte alla reception dell'Hotel Blue Lyon di Puerto La Cruz.

Dal momento in cui gli uomini di Pedro Ricardo Ayala avevano preso possesso dell'intero dodicesimo piano, Wuilker aveva perso buona parte del suo consueto buon'umore fatalista tipicamente sudamericano. Non era la prima volta che boss e malavitosi di varia specie affittavano la suite per i loro loschi incontri, ma di solito l'invasione non durava più di qualche ora. Negli ultimi giorni aveva lavorato sforzandosi di ostentare il consueto sorriso d'ordinanza, vivendo nel terrore che una banda rivale irrompesse da un momento all'altro nella hall sparando a lui e a chiunque si trovasse in mezzo. Potevano anche arrivare i militari e il risultato non sarebbe stato diverso.

Si asciugò il sudore dalla fronte con il fazzoletto incontrando lo sguardo inquisitore del tirapiedi di Ayala sprofondato in una poltrona a fianco dell'ingresso. Doveva mantenere la calma, si disse. Per fortuna, fuori faceva molto caldo e sudare era lecito, ma all'interno dell'hotel l'aria condizionata non gli dava adito a scuse.

All'ora prefissata mandò Concita, l'aiuto concierge, a fare una commissione. Appena la ragazza fu uscita, arrivò una coppia di coniugi con passaporto della Guyana a cui Wuilker assegnò una stanza all'undicesimo piano. La coppia non aveva bagagli, perciò non fu necessario l'intervento del fattorino. Data l'assenza di Concita, toccò a Wuilker accompagnare i nuovi clienti alla loro camera. L'ascensore si fermò all'undicesimo piano dove scese solo la donna, poi Wuilker utilizzò la propria chiave di servizio necessaria per portare la cabina al tredicesimo livello, in pratica sul tetto dell'edificio, dove si trovavano il locale macchine e la cisterna dell'acqua. L'uomo di Benny Lozano scese e Wuilker tornò al piano terra, preparandosi a fronteggiare le domande del tirapiedi piazzato nella hall. Per fortuna, nel frattempo erano arrivate quattro giovani e chiassose turiste americane, una delle quali, con una minigonna vertiginosa, aveva attirato l'attenzione dell'uomo di Ayala.

Alla fine del turno, dodici ore più tardi, Wuilker tornò a casa dove trovò moglie e figli legati e imbavagliati come quando era uscito. Era rimasto un solo bandito che, dopo averlo a sua volta immobilizzato, seduto a terra accanto alla moglie, gli ordinò di starsene zitto e buono.

La sera prima, Kolarov e Kirkbridge si erano riuniti al resto del team e avevano fatto rapporto sui danni provocati. Dopo qualche ora di meritato riposo, avevano preso parte ai turni di sorveglianza dell'hotel in cui si nascondeva il boss colombiano.

Tony, appostato di fronte all'edificio, aveva notato un clochard dall'aria sospetta seduto sotto un albero dal quale si poteva tener d'occhio l'ingresso dell'hotel. C'erano dei dettagli nei suoi movimenti che non lo convincevano: a tratti sembrava vigile e guardingo, per poi riassumere atteggiamenti vaneggianti appena si avvicinava un passante. Nel turno di sorveglianza successivo, coperto da Diego e Irina, il mendicante era scomparso, sostituito da un venditore ambulante di hot dog. La 007 inglese si fece preparare un tipico *asquerosito* con salsiccia, generosamente farcito con cipolla, patatine fritte, formaggio, ketchup e senape. Si raccomandò di non mettere cavoli e insalata di carote. Osservando l'uomo in difficoltà pasticciare con i numerosi ingredienti, ebbe la conferma che non era affatto pratico del mestiere. Tornando verso l'auto buttò la bomba calorica in un cestino e telefonò a McDowell: «Tony ha ragione, non siamo gli unici a sorvegliare Ayala».

Nell'appartamento, Luke prese un bicchiere di vino dalle mani di Marcus e andò verso la finestra che dava sul mare. «Dubito che si tratti dei servizi segreti» rispose. «Credo sia giunta l'ora della resa dei conti all'interno della federazione. Tenetemi informato, tra poco saremo lì».

Verso le nove di sera Cobarez lasciò il ranch per recarsi a rapporto dal suo capo. Aveva rimuginato a lungo su come comportarsi e su cosa riferire al boss. In tarda mattinata aveva ricevuto la visita dell'ispettore Caguaripas, il quale era certo che la Guardia Nazionale non avesse pianificato attacchi contro Ayala. Riteneva che nel blitz del giorno precedente fossero coinvolti i servizi segreti, ma lui non aveva contatti in quell'ambiente che potessero confermare la sua teoria e non poteva indagare oltre senza attirare sospetti su di sé.

Da un informatore, Cobarez aveva saputo che all'interno del carcere di San Juan de los Morros c'era fermento. *El Goyo* stava di certo organizzando qualcosa di grosso, ma per il momento non aveva mai lasciato la PGV e nulla faceva pensare che avesse ordito azioni contro *el Inglés*.

Tuttavia l'inquietudine di Cobarez era dovuta alla telefonata che aveva ricevuto nel pomeriggio. L'agente del DAS al soldo del cartello aveva finalmente dato notizie, avvisandolo che sulla testa di Ayala pendeva una condanna a morte emessa dal Mossad. Un sicario giunto da Tel Aviv si trovava già in Venezuela per eliminare il boss. L'agente del DAS gli aveva anche rivelato chi si celava dietro le azioni diversive della settimana prima, ordite con lo scopo di innescare una guerra intestina alla federazione, una guerra che avrebbe distrutto l'organizzazione dall'interno. La spia colombiana aveva tenuto la notizia più importante per ultima: la bella biondina con cui si trastullava Ayala era un agente superstite dell'operazione "Ghigliottina". La donna sapeva della spedizione di droga e conosceva le coordinate della consegna in programma quella stessa notte.

Cobarez fermò l'auto al bordo della carreggiata e picchiò un pugno sul cruscotto. Le agenzie antidroga continuavano a sottovalutare la fitta rete di doppiogiochisti di cui disponevano i narcos, grazie alla quale gli agenti venivano spesso smascherati e uccisi. Inspirò profondamente, cercando di calmarsi. Inserì un cd di Bob Dylan, chiuse gli occhi e rimase ad ascoltare la musica e le parole di *Knockin' on heaven's door* finché non gli fu chiaro ciò che doveva fare.

Arrivò all'hotel passando dal garage sotterraneo. Stava scendendo dall'auto e il cancello elettrico alle sue spalle non si era ancora richiuso, quando un fuoristrada piombò a tutta velocità sulla rampa di accesso. Con un balzo Cobarez saltò oltre il cofano della Pontiac parcheggiata a fianco e impugnò la sua Glock calibro .45, pronto a sparare. I due uomini di Benny Lozano, appostati nella via dietro l'albergo in attesa che un'auto facesse aprire il cancello, scesero dalla Range Rover credendo di trovarsi di fronte un innocuo cliente spaventato a morte.

Mentre l'uomo che era al volante avvertiva i complici che la via di fuga era sotto controllo, l'altro, un tipo alto e magrissimo, si avvicinò alla Pontiac allargando le braccia in segno di scusa. «Ehi, amico, esci di lì, non ti volevamo spaventare. Abbiamo solo dimenticato di frenare, ecco tutto».

Cobarez udì l'altro uomo chiudere la telefonata e annunciare allo smilzo che l'operazione aveva inizio. Strisciò oltre la Pontiac posizionandosi dietro il baule di una Mercedes nuova di zecca.

«Allora, amico, vuoi uscire o no?» chiese ancora lo smilzo.

«Piantala di fare lo scemo, Nico, uccidilo prima che

avverta la polizia» disse l'autista.

«Bravo fesso! Adesso questo si nasconde e mi tocca perdere tempo a cercarlo!»

All'improvviso Cobarez si alzò in piedi ed esplose quattro colpi in rapida successione. L'autista morì prima di toccare terra, Nico venne scaraventato contro la Range Rover e la pistola gli cadde di mano. In un attimo Cobarez fu sopra di lui.

«So che vi manda Benny Lozano. Cosa state cercando di fare?»

«Vai... a farti... fottere» rantolò Nico prima di esalare l'ultimo respiro.

Cobarez non aveva bisogno di conferme, aveva già visto quei due più di una volta.

Appostato a poca distanza, Luke aveva osservato il fuoristrada gettarsi a tutta velocità all'interno del garage e udito i colpi d'arma da fuoco. Prese il cellulare e chiamò Joe.

«Occhi aperti! Credo che Ayala stia per ricevere visite non gradite».

«Stavo per chiamarti. Tre auto hanno appena inchiodato davanti all'ingresso. Un gruppo di uomini armati sta irrompendo nell'hotel. Altri due si dirigono verso le scale antincendio».

Le ultime parole di Joe Martino furono accompagnate dal fragore degli spari.

«La nostra tattica sta dando i primi frutti. Ayala è sotto attacco».

Joe mise il colpo in canna e prese altri due caricatori dal cruscotto.

«Interveniamo?»

«Neanche per idea» rispose Luke. «Lasciamo che si scornino a vicenda, poi passeremo a raccogliere i cocci. Avverto gli altri».

Cobarez provò a chiamare il suo capo, ma nel sotterraneo non c'era segnale. Pigiò con rabbia il pulsante dell'ascensore, seguendo impaziente i numeri che si illuminavano man mano che la cabina scendeva con incredibile lentezza.

Due killer fecero irruzione nella hall freddando la guardia e il concierge prima che potessero reagire e avviandosi poi su per le scale. Un terzo chiamò l'ascensore per bloccarlo al piano terra. Nel frattempo, Benny Lozano e il suo luogotenente Miguel Contrada, protetti da giubbotti antiproiettile e da quattro fedelissimi, salirono a loro volta la prima rampa di scale.

Il sicario rimasto nella hall sentì finalmente la cabina giungere al piano. Certo di trovarsi di fronte i due compari provenienti dal garage, abbassò la guardia. Le porte si aprirono e Cobarez gli sparò tre volte al petto, poi fece quello che Lozano si aspettava, bloccò le porte dell'ascensore. Infine andò alla reception e fece il numero della suite.

Ayala era un abile stratega e disponeva di uomini ben addestrati che reagirono prontamente alle sue direttive. Diramò a tutti l'ordine di non uscire dalle rispettive camere fino a quando non avessero udito i primi spari. Eusebio, di guardia al piano, fu sacrificato. Il giovane, che aveva da poco lasciato l'esercito per una paga migliore con i narcotrafficanti, udì qualcuno giungere dalle scale, ma non fece in tempo a estrarre l'arma. Tre proiettili calibro .38 lo mandarono a sbattere contro il muro dove lasciò una lunga striscia scarlatta. I *sicarios* di Lozano sciamarono lungo il corridoio ma, prima che potessero dare l'assalto alle camere, le porte si spalancarono e vennero investiti da un uragano di piombo. La battaglia infuriò cruenta.

Sul tetto dell'edificio, il killer arrivato in albergo quella mattina svolse il cavo in kevlar e si calò oltre il basso parapetto. Giunto all'altezza della suite, sfondò un vetro e lanciò all'interno un paio di granate. L'effetto fu devastante, due narcos morirono sul colpo, ma Ayala rimase solo stordito. Il killer, pistola in pugno, piombò all'interno dell'appartamento avvolto nel fumo. Un uomo di Ayala, benché gravemente ferito, mirò alla sagoma scura che si stagliava contro la finestra e sparò tre volte. Il killer di Lozano indietreggiò sotto i colpi, perse l'equilibrio e precipitò nel vuoto, fuori dalla stessa finestra dalla quale era entrato.

Lozano vide il suo luogotenente cadere falciato da una raffica alle gambe, scaricò un intero caricatore verso il nemico e si riparò dietro una rientranza del muro. Numerosi colpi scheggiarono l'intonaco vicino a lui. Si guardò intorno: quattro dei suoi giacevano a terra inermi, un altro era appoggiato alla parete, colpito al ventre. Solo Cico Pereira era riuscito a conquistare una stanza e stava rispondendo al fuoco degli avversari. Aveva sottovalutato quel ragazzo. *El Inglés* aveva tentato di comprarlo, ma lui, dopo aver finto di accettare, aveva svelato tutto al suo capo. Con Contrada ormai spacciato, si ripromise di farne il suo nuovo luogotenente, se fosse riuscito a portarlo fuori da quella trappola.

«Andiamocene!» gli urlò Lozano. «Portami via di qui!».

Si mossero di concerto, guadagnando rapidamente il vano scale, mentre raffiche selvagge devastavano i muri dietro di loro. L'ambiente era saturo di fumo, polvere, odore di cordite e dei lamenti dei feriti.

Stavano per scendere, ma Cobarez aveva risalito le scale bloccando la ritirata a Lozano. Il boss vide la testa di Cico esplodere davanti a lui, poi la Glock di Cobarez puntarlo minacciosa.

«Non sparare! Aiutami e farò di te un uomo ricco e potente».

Cobarez non rispose. Mirò in mezzo agli occhi e premette il grilletto.

Capitolo 22

Parcheggiato di fronte all'hotel, Joe Martino aveva visto una figura calarsi dal tetto e lanciare due bombe dentro quella che doveva essere la suite di Ayala. Poco dopo, un uomo era precipitato nel vuoto schiantandosi sul tetto di un'auto. La battaglia era durata pochi minuti, ma doveva esser stata molto violenta. Ora udiva le sirene della polizia farsi sempre più vicine. Le auto da cui poco prima erano scesi Lozano e i suoi si allontanarono sgommando. Anche i due sicari che presidiavano le scale antincendio si erano dati alla fuga, scomparendo nella notte.

Nascosto nell'ombra di un vicolo dalla parte opposta dell'edificio, McDowell era stato raggiunto da Diego e Irina.

«Che facciamo?» chiese la donna.

«Aspettiamo» rispose Luke. «Chiunque abbia la meglio non resterà qui. Se Ayala è ancora vivo uscirà presto e noi lo seguiremo».

Intanto, coordinato da Stiegler, il resto del team si stava dislocando sulle principali strade in uscita dalla città.

Oltrepassato l'aeroporto internazionale, Marcus imboccò l'autopista 16, mise la freccia e si fermò a lato della carreggiata. Se Ayala avesse cercato rifugio al ranch di Cobarez, sarebbe quasi certamente passato da lì.

Sul sedile posteriore del fuoristrada, seduto a fianco del suo braccio destro, Ayala era euforico. Avevano eliminato Benny Lozano e ora non rimaneva che sistemare *el Goyo* e occuparsi dei servizi segreti. Poco gli importava che otto dei suoi fossero morti e altri due, feriti gravemente, avessero dovuto finirli perché non cadessero nelle mani della Guardia Nazionale.

Guardò di sottecchi Cobarez, scuro in volto. «Che ti piglia? Cos'è quella faccia? Hai fatto un ottimo lavoro. Se non fosse stato per te quei vigliacchi avrebbero potuto anche sorprenderci».

Cobarez non rispose.

«Ti hanno ferito alla lingua?» insistette Ayala.

«Abbiamo perso dieci uomini e casini come questo non giovano certo ai nostri affari».

«Altri cento ne posso assoldare, Gaston, altri cento. Ce ne staremo buoni per qualche giorno, aspettando che le acque si calmino. Stanotte consegneremo milleottocento chili di cocaina purissima. Sono molti soldi, Gaston. Tra pochi anni ci compreremo l'intero Venezuela».

Cobarez sospirò. «Stamane ho parlato con Caguaripas. Sostiene che la Guardia Nazionale non ha niente a che fare con gli attacchi alla villa, ma non esclude che possa esserci lo zampino dei servizi segreti».

«Non ho paura del DISIP e non dovresti averne nemmeno tu».

«Ma della CIA sì e di tutti gli altri... MI6, Mossad...»

«Diamine Gaston! Si può sapere che ti succede? Non mi dire che ti stai rammollendo?»

«Uno dei nostri informatori alla PGV sostiene che *el Goyo* sta tramando qualcosa» riprese Cobarez con voce piatta. «Probabilmente non c'entra con quanto è successo finora, ma è pronto a colpire».

«C'era Benny Lozano dietro a quelle scaramucce, ormai è lampante. E Benny Lozano è morto» rispose Ayala spavaldo.

«C'è dell'altro». Cobarez esitò. «La tua amichetta bionda, Irina, è un agente dell'antidroga».

Ayala accusò il colpo, perse la sua baldanza, si fece cupo e si voltò a guardare fuori dal finestrino.

«Ne sei sicuro?» mormorò dopo qualche istante.

Cobarez annuì. «Sì. Uno dei nostri infiltrati ha fatto rapporto proprio oggi pomeriggio. Ero venuto per aggiornarti, poi è successo tutto quel casino...»

«Andate a prenderla! Domani stesso, prima che decida di fuggire. Voglio divertirmi con lei e poi ucciderla con le mie mani... molto lentamente».

Cobarez annuì di nuovo, lasciando a *el Inglés* il tempo di metabolizzare la notizia. Non era il caso di rivelare al suo capo le altre informazioni che la spia gli aveva fornito.

Chini sul vano motore, apparentemente intenti a cercare il guasto, Marcus e l'agente Ortega videro il corteo di quattro fuoristrada transitare a pochi metri da loro. Immettendosi nel traffico, il franco-canadese telefonò a McDowell.

«Li abbiamo agganciati. Sono sulla 16, diretti a sud».

«Li stiamo seguendo, siamo dietro di voi» rispose Luke.

Avvertirono gli altri componenti della squadra e tutti confluirono verso il ranch di Cobarez. Solo Joe Martino rimase a sorvegliare l'hotel.

A bordo del *Corsair*, un Hatteras 55 attrezzato per la pesca d'altura, la tensione saliva di minuto in minuto, man mano che si avvicinavano al punto fissato per la consegna della droga. Nonostante Rómulo fosse un veterano, ogni volta sentiva l'adrenalina scorrergli nelle vene, i nervi tesi come le corde di un violino. Era la venticinquesima volta che faceva quel viaggio per conto di Ayala e, per quanto fosse sempre filato tutto liscio, era consapevole del rischio che correva. Gli agenti dell'antidroga, un cartello rivale, gli stessi compratori ai quali doveva consegnare la cocaina, potevano giocargli qualche brutto scherzo. Avrebbe combattuto fino alla morte per difendere la merce che aveva in carico perché tornare da *el Inglés* con un fallimento era molto peggio che cadere sotto una raffica di mitra.

Ufficialmente stava portando un ricco faccendiere messicano a caccia di marlin e altri grandi rostrati in giro per il mar dei Caraibi. Seguendo le istruzioni di Ayala, erano salpati dall'Isla Margarita con largo anticipo e avevano dedicato una giornata intera alla pesca d'altura, zigzagando al largo delle Isole Sopravento Settentrionali, nel caso un satellite spia li avesse adocchiati. Baciati dalla fortuna, erano riusciti a catturare un discreto esemplare di pesce vela di oltre sessanta chili.

«Siamo sulle coordinate» annunciò la voce quasi femminea di Jeison.

«Bene, ferma il motore e spegni tutte le luci» ordinò

Rómulo imbracciando il suo kalashnikov.

Jorge, il messicano che interpretava la parte del ricco turista, inforcò i binocoli a infrarossi, scrutando il mare verso occidente. Dieci minuti prima della mezzanotte, Jeison, chino sullo schermo del radar, vide il segnale di un'imbarcazione in rapido avvicinamento da ovest.

«Contatto radar. Ci siamo» annunciò.

Rómulo appoggiò il fucile accanto a sé, scrutando a sua volta le tenebre con il binocolo. Un faro si accese nella notte senza stelle, tre lampi lunghi, tre corti, due lunghi. Rómulo riconobbe il segnale convenuto.

«Sono loro, rispondi, Jorge».

Il messicano accese la torcia per due intervalli lunghi seguiti da quattro più brevi. Le luci dell'imbarcazione, ormai a un centinaio di metri da loro, si accesero e Rómulo riconobbe la linea aggraziata del motoscafo di Freddy Martinez, uomo di fiducia del boss che controllava incontrastato lo spaccio della cocaina a Miami e nella Florida meridionale. Diede l'okay a Jeison, il quale accese a sua volta le luci del *Corsair*.

Ormai avvezzi a quelle operazioni, i sei uomini si dedicarono al trasbordo della droga con efficiente rapidità. Erano a metà del lavoro quando il monotono sciabordio delle onde contro gli scafi venne rotto da un rumore sordo, insolito, che sembrava provenire dal profondo degli abissi, come se Nettuno in persona volesse protestare per quell'infausta azione. Le due imbarcazioni furono sballottate violentemente e Martinez cadde in acqua. Uno dei suoi uomini imbracciò prontamente un mezzo marinaio puntandolo contro la fiancata del *Corsair* per impedire che il suo capo rimanesse schiacciato tra i due scafi, ma non fece in tempo a evitare che il pesante yacht da cinquantacinque piedi urtasse contro il motoscafo. Con un sinistro rumore di ossa rotte e un lancinante urlo di dolore, Freddy Martinez scomparve sotto la nera superficie dell'acqua.

«Che diavolo succede?» imprecò Jorge.

«Freddy è caduto in acqua! Mollate le cime, allontanatevi, maledizione!» urlò l'uomo dal motoscafo.

Anche Rómulo, recuperato un mezzo marinaio, cercava di distanziare i due scafi affiancati mentre Jeison si precipitava a prua per sciogliere una delle cime che univano le barche. Nel trambusto generale nessuno si accorse del mostro di acciaio che stava emergendo a poca distanza da loro.

All'improvviso l'intera scena fu illuminata a giorno, raffiche devastanti e mortali investirono da poppa entrambe le imbarcazioni. Schegge di legno e vetroresina volarono dappertutto, Jorge fu quasi tranciato in due e scomparve tra i flutti. Rómulo si gettò sul ponte cercando di raggiungere strisciando il proprio kalashnikov. Intorno a lui sembrava essere scoppiata la terza guerra mondiale. Il sommergibile israeliano classe Dolphin non era ancora emerso del tutto, che già due team della temibile *Shayetet 13* avevano messo in acqua i loro veloci gommoni a motore con i quali colmarono la breve distanza che li separava dai narcos. Le unità scelte della Marina militare israeliana abbordarono le barche senza incontrare resistenza. Uno dei narcos di Martinez cercò disperatamente di far partire il motoscafo, ma venne freddato da una raffica di Uzi alla schiena. L'altro estrasse dalla cintura la sua Colt, ma fu colpito prima che potesse puntare l'arma verso gli sconosciuti assalitori. Rómulo raggiunse il suo kalashnikov e cercò riparo sotto coperta. Vide Jeison sul ponte di poppa alzare le braccia. Il giovane si stava arrendendo implorando pietà. In preda a una cieca rabbia, puntò l'AK-47 verso il compagno traditore e premette il grilletto. Jeison inarcò la schiena, colpito a morte, nello stesso istante in cui il sergente Yeini crivellava di colpi il suo assassino.

Evgenj Dimitrov era seduto sul ponte inferiore di poppa del *Socrates III* intento ad ascoltare un valzer di Strauss. Il cielo era coperto e privo di stelle, ma, di tanto in tanto, la luna riusciva a fare capolino tra una nuvola e l'altra, colorando d'argento il mare e rendendolo simile a una distesa iridescente di metallo fuso.

Il telefono satellitare trillò un'ora dopo la mezzanotte. Il siberiano rispose sapendo già chi lo stava chiamando.

«*Shalom aleichem*, Evgenj» lo salutò la voce calma e cordiale di Ariel Rosenthal.

«*Aleichem shalom*» rispose il siberiano consultando l'orologio. A Tel Aviv erano le otto del mattino.

«L'informazione era esatta» riprese Rosenthal. «Abbiamo intercettato la consegna nel punto e all'ora prevista. Milleottocento chilogrammi di cocaina pura. I miei uomini sono riusciti a interrogare uno dei narcotrafficanti prima che morisse. La droga era destinata al clan di Raoul Mendez che controlla Miami e la Florida meridionale».

«Ne ho sentito parlare. Nessun superstite?»

«Purtroppo no».

Dimitrov immaginò che gli israeliani non avessero fatto molti sforzi per prendere prigionieri difficili da gestire. Portò alla bocca il sigaro e aspirò una lunga boccata.

«Le imbarcazioni?»

«In fondo all'oceano. Intendo esprimerti fin d'ora, anche se in via non ufficiale, la gratitudine del mio governo per aver reso possibile questa brillante operazione».

«A buon rendere, amico mio. Abbiamo indebolito un comune nemico».

Capitolo 23

Dopo aver seguito Ayala fino al bivio per il ranch, McDowell aveva radunato la squadra in una depressione del terreno, al riparo di un gruppo di cespugli abbastanza alti da nascondere le auto. Erano tutti concordi sul fatto che fosse opportuno agire quella notte stessa, prima che il boss decidesse di tornare sulla sua isola o, ancor peggio, di far perdere le proprie tracce.

«Non sappiamo quanti uomini ci siano all'interno della struttura. Dobbiamo farli uscire» sostenne Diego.

«Quattro fuoristrada significano potenzialmente un massimo di venti uomini, ovvero un rapporto di due a uno rispetto a noi» calcolò Stiegler. «Con il fattore sorpresa dalla nostra, non è un'impresa impossibile».

«Mi preoccupa di più il fatto che non disponiamo di planimetrie della casa, senza contare che, se dovessero sopraggiungere altri ostili mentre siamo dentro, ci ritroveremmo in trappola» considerò Luke.

«Secondo me è una pazzia. Dobbiamo aspettare» obiettò Sara.

«Non possiamo!» sbottò Irina. «Ayala potrebbe andarsene da un momento all'altro. Ora sono ancora frastornati dopo l'attacco di Lozano, avranno feriti, forse Ayala stesso è stato colpito, devono riorganizzarsi. È il momento di colpire, Luke, non possiamo aspettare!»

«Per una volta, sono d'accordo con mia moglie» rincarò Diego.

«Non ho detto che aspetteremo» rispose Luke sornione. «Stanotte chiuderemo i conti. Stavo solo individuando gli aspetti di criticità di cui dobbiamo tener conto. Antoine, ti dispiace avvertire Joe di raggiungerci? Ormai sorvegliare il Blue Lyon non è più necessario».

Il cellulare di McDowell, con la suoneria silenziata, si illuminò cominciando a vibrare. Dimitrov, che aveva appena chiuso la comunicazione con Tel Aviv, gli diede la buona notizia: grazie all'intervento dell'unità della Marina israeliana, la droga era stata sequestrata e i trafficanti eliminati. Per il cartello di Ayala significava un danno ingente sia in termini economici che di affidabilità nei confronti dei propri compratori. Luke rispose aggiornando il siberiano su quanto era appena accaduto a Puerto La Cruz.

«È giunto il momento di piazzare l'affondo decisivo, amico mio» disse Dimitrov. «Per quanto riguarda il sospetto di cui mi hai parlato, non risulta nessuna ferita dallo stato di servizio. Potrebbe trattarsi di un tatuaggio cancellato, ma questo non fa del soggetto una spia. Ciò nonostante, mi sento in dovere di raccomandarti la massima cautela».

Dopo aver salutato il siberiano, Luke si rivolse ai suoi: «L'informazione raccolta da Irina si è rivelata esatta. Il sommergibile israeliano ha intercettato i narcos proprio mentre effettuavano il trasbordo della droga su un motoscafo che l'avrebbe portata in Florida. Ayala può dire addio a milleottocento chili di cocaina purissima».

Diego e Irina si abbracciarono.

«*Tonnerres*! Appena il nostro amico lo verrà a sapere gli verrà un colpo apoplettico!» esclamò Marcus raggiante. «Se vogliamo ammazzarlo con le nostre mani, dovremo sbrigarci, ah, ah!».

«Aspetteremo Joe, poi entreremo in azione. Ci muoveremo in coppie con la copertura di Kolarov dalla distanza. Una volta entrati dovremo stare attenti a non spararci tra di noi, quindi massima concentrazione».

«E non si fanno prigionieri» aggiunse Stiegler.

«Se qualcuno dovesse arrendersi lo lasceremo come omaggio a Torrealba».

«Dobbiamo far credere che l'attacco sia opera di un altro boss. Solo così li aizzeremo l'uno contro l'altro. Lasciare testimoni potrebbe non essere una buona idea» insistette l'israeliano.

«Noi non siamo assassini, Mordechai. L'unico giudicato colpevole da un tribunale, per quanto non venezuelano, è Ayala ed è a lui solo che pianteremo una pallottola in testa».

McDowell e Stiegler si fronteggiarono per un lungo momento, le mascelle serrate, gli sguardi tesi, poi Luke parve rilassarsi.

«Andiamo a fare due passi, devo parlarti. Antoine, Irina, Diego, venite anche voi. Gli altri si preparino, tra poco si balla».

Senza attendere repliche, Luke si avviò nella notte, seguito dai quattro.

Mezz'ora più tardi, Joe Martino raggiunse il team di nuovo riunito. Raccontò che l'hotel pullulava di poliziotti e tutta la zona era stata circondata. Prima di andarsene aveva visto un paio di ambulanze partire a sirene spiegate e altrettanti *sicarios* uscire dall'edificio in manette.

«Puah! Domattina saranno di nuovo liberi come fringuelli» sentenziò Antoine.

«Per il momento, accontentiamoci di non averli tra i piedi stanotte» fece Luke.

Indossarono gli apparati ricetrasmittenti e controllarono le armi: Marcus, Sara e Irina disponevano solo delle loro pistole, gli altri potevano contare sulla maggiore potenza di fuoco delle micidiali mitragliette Heckler & Koch MP7. Uros Kolarov imbracciava il suo fedele fucile di precisione M200 CheyTac.

Basandosi su quanto avevano potuto osservare due giorni prima, McDowell disegnò per terra la sagoma del ranch – la casa padronale, il fienile, i silos, le torri dell'acqua e il recinto dei cavalli – ed espose il suo piano. Si sarebbero divisi in due squadre, Alfa e Bravo, la prima guidata da lui e l'altra da Stiegler, per irrompere contemporaneamente dall'ingresso principale e da quello che sicuramente avrebbero trovato sul lato posteriore.

Avevano iniziato l'azione e si trovavano a cinquanta metri dall'ingresso del ranch, schierati su un arco di centottanta gradi, quando l'inconfondibile rumore di un elicottero in avvicinamento riempì l'aria. Un istante dopo scorsero le luci del velivolo lacerare le tenebre.

«Nascondiamoci, presto!» ordinò Luke.

Rannicchiatosi in posizione fetale al riparo di un arbusto i cui rami lo rendevano invisibile dall'alto, sperò che anche i suoi compagni fossero riusciti a mimetizzarsi adeguatamente.

Proprio nel momento in cui l'elicottero, un biturbina EC-135, passava basso sopra di loro, illuminando il terreno con i fari e apprestandosi ad atterrare a fianco della fattoria, Luke colse un riflesso alla sua destra. Guardò meglio e vide che proveniva dal punto in cui sapeva trovarsi Sara Ortega.

«Qui Alfa Uno, restate dove siete» ordinò nel microfono. «Non muovetevi senza un mio ordine».

Strisciò in direzione della luce che gli era parso di cogliere, finché la sagoma di un grosso masso si stagliò di fronte a lui. Dietro vi trovò Sara rannicchiata, la pistola in pugno.

«Tutto bene?» le chiese.

La donna annuì, visibilmente tesa.

«Se non te la senti non sei obbligata...»

«Sto benissimo!» reagì lei.

Luke era convinto di aver colto un fugace lampo luminoso provenire da quella posizione, ma poteva anche essersi sbagliato. Decise di bluffare.

«Non accendere più la torcia per nessun motivo, ci siamo intesi? Qualcosa ti ha spaventato?»

Sara sembrò mortificata. «Un serpente. È passato così vicino... comunque l'ho spenta subito».

«Se senti un serpente resta immobile. Non ti farà nulla se non ti muovi. Illuminarlo serve solo a farci scoprire».

«Non capiterà più».

«Me lo auguro, a meno che tu non voglia farci diventare tutti dei bersagli».

Luke tornò strisciando verso la sua posizione.

«Qui Alfa Uno. Cosa fanno i nostri amici?»

Stiegler abbassò i potenti binocoli a infrarossi Steiner. «Qui Bravo Uno: dall'elicottero è sceso solo il pilota. Fuori sembra tutto tranquillo. Credo che il nostro amico stia letteralmente per prendere il volo. Dobbiamo agire adesso».

«Ricevuto Bravo Uno. Procediamo. Abbiamo circa cinquanta metri di terreno scoperto. Sierra in copertura».

Luke stava per uscire dal proprio nascondiglio, ma fu anticipato dalla voce di Marcus, rimasto più indietro rispetto ai compagni: «Fermi dove siete, veicoli in avvicinamento a ore sei».

Tutti si voltarono e videro due coppie di fari e una nuvola di polvere avvicinarsi sulla strada alle loro spalle.

«Contrordine. Restate dove siete» ordinò Luke.

Due fuoristrada transitarono a tutta velocità a pochi metri da Luke e Diego fermandosi poco oltre l'ingresso del ranch. Ne scesero quattro uomini, due dei quali rimasero in cortile insieme alla guardia, un nero alto e dinoccolato armato di fucile a pompa.

«*Parbleu*! E questi chi sono?»

«Ha chiamato a raccolta i suoi o forse ha arruolato nuovi pistoleri» ipotizzò Diego.

«Ho riconosciuto la valigetta tipica di un medico. Avranno feriti da ricucire» lo corresse Stiegler.

«In ogni caso quattro uomini in più non sono una bella novità» fece Luke. «Sierra, sei in posizione?»

«Affermativo, Alfa Uno» rispose Kolarov. «Bersagli inquadrati. Attendo l'ordine».

«Qui Alfa Uno. Squadre in posizione. Appello tra trenta secondi».

Luke si mosse silenzioso nel buio della notte, satura del canto delle cicale. Sapeva di avere Diego sul fianco destro, Irina a sinistra e Marcus dieci passi dietro di lui, ma non udiva che il suono quasi impercettibile dei propri anfibi sul terreno. Si trovavano sottovento poiché una leggera brezza da nord-est portava fino a loro gli odori e il muggito delle vacche nel recinto. Alla sua destra, a non più di venti metri dalla casa, distinse la sagoma scura dell'elicottero. Gli uomini di Ayala erano ben visibili nell'alone di luce gialla diffuso dalla lampadina della veranda anteriore. Uno di essi gettò un mozzicone per terra accendendosi subito un'altra sigaretta. Quello col fucile a pompa gli si avvicinò, i due scambiarono qualche battuta poi l'uomo con la sigaretta estrasse di nuovo il pacchetto e fece accendere il compagno.

Il terzo trafficante comparve nell'arco di luce, salì le scale, si sedette su una seggiola e prese a dondolarsi pigramente appoggiato a una colonna del portico. Indossava una canottiera sporca di sangue, ma non sembrava ferito. Probabilmente il sangue non era il suo. Non ancora.

«Bravo Uno in posizione» annunciò la voce metallica di Stiegler.

«Bravo Due in posizione» gli fece eco Joe.

«Bravo Tre in posizione» annunciò Sara con un tono di voce che Luke giudicò troppo forte. Osservò i *sicarios* di guardia, pronto a sparare nel caso avessero dato l'allarme, ma erano troppo distratti e stanchi e non diedero segno di averla sentita.

Per ultimo udì Tony Kirkbridge: «Bravo Quattro in posizione».

«Team Alfa in posizione» concluse Luke. «Sierra, conferma i bersagli».

«Affermativo, Alfa Uno, bersagli acquisiti» rispose Kolarov dopo aver verificato che la visuale di tiro fosse libera.

«Fuoco, Sierra! Forza, entriamo!»

Il cecchino serbo trattenne il respiro e, solo quando

seppe di essere immobile come una roccia, cominciò a esercitare con l'indice una leggera pressione sul grilletto. In quei momenti lui e il fucile di precisione si fondevano in un'unica arma letale. Ogni volta aveva la sensazione di riabbracciare un caro amico che non vedeva da tempo. Premette il grilletto con delicatezza, per cinque volte, in rapida successione. I primi proiettili uccisero i due uomini intenti a fumare, i successivi tre colpirono al petto e in faccia il terzo trafficante che si era precipitosamente alzato dalla sedia e che morì senza un lamento prima ancora di toccare terra.

All'interno della casa, Xavier non aveva sentito nulla poiché il fucile di Kolarov era silenziato, ma non ne poteva più dei piagnistei di Gonzalo, ferito di striscio a una gamba, che si lamentava come se lo stessero scuoiando. Decise di uscire a prendere una boccata d'aria. Le nuove leve non avevano le palle, erano ragazzi poco più che ventenni che facevano i bulli con le ragazze, mostrando i loro grossi revolver di acciaio inossidabile dal calcio in avorio, per poi frignare come mocciosi al primo sangue versato. Uscì sulla veranda, gli occhi fissi sulla rubrica del cellulare. Voleva chiamare Veronica, una mora tutto pepe che ballava al Loco Loco e che sapeva farlo divertire come poche altre. Quasi inciampò nel cadavere del compagno, ma non ebbe il tempo di dare l'allarme: Luke gli sparò due volte all'altezza del cuore, poi fece irruzione all'interno seguito da Diego, Irina e Marcus. Si ritrovarono in un atrio ampio e pieno di oggetti costosi ma ormai vecchi. Vide una radio Bendix degli anni Cinquanta sopra un tavolo di legno di pino lungo e stretto che occupava un'intera parete. Sul muro opposto era appesa una rastrelliera con cinque fucili da caccia con il cane esterno. Luke procedette guardingo, affiancato dal suo team.

«Qui Alfa Uno. Siamo dentro».

«Qui Team Bravo: nessun ostile all'esterno. Entriamo» rispose Stiegler.

Cobarez si trovava con Ayala nello studio situato nell'ala ovest della casa. Aveva aperto una bottiglia di brandy e ora stava riempiendo i bicchieri per la terza volta. Il boss aveva messo un disco dei Genesis e la musica ad alto volume riempiva la stanza, sovrastando il ronzio e lo sferragliare del vecchio condizionatore e i gemiti dei feriti che disturbavano la sua concentrazione. Erano a una svolta decisiva: eliminati el *Manco* e Benny Lozano, non rimaneva che liberarsi di el *Goyo* e poi avrebbe avuto via libera. La *federación* sarebbe divenuta a tutti gli effetti il *suo* cartello.

Nel salone adiacente, il dottore stava estraendo una pallottola dal fianco di un uomo coricato sul tavolo, intento a mormorare un'incessante litania di preghiere e suppliche alla Vergine di Chiquinquirá.

«Sei stato fortunato, amico. Ti ha colpito di rimbalzo e non è penetrato in profondità. Non ha leso organi vitali, farà solo un po' male» annunciò il medico mostrando con le pinze il proiettile ammaccato. Deterse e fasciò la ferita con rapida efficienza, per poi occuparsi di un altro narcotrafficante a cui una pallottola aveva trapassato un avambraccio. Medicato alla meno peggio dai compagni prima della fuga, aveva perso molto sangue ed era pallido come un cencio. Il dottore cambiò la rozza medicazione e gli diede alcune pillole scuotendo la testa cupo. «Temo che ci sia una lesione ai tendini. Deve andare in ospedale o rischia di compromettere l'uso della mano».

Alex, un veterano tra gli uomini di Ayala, lo guardò senza rispondere. Non riusciva a scacciare dalla mente la drammatica immagine di suo fratello in un lago di sangue, dilaniato dalle granate che i sicari di Lozano avevano lanciato nella suite del boss. Branco, seduto al tavolo della cucina a fianco, stava rimontando la sua SIG Sauer calibro .45 ACP in acciaio satinato. Indossava una maglietta bianca con le maniche arrotolate che lasciavano scoperti i poderosi bicipiti e un berretto da baseball girato al contrario. Quella sera Cobarez lo aveva lasciato a presidiare il ranch ed era furibondo per non aver potuto partecipare alla battaglia. Se ci fosse stato, avrebbe potuto ammazzarne parecchi di quei boriosi *sicarios* di Benny Lozano.

Alle spalle del medico, Teresita, una cinquantenne mulatta che badava alla casa padronale, si faceva continuamente il segno della croce, tremando come una foglia. Aveva già visto uomini feriti andare e venire dal ranch, ma mai nessuno in modo così grave. C'era sangue dappertutto e si chiese se sarebbe mai riuscita a ripulire quel pandemonio, soprattutto il tappeto persiano, al quale il signor Cobarez teneva tanto.

All'improvviso la porta dietro di loro parve esplodere. Alex si riscosse, ma Diego gli sparò tre volte prima che potesse reagire. Irina vide Branco inserire il caricatore e brandire l'arma contro di lei, lo sguardo carico d'odio: l'agente inglese premette il grilletto colpendolo alla spalla, ma l'uomo rispose al fuoco scheggiando lo stipite della porta a pochi centimetri dalla testa della donna. Lei e Luke fecero fuoco contemporaneamente e per Branco non ci fu scampo. Quindi Irina e Marcus si addentrarono nel corridoio che portava sulla parte posteriore della casa. Teresita urlava a squarciagola, ma non riusciva a muoversi, le gambe paralizzate dal terrore. Da una camera spuntò un energumeno imbracciando un fucile a pompa. Luke e Diego spararono una frazione di secondo prima del bandito, che cadde all'indietro mentre un proiettile calibro dodici mandava in frantumi il lampadario.

McDowell legò il dottore con le mani dietro la schiena spingendolo rudemente sul divano, poi si rivolse a Diego: «Tienili d'occhio e chiedi alla donna se ci sono altri della servitù in casa. Non vorrei ammazzare degli innocenti».

Il team di Stiegler era penetrato dall'ingresso posteriore. Sorpresi da quell'inattesa incursione, due uomini di Cobarez alzarono le mani e Joe li abbatté con il calcio della mitraglietta, a legarli ci avrebbe pensato dopo. Tony lo superò sfondando una porta che si rivelò essere quella di un gigantesco bagno deserto. Un terzo uomo spuntò alle spalle dell'agente Ortega che chiudeva il gruppo. Stiegler si avvide del pericolo e urlò alla donna di buttarsi a terra mentre una raffica di kalashnikov demoliva la parete alle sue spalle. Lui e Joe risposero al fuoco e il sicario fu proiettato contro la finestra, colpito a morte.

Con la coda dell'occhio Joe intravide un'ombra in cima alle scale alla loro sinistra. Si buttò di lato appena in tempo per evitare di essere colpito e sparò una lunga raffica con l'unico risultato di distruggere i quadri appesi alla parete. Tony si sporse dal bagno sparando a sua volta in direzione del nemico, ma senza colpirlo.

Tutto si era svolto in pochi secondi, ma il rumore

degli spari aveva allertato Ayala e Cobarez.

«Maledizione! Chi altro ci attacca adesso?» imprecò *el Inglés*.

«Poco importa, Pedro,» rispose Cobarez mettendo mano alla pistola, «ormai è finita».

Incredulo, il boss vide il suo luogotenente puntare l'arma contro di lui.

«Gaston! Che cazzo ti prende?»

«È finita, lurido assassino».

Cobarez sparò tre volte mirando al cuore, poi puntò alla testa e sparò ancora. Voleva esser certo che Ayala fosse morto.

Marcus sfondò la porta con un calcio irrompendo nella stanza seguito da Irina. Trovarono Cobarez con le mani alzate e il cadavere del boss in una pozza di sangue.

Joe Martino era bloccato. Non poteva avanzare senza entrare nel campo di tiro del sicario appostato in cima alle scale. Si voltò verso Stiegler accorgendosi che l'agente del Mossad era seduto a terra e si teneva le mani premute in grembo. Era ferito gravemente.

La voce dell'ex legionario riecheggiò negli auricolari: «Qui Bravo Due. Uomo a terra! Bravo Uno è stato colpito, serve un medico. Subito! Ostile armato al piano superiore».

«Maledizione!» imprecò Luke. «Arrivo!»

Tony sparò un'altra lunga raffica, poi fece un cenno al compagno, aprì la finestra del bagno e saltò in cortile. Incontrò McDowell che proveniva dal lato anteriore dell'edificio spingendo davanti a sé il dottore.

«Che diavolo succede?» gli chiese Luke correndo.

«Hanno beccato Stiegler» rispose Tony. «Joe è dentro, ma uno di quei bastardi ci blocca il passaggio e abbiamo perso il contatto con Ortega».

Luke non replicò. Sapeva che la donna era in ascolto. Di fianco all'elicottero videro il cadavere del pilota riverso schiena a terra, un buco proprio in mezzo agli occhi. Il dottore gemette.

«Sierra, qui Alfa Uno. Non spararci, siamo noi!»

«Ricevuto Alfa Uno, vi ho visto» confermò Kolarov.

Giunsero sul retro e rientrarono nella casa. Stiegler era appoggiato al muro e sotto di lui la pozza di sangue si stava allargando. Il medico si chinò sul ferito e, utilizzando uno dei kit in dotazione ai corpi speciali che gli aveva dato Luke, cercò di fermare l'emorragia.

«Tieni duro Mordechai. Ti porteremo a casa» lo rassicurò Luke.

Il viso dell'israeliano si contrasse in una smorfia di dolore. «È stata Ortega... avevi ragione...è lei la spia...»

McDowell annuì. Aveva condiviso i propri sospetti sulla donna quando si erano appartati insieme a Irina, Diego e Antoine, poco prima di entrare in azione.

«Non ci sfuggirà, te lo prometto».

«Ayala...»

«Non deve parlare» lo ammonì il dottore.

«È morto stecchito» lo rassicurò Luke. «E Cobarez si è arreso».

«Bene... riferite a Rosenthal che la missione è compiuta».

«Glielo dirai tu stesso, Mordechai, non mollare!» gli ripeté Luke, ma il maggiore del Mossad non poteva più sentirlo. Il suo cuore aveva cessato di battere.

Con uno sforzo enorme, McDowell si impose di dominare la rabbia. Raccolse la sua MP7, impugnò un paio di granate e, indicando i narcos privi di sensi, si rivolse a Joe e Tony: «Impacchettate questi due e il dottore, poi raggiungete gli altri. Setacciate la casa e riunite tutti i prigionieri in una stanza. Se qualcuno tenta di scappare, sparategli».

«Dobbiamo passare da fuori o quello lì sopra ci fa secchi» lo avvertì l'ex legionario.

«Okay, andate» rispose Luke.

«Capo, sei sicuro…»

«Ho detto andate! È un ordine!»

Joe e Tony si scambiarono un'occhiata, legarono i prigionieri e li trascinarono fuori dall'ingresso posteriore.

McDowell inserì un caricatore nuovo poi tolse la sicura alla prima granata e cominciò a salire le scale sparando brevi raffiche da tre colpi. Abbandonata la mitraglietta scarica, lanciò la granata e si gettò a terra tappandosi le orecchie. La deflagrazione fu assordante. Balzò in piedi impugnando la Beretta e sparò altri due colpi al centro della coltre di fumo e polvere che aveva davanti, non doveva lasciare al nemico il tempo di riprendersi. Giunse al piano e si acquattò dietro una sporgenza del muro. Impugnò la seconda granata pronto a lanciarla, ma appena il fumo si diradò scorse i piedi di un uomo a terra. Attese alcuni secondi poi scattò pronto a sparare. L'esperienza gli aveva insegnato a non considerare morto un nemico prima di averne constatato di persona il decesso. In questo caso, il narcotrafficante era decisamente morto, letteralmente diviso in due dall'esplosione.

Ridiscese veloce le scale e si precipitò in cortile. Dove poteva essere Sara? Kolarov teneva sotto tiro la via d'accesso al ranch e l'unica possibilità che aveva era rubare un fuoristrada e dirigersi dalla parte opposta, verso le case dei *rancheros*. I suoi pensieri furono interrotti dal rombo di un motore seguito dal rumore degli pneumatici sulla ghiaia. Si voltò e vide i grossi fari del Range Rover puntare dritti su di lui. Impugnò la Beretta con entrambe le mani e si posizionò saldo sulle gambe. Sapeva di avere pochi secondi. Premette il grilletto così rapidamente da non riuscire a contare i colpi, poi si gettò di lato un istante prima che la vettura lo travolgesse. Rotolò sul terreno andando a sbattere con la schiena contro lo steccato. La Range Rover continuò la sua corsa andando a schiantarsi contro le colonne di ferro di un silos. Un attimo dopo esplose.

Luke svitò il silenziatore, estrasse il caricatore vuoto e ne inserì uno nuovo, poi si avvicinò con cautela all'auto in fiamme. Doveva essere sicuro che Sara fosse morta.

L'abitacolo era vuoto.

Istintivamente McDowell si accucciò al suolo, un attimo prima che un proiettile scalfisse la carcassa dell'auto dietro di lui. Si rese conto che al chiarore delle fiamme era un facile bersaglio. Rotolò su un fianco lasciandosi avvolgere dalle tenebre e rimase immobile, scrutando la notte. I suoi sospetti sulla donna erano dunque fondati, ma non riusciva a rallegrarsene. La cicatrice che aveva notato sulla sua spalla probabilmente era il segno lasciato da un tatuaggio cancellato, che l'avrebbe tradita identificandola come appartenente a una gang. Si chiese se valesse la pena darle la caccia, visto che ormai era stata smascherata. Gli tornarono in mente i corsi di aggiornamento antiterrorismo, la cui dottrina standard sosteneva di sparare prima alle donne: gli esperti sostenevano che fossero spesso le più fanatiche e le ultime ad arrendersi. Sapeva che Sara aveva una Browning Hi-Power con un caricatore bifilare da tredici colpi. Considerando che aveva sparato almeno una volta a Stiegler, poteva contare ancora su undici colpi oltre al caricatore di riserva. Lui ne aveva a disposizione quindici più una granata. Notò una minuscola fiammata e udì il proiettile sibilare a pochi metri da lui. Ancora dieci colpi. Avvertiva la pressione e l'elettricità dell'aria intorno a sé e sentì cadere le prime gocce di pioggia. Si mosse al riparo di alcuni cespugli, spostandosi di quarantacinque gradi verso ovest. In lontananza, le luci delle abitazioni dei *rancheros* erano accese. Proveniente da quella direzione, McDowell scorse un fascio di luce sobbalzare sul terreno sconnesso. L'autista, forse un uomo di Cobarez, teneva il motore su di giri, il fragore aumentava quando le ruote motrici facevano presa sul terreno, per poi diminuire quando rimbalzavano perdendo trazione. Doveva trattarsi di un grosso fuoristrada. La pioggia aumentò di intensità. Un lampo squarciò il cielo colpendo la terra pochi chilometri verso nord, seguito da un tuono assordante. L'elettricità nell'aria era ormai a livelli altissimi e le scariche elettrostatiche rendevano inservibili gli apparati ricetrasmittenti. Non poteva sapere se qualcuno dei suoi lo stesse raggiungendo né cosa stesse succedendo al ranch. Stava per scatenarsi un uragano. Un secondo fulmine illuminò la notte per una decina di secondi e Luke la vide. Sara, china sul terreno, si stava muovendo rapida verso le luci del fuoristrada, stava cercando di fuggire.

McDowell abbandonò il riparo e corse nel buio della notte portandosi sulla traiettoria del veicolo. Il temporale si stava avvicinando veloce, spingendo davanti a sé un autentico muro d'acqua. Colpire un bersaglio in movimento nella notte sotto la pioggia era un'impresa quasi impossibile, anche per un tiratore formidabile come lui. Sapeva che se la donna avesse raggiunto il fuoristrada gli sarebbe sfuggita. Con un tempo del genere non potevano nemmeno decollare con l'elicottero. Un altro lampo balugínò in cielo e di nuovo vide la sagoma di Sara, una ventina di metri a est del fuoristrada. Era uno di quei pick-up con le ruote giganti che sfreccò di fianco alla donna ignorandola completamente, diretto verso il ranch. Udì uno sparo e capì che Sara, esasperata, aveva sparato al conducente. Nove colpi.

La pioggia aumentò rapidamente di intensità e il rumore si fece assordante. Il terreno, prima arido e caldo, ora stava diventando viscido e fangoso. Luke fece qualche passo, affondando nella mota fino alle caviglie. In pochi secondi era già completamente fradicio, come se fosse caduto in mare. L'acqua gli scorreva a fiumi sui vestiti e sulla pelle, gli riempiva gli anfibi. Si rammentò di una missione con i SEALs in Nicaragua, l'acquazzone più violento che avesse mai visto. Un commilitone era scivolato nel fango, finendo trascinato dall'acqua per decine di metri giù per una scarpata. Era rimasto illeso per puro miracolo.

Un'altra saetta lo riportò alla realtà. Ne seguì un tuono così forte da far tremare il terreno.

Ora Sara Ortega era sola, non le restava che puntare verso le case dei *rancheros* dove poteva requisire un mezzo di trasporto. Luke si mosse, correndo all'impazzata, sguazzando nelle pozzanghere, scivolando sul terreno viscido. Con il fragore del temporale non aveva paura di far rumore. Voleva aggirarla e raggiungere le case da un'angolazione diversa. Il lampo successivo, anch'esso seguito da un tuono assordante, rischiarò l'intero paesaggio per diversi chilometri. Luke scrutò la pianura davanti a lui, ma della donna non c'era più traccia. Si era nascosta. Luke rimase disteso nel fango, valutando ogni opzione. Forse, persa l'opportunità di saltare sul fuoristrada, aveva deciso di aspettarlo e farla finita. Scartò l'idea di continuare nella manovra di fiancheggiamento, era troppo basata sull'istinto militare e lui aveva a che fare con una poliziotta, non con un soldato di fanteria. Forse la donna aspettava che un lampo lo cogliesse allo scoperto per sparargli. Luke attese il fulmine successivo e appena la luce si spense scattò rapido in direzione delle case. Si rannicchiò in una depressione del terreno che si rivelò piena d'acqua. Per fortuna la Beretta sparava anche bagnata. Altro lampo e altro scatto, questa volta coprendo un tratto più lungo, fino a raggiungere una sagoma scura che scoprì essere un cactus. La pioggia torrenziale non accennava a diminuire d'intensità, anzi, ammesso che ciò fosse possibile, sembrava addirittura aumentare. Il record dell'acquazzone nicaraguense stava seriamente vacillando.

Al ranch, perquisita la casa e radunati i prigionieri, la situazione era sotto controllo. In un locale sotterraneo Tony e Joe avevano trovato armi e munizioni in grandi quantità, contanti per diversi milioni di dollari e almeno duemila chili di cocaina.

Irina e Diego stavano avviandosi per dare manforte a Luke quando videro le luci del veicolo proveniente dalle case dei *rancheros* avanzare con fatica nell'oscurità. I fasci luminosi rimbalzavano sul terreno sconnesso, graffiando le tenebre per poi scomparire a seconda dei sobbalzi della vettura. Investiti dalla veemenza del temporale, si appostarono su una stretta dorsale che costeggiava una depressione del terreno, decisi a intercettare l'ignoto visitatore.

Un lampo rischiarò la notte e poterono distinguere per un attimo la sagoma del fuoristrada: si trattava di un pick-up con gli assi rialzati e le gomme giganti. Il tuono che seguì impedì loro di udire lo sparo di Sara in direzione del mezzo che l'aveva ignorata.

Quando fu a tiro, Diego sparò una raffica con la sua MP7 mirando al terreno davanti al pick-up, ma il veicolo non accennava a fermarsi. La seconda raffica colpì lo pneumatico anteriore sinistro facendo quasi capovolgere il fuoristrada. L'errore del narcotrafficante alla guida fu quello di scendere sparando, dapprima al riparo della portiera poi da dietro una roccia. Nella sua corsa, il fuoristrada aveva superato Irina di una trentina di metri e ora la donna si trovava alle spalle dell'uomo.

«Getta l'arma e arrenditi! Sei circondato!» intimò l'agente dell'MI6.

Per tutta risposta il bandito si girò verso la voce sparando alla cieca nell'oscurità.

Con fredda lucidità, Irina mirò appena sotto le fiammate della Colt e scaricò l'intero caricatore. Sotto una pioggia scrosciante di quell'intensità aveva preferito la quantità alla qualità. Lei e Diego si avvicinarono guardinghi. Trovarono il corpo senza vita del narcotrafficante disteso vicino al pick-up, crivellato da almeno cinque colpi. Irina gli puntò la torcia in faccia.

«Lo riconosco. Era uno degli uomini di fiducia del

proprietario del Loco Loco».

«Una carogna in meno» mormorò Diego. «Lasciamolo ai coyotes e occupiamoci di Luke».

La saetta tardò ad arrivare, ma quando lo fece Luke era pronto. Le tenebre furono squarciate a giorno e lui scattò in avanti. Vide la donna per un fugace istante a ore due. Si gettò lungo a terra nello stesso istante in cui Sara premette il grilletto. Il primo dei due proiettili scalfì lo scarpone destro di McDowell, staccandogli mezza suola. Ora almeno sapeva dov'era, ma lui si trovava in un tratto di terreno privo di protezione, doveva muoversi. Rotolò veloce alla sua sinistra mentre altri due proiettili lo mancarono di pochissimo. Cinque colpi, poi Ortega avrebbe dovuto cambiare caricatore. Luke alzò un braccio e sparò alla cieca in direzione della donna, poi fece un balzo in avanti e, mentre Sara si abbassava istintivamente, guadagnò altri cinque o sei metri. Altri tre spari e una pallottola rimbalzò su un sasso deviando pericolosamente vicino al viso di Luke. Con l'avversario in un tratto privo di protezione, la colombiana era decisa a sfruttare il momento di vantaggio: si mosse rapida in direzione opposta alle case per prendere McDowell alle spalle. L'ennesima saetta colse Luke impreparato fornendo a Ortega un chiaro bersaglio. Sparò le ultime cartucce con eccessiva fretta e, da una distanza di venti metri sotto una pioggia così violenta, la mira la tradì.

Finalmente l'occasione che McDowell aspettava. Impugnò la granata, tolse la sicura, si erse in piedi e arrancò nel fango verso Sara. Sprofondava nel terreno zuppo fin oltre la caviglia e la mota argillosa gli catturava gli anfibi rendendo lento e faticoso ogni movimento. Vide la donna alzarsi in piedi a sua volta e, come in un film al rallentatore, il caricatore vuoto che veniva espulso, quello di ricambio spinto dalla mano sinistra dentro il calcio della Browning.

Luke lanciò la bomba e si gettò a terra.

L'ultima cosa che vide fu Sara che puntava l'arma verso di lui poi l'esplosione sollevò un muro di fango e terra tra loro. Luke stesso rimase stordito dalla deflagrazione, le orecchie gli fischiavano. Si alzò a fatica e si avvicinò al punto dove si trovava la donna fino a un attimo prima. Appena ne scorse la sagoma distesa, sparò due volte da una distanza di non più di sei o sette metri. Quando gli fu accanto, vide il corpo disteso supino, le braccia aperte, la pistola fuori portata. Il viso era quasi irriconoscibile e una gamba era stata staccata di netto appena sotto il ginocchio.

Capitolo 24

La pioggia era cessata con la stessa rapidità con cui era arrivata. Tornato al ranch, McDowell aveva contattato Torrealba per organizzare la loro esfiltrazione. I servizi segreti li avrebbero condotti sull'Isla Margarita, in una zona riservata dell'aeroporto di Porlamar, dove poteva recuperarli l'elicottero di Dimitrov, il cui yacht era alla fonda poco lontano dalla costa. Riguardo a Cobarez, Torrealba aveva spiegato a McDowell il suo piano.

Il luogotenente di Ayala, inginocchiato nello studio con le mani legate dietro la schiena, stava parlando a mezza voce per non farsi sentire dagli altri prigionieri: «Ve lo ha confermato anche Torrealba! Sono un agente del DISIP. Non potete mandare a puttane anni di lavoro!»

«Perché hai ucciso Ayala?» gli chiese Luke. «Potevamo interrogarlo».

«Balle! Il Mossad lo aveva condannato a morte. Lo avreste ucciso comunque. Era una cosa che avrei voluto fare molto tempo fa. In ogni caso non avrebbe mai collaborato con la giustizia».

«Non siamo del Mossad» precisò Luke.

«Bè, qualcuno di voi lo è».

«Lo *era*. Uno dei tuoi lo ha ucciso! Così come avete

ucciso l'agente Gerber!» Intervenne rabbiosa Irina.

«Conoscevi la donna che si spacciava per l'agente Sara Ortega?» incalzò Luke.

«Sì» ammise Cobarez. «Ayala ha corrotto molti agenti del DAS, lei era uno di quelli più in gamba. Mi aveva chiamato proprio oggi per avvertirmi che la spedizione di droga in Florida era compromessa. Mi ha anche detto che eravate voi i responsabili degli attacchi degli ultimi giorni e quale era il vostro intento e da lei ho saputo che il Mossad aveva condannato a morte Ayala. Potevo rivelare tutto a Pedro, ma non l'ho fatto. Potete controllare il mio cellulare, troverete la chiamata di Sara. A proposito, avete intercettato la consegna?»

«Non sono affari tuoi!» ringhiò Irina.

«Dove è diretta la petroliera *Estrella del sur*?» intervenne Luke.

«A Portland, nel Maine».

«Sappiamo che la utilizzate per introdurre droga negli Stati Uniti. Quanta ne avete imbarcata? Avanti, è il momento di dire ciò che sai».

Cobarez abbozzò un sorriso storto.

«L'*Estrella* non è l'unica. Altre navi partono dai porti colombiani di Cartagena e Buenaventura. Alcune volte la droga fa scalo in Messico da dove prosegue, in parte via terra e in parte via mare, verso i porti americani della costa occidentale. Nel caso della *Estrella* si tratta di duemila chili di cocaina purissima, nascosta dentro fusti di detergenti e solventi industriali» spiegò Cobarez. «Giunto a Portland, il comandante deve consegnare le mille taniche a una società che si occupa di import-export, la Cooper & Sons. Il contatto si chiama Jerry Chester, uomo di fiducia di Jackie Iannetta, il cui clan controlla lo spaccio in tutto il Maine fino oltre i confini col Canada».

«Parlami della Sea World Industries».

«È una società con sede a Panama, controllata dalla Murillo & Co., di proprietà del viceministro venezuelano all'istruzione, Arturo Ruiz Motta. Anche lui c'è dentro fino al collo».

«Gli autotreni presenti nel capannone al porto? Erano troppi per mille fusti di detergenti» continuò Luke.

«Infatti» confermò il colombiano. «Trasportano merci di vario genere, per lo più lecite, allo scopo di nascondere l'altro grande business: le armi».

«*Tonnerres*! Stiegler aveva ragione» esclamò Marcus.

«È così,» proseguì Cobarez, «una parte significativa dei guadagni del cartello è assicurato dal commercio delle armi. Pistole, fucili automatici, lanciagranate, esplosivi. In parte utilizzate dagli stessi narcos, in parte rivendute a guerriglieri e altre organizzazioni criminali. Farò un rapporto dettagliato su tutto ciò che ho scoperto».

«Da quanto tempo eri con Ayala?» chiese Irina.

Sul viso di Cobarez comparve un'ombra di nostalgia. «I nostri vecchi erano buoni amici, anche se mio padre era un uomo onesto e non ha mai avuto a che fare con la droga. Siamo cresciuti insieme, io e Pedro, fin quando lui non fu mandato in Inghilterra per frequentare le migliori scuole. I miei erano benestanti, ma non così ricchi come gli Ayala e io dovetti accontentarmi di frequentare Economia all'università di Buenos Aires. Fu in Argentina che venni reclutato dai Servizi venezuelani. Da subito non me ne resi conto, ma in seguito compresi che gli interessavo soprattutto in quanto amico d'infanzia del figlio di *el Tiburón* Ayala. Quando Pedro tornò dall'Europa, il padre era già gravemente malato e lui ne prese ben presto il posto alla guida del cartello. Aveva idee innovative ed era tanto intelligente quanto ambizioso. In virtù della nostra amicizia, non fu difficile diventare il suo braccio destro».

McDowell si accese una sigaretta.

«Sapevi dell'operazione "Ghigliottina"?»

Cobarez rise amaro. «Tutti ne erano al corrente! Come vi ho detto, Ayala aveva nel suo libro paga elementi del DAS, della DEA e delle polizie di Colombia, Brasile, Venezuela e Messico. Vi posso assicurare che ci sono anche personaggi molto influenti, il viceministro Ruiz Motta è solo uno dei tanti. Le vostre agenzie fanno acqua da tutte le parti».

«Hai ordinato tu l'esecuzione di Gerber?» lo incalzò Irina.

Cobarez scosse la testa.

«No. Ma non potevo fare molto senza tradirmi. Sostenni che gli agenti dell'antidroga era meglio lasciarli lavorare, usarli anzi a nostro tornaconto, facendo filtrare informazioni fasulle, ma Pedro fu irremovibile, non poteva apparire debole agli occhi degli altri boss. Doveva dare un segno di forza, dimostrare che era capace di uccidere».

«Lo ha ucciso lui?» chiese incredulo Marcus.

«Gli ha iniettato l'eroina in vena con le sue stesse mani, dopo averlo torturato. Io c'ero, agente McDowell, e posso assicurarti che non è stato facile dominare la rabbia».

«Gerber ha... ceduto?»

282

«Prima o poi tutti cedono. Ha fatto i nomi dei due agenti della DEA, di Sara Ortega e di un altro del DAS, che fu eliminato il giorno dopo dagli uomini di Lozano. Ma non ha tradito lei» rispose Cobarez guardando Irina.

«Sai dove possa essere il corpo dell'altro agente colombiano?»

«Non ne ho idea. Lozano era un sadico pazzo, dubito che ormai ci sia un corpo da trovare».

Nella stanza calò un silenzio carico di tensione. McDowell prese per la collottola il colombiano e lo fece sedere su una seggiola, poi gli si avvicinò fino quasi a sfiorargli il viso.

«Sostieni di non voler mandare in fumo anni di lavoro: cosa intendi fare, nel caso decidessimo di non piantarti una palla in testa?»

Cobarez sostenne lo sguardo minaccioso di Luke. «Sostituirmi a Pedro. In fondo ero il suo braccio destro e gli uomini si fidano di me. Se non mi smascherate adesso, posso continuare ciò che voi avete innescato: una guerra intestina alla *federación*. Tra poco arriverà la polizia, però. Dovete decidere in fretta e dovete anche portare via il culo da qui o vi faranno la festa. Sono tutti corrotti e non si lasceranno sfuggire l'occasione di farvi fuori».

«Se è vero che sono tuoi amici, li convincerai che avete sgominato una gang rivale, che è tutto sotto controllo e se possono andare» suggerì Marcus.

«Non è così semplice. Vorranno ficcare il naso, insisteranno per "ripulire la scena", un'occasione in più per prendere altre mazzette». Gaston scosse la testa, cupo. «Si vede lontano un miglio che non siete dei nostri. O ve ne andate subito o dovrete farli fuori».

Furono interrotti da Tony Kirkbridge che irruppe nella stanza.

«È arrivata la polizia!»

Si rimisero gli auricolari e Luke parlò nel microfono: «Sierra, qui Alfa Uno: rapporto sulla situazione».

«Tre auto ferme poco oltre il recinto» rispose Kolarov che era rimasto di vedetta. «Hanno fari e riflettori puntati contro la casa padronale. Distinguo sei agenti in divisa, fucili automatici».

«Ricevuto Sierra Uno. Non sparare» ordinò Luke. Facendo cenno agli altri di seguirlo, si rivolse a Marcus: «Tienilo d'occhio».

«Avete bisogno di me!» esclamò Cobarez. «Se aprite il fuoco quelli si ritirano e chiamano rinforzi. Dobbiamo coglierli di sorpresa».

McDowell si fermò, voltandosi con sguardo severo verso il prigioniero. «Potrebbero essere poliziotti onesti che fanno il loro lavoro, noi non siamo assassini».

Cobarez si alzò in piedi. «Non mi credi? Tra poco vi esorteranno a uscire e chiederanno di me o di Ayala. Quelli sono tutti nel libro paga del cartello!»

Luke scambiò un'occhiata con Marcus, poi riportò i suoi occhi verdi in quelli del colombiano.

«E sia. Verrai con noi, ma se tenti di fregarmi, che piaccia o no a Torrealba, ti pianto una pallottola in testa. Sono stato chiaro?»

Giunti nella parte anteriore della casa, sbirciarono cauti dalle finestre. Tre paia di fari e molti riflettori illuminavano la facciata di legno e il cortile antistante, nascondendo le figure dei poliziotti dietro la cortina di buio impenetrabile creata dal contrasto con le luci abbaglianti. Kolarov, appostato una trentina di metri a ovest del recinto, poteva invece distinguere nitidamente gli agenti.

A un tratto, una voce, resa metallica dal megafono, ruppe il silenzio. «Sono il sergente Lopez. Cosa succede lì dentro? Signor Cobarez, mi sente? Va tutto bene?»

McDowell si volse verso il colombiano che gli girò le spalle mostrandogli le mani.

«Slegatemi, dovremo uscire».

Kolarov si fece sentire negli apparecchi ricetrasmittenti: «Qui Sierra. Confermo sei agenti armati di fucili automatici. Ho la visuale di tiro libera».

«Ricevuto Sierra. Non sparare. Ripeto: non sparare, stiamo uscendo» rispose Luke.

Irina e Diego lo guardarono storto.

«Non puoi andare là fuori, ti farai ammazzare!» protestò la donna.

«Signor Cobarez, se mi sente esca con le mani bene in vista. Altrimenti lo faccia il più alto in grado. Uscite con le mani in alto!» ripeté il poliziotto.

«Slegalo» ordinò Luke a Marcus.

Il franco-canadese eseguì senza protestare, sapeva che non avevano scelta. Joe Martino, appostato sul retro del ranch, confermò che non c'erano altri sbirri in zona. McDowell infilò la Beretta nella cintura, dietro la schiena, si tolse l'apparato ricetrasmittente e spiegò alla squadra il suo piano.

Pochi istanti dopo, lui e Cobarez uscirono sulla veranda davanti alla casa, tenendo le mani alzate, bene in vista sopra la testa.

«Va tutto bene, sergente Lopez» esordì Cobarez. «Grazie per essere intervenuti, ma è tutto okay. Abbiamo solo… chiarito chi comanda qui».

«*El Inglés* è in casa? Sta bene?»

«Non è qui. Comunque gli riferirò che sei passato, lo apprezzerà» lo rassicurò Cobarez.

Il poliziotto venezuelano posò lo sguardo sui cadaveri dei narcos davanti all'ingresso. Era un tipo sveglio e si chiese perché il braccio destro del boss fosse uscito accompagnato da un altro uomo dall'aria molto pericolosa che, per giunta, lui non aveva mai visto prima.

«Chi è l'uomo vicino a te?» chiese diffidente.

«Uno *yankee*. È arrivato da New York per un importante business. Abbassate le armi e venite dentro a bere una Polar gelata» spiegò Cobarez sforzandosi di mantenere un atteggiamento disinvolto.

Il sergente non sembrava convinto. Lo straniero aveva l'aria di un consumato mercenario e non voleva correre rischi. In fondo, Cobarez poteva essere costretto a recitare una parte, forse altri uomini stavano tenendo sotto tiro lui e i suoi agenti.

«Sdraiatevi a terra! Subito!» ordinò all'improvviso continuando a tenerli sotto il tiro del suo fucile. «Faccia a terra, braccia e gambe divaricate!».

McDowell e Cobarez obbedirono. Luke, costretto a rinunciare all'apparato ricetrasmittente e impossibilitato a comunicare con il suo team, doveva attendere che fosse Kolarov a entrare in azione. Appena si furono sdraiati nella polvere antistante la veranda, tuttavia, gli uomini del sergente Lopez abbassarono istintivamente sia le armi che la soglia d'attenzione. Conoscevano Cobarez ed erano ormai convinti che non ci fossero problemi. Lo zelo iniziale, dimostrato con l'intenzione di far bella figura agli occhi del boss, era viziato dal pregiudizio d'ottimismo che rappresenta il peggior nemico di chi combatte.

Tutto accadde con inaudita rapidità.

Non appena Kolarov vide che gli agenti avevano abbassato la guardia, sparò due colpi ravvicinati che abbatterono quelli dell'auto a lui più vicina. Era il segnale. Da sotto la casacca Luke prese una granata che lanciò contro l'auto del sergente. Mentre l'ordigno esplodeva dilaniando il sottufficiale e ferendo gravemente il suo autista, Luke estrasse la pistola e sparò al quinto agente che stava brandendo il fucile. Dalla casa si levò un micidiale fuoco di copertura che piombò devastante sulle auto della polizia mandando in frantumi fari e riflettori. McDowell rotolò alla sua sinistra portandosi fuori dalla linea di tiro del suo team, si alzò e sparò tre volte all'ultimo poliziotto, un istante prima che questi facesse fuoco verso di lui. L'agente andò a sbattere contro la portiera della Ford dove si accasciò lasciando sulla carrozzeria una sinistra striscia di sangue.

Altri fari lacerarono l'oscurità, provenienti dalla strada principale. Luke estrasse dalla tasca l'apparato ricetrasmittente e lo indossò appena in tempo per udire la voce di Diego gracchiare tra le scariche elettrostatiche: «Arrivano i nostri?»

«Temo di no» rispose Luke nel microfono. «È troppo presto, non possono essere già qui».

Cobarez gli corse accanto.

«Mi serve un'arma! Quelli sono di sicuro altri poliziotti e non sono venuti per fare domande!»

McDowell esitò, tenendo lo sguardo fisso sui veicoli che si avvicinavano. Ora si stavano allargando a ventaglio, circondando la parte anteriore del ranch. Distinse due auto e tre pick-up carichi di agenti in tenuta antisommossa.

«Okay» decise. «Prendi un fucile e datti da fare». Quindi, rivolto ai suoi, aggiunse: «Qui Alfa Uno: date un'arma a Cobarez».

Diego uscì dalla casa portandosi sul lato destro, seguito da Tony che porse un fucile a pompa e un po' di munizioni al colombiano. Dalle finestre, Irina e Marcus crivellarono i parabrezza dei due veicoli più vicini uccidendo tre agenti. Kolarov prese di mira un gruppo di otto poliziotti che, scesi dal loro pick-up, stavano cercando di posizionarsi. Riuscì a colpirne tre prima che riuscissero a ripararsi. Gli altri reagirono con prontezza e la casa padronale fu investita da un pesante fuoco di sbarramento. Schegge di legno e vetro volavano ovunque.

«Continua a sparare da qui, io vado al piano di sopra!» gridò Marcus a Irina cominciando a strisciare verso le scale. Colpito da una raffica, il lampadario precipitò a terra aggiungendo frastuono al frastuono.

Un poliziotto si erse da dietro uno dei pick-up imbracciando un lanciagranate M79. L'ogiva da 40 mm partì con un rumore sordo mentre alcune pallottole scheggiavano il tettuccio del veicolo. La granata centrò la finestra che Marcus aveva poco prima abbandonato, esplodendo contro il muro di fronte. Irina, benché accucciatasi per ricaricare, fu travolta dall'esplosione. Diego aveva seguito inorridito la traiettoria della granata diretta contro la casa e ora si stava precipitando verso l'ingresso.

«No! Stai giù!» gli gridò Luke, ma Diego non si fermò e raggiunse la veranda. Stava per varcare la soglia quando un proiettile lo ferì alla gamba facendolo ruzzolare sul pavimento ingombro di detriti.

Irina, ancora stordita dall'esplosione, vide la sagoma di suo marito cadere a terra e trascinarsi al riparo. Non udiva che suoni attutiti, lontani, sovrastati da un fischio acuto che le riempiva le orecchie, la sua stessa voce sembrava arrivarle da un luogo remoto. Si mosse carponi verso di lui mentre un'altra raffica distruggeva un mobile alla sua sinistra. La stanza era satura di polvere e le risultava difficile perfino respirare. Allungò una mano verso Diego ma non arrivò a toccarlo, era più lontano di quanto credesse. All'improvviso sentì due mani forti afferrarla da sotto le ascelle e sollevarla di peso, gli occhi e la gola le bruciavano, non avrebbe saputo dire se stava per morire. Un'altra sagoma si materializzò poco distante da lei, la vide chinarsi su Diego, poi entrambi sparirono dal suo campo visivo. Urlò, o almeno credette di farlo, anche se continuava a udire solo quel fastidioso, acuto fischio riempirle il cervello.

Prima ancora di vedere Diego cadere colpito, Luke si era precipitato verso l'amico sparando alla cieca in direzione dei poliziotti, coperto dal fuoco di Joe, Tony e Cobarez che aveva mandato in frantumi anche l'ultimo riflettore rimasto acceso e ucciso il poliziotto che stava per sparare una seconda granata. Kolarov aggiunse altre due tacche alla sua già lunga lista di bersagli eliminati.

Appena oltre la porta, Luke vide l'amico a terra e lo afferrò, portandolo verso l'interno della casa.

«Dobbiamo cercare Irina!» protestò Diego.

Luke vide Antoine sollevare la donna come fosse una bambola.

«Sta bene, è dietro di noi. Ripariamoci sul retro» rispose inoltrandosi dove la cortina di fumo e polvere pareva essere più impenetrabile. Attraversarono il salone che il dottore aveva utilizzato per medicare i feriti prima della loro irruzione. Con Irina in braccio, Marcus aprì la porta dello studio e Luke lo seguì richiudendola dietro di sé con un calcio. Essendo rimasto chiuso, lo studio non si era riempito di fumo e polvere e potevano finalmente respirare.

Deposero Irina sul divano e Diego sul tappeto. La donna aveva solo qualche graffio e si stava rapidamente riprendendo. Diego aveva una brutta ferita alla gamba e stava perdendo sangue.

«Non ho niente, badate a lei» mormorò.

«Tua moglie sta meglio di te, *mon ami*» lo tranquillizzò Antoine. «*Tonnerres*! Per fortuna la pallottola ha mancato l'arteria, altrimenti a quest'ora sarebbe vedova. Stattene buono, dobbiamo rappezzarti alla meglio».

Luke andò nella stanza dove avevano radunato i prigionieri e tornò con il dottore.

«Stanotte le tocca fare gli straordinari eh, doc?» lo canzonò il franco-canadese.

Il medico non rispose. Scuro in volto ma calmo e concentrato, si mise a fare il suo lavoro. Irina bevve due lunghe sorsate dalla caraffa dell'acqua, poi ne versò in un bicchiere e lo porse a suo marito che le prese la mano stringendola a sé.

McDowell inserì un caricatore nuovo nella Beretta e si accinse a uscire. «Tu resta con loro e fai buona guardia» disse a Marcus. «Io vado a vedere cosa succede là fuori».

«Stai attento, *mon ami*. Per oggi ne abbiamo già versato fin troppo del nostro sangue».

McDowell andò verso il retro, superò il cadavere di Stiegler e uscì nell'aria fresca della notte. Il crepitio delle armi automatiche si era fatto meno intenso. Scorse l'ombra di Tony Kirkbridge davanti a sé e lo affiancò.

«Dov'è Cobarez?» chiese.

«Sono qui» gli rispose una voce alla sua sinistra.

Luke si voltò e intravide la sagoma scura del colombiano sdraiato a terra.

«Come va dentro la casa?» chiese Tony preoccupato.

«Irina sta bene. Diego è ferito a una gamba. Se ne sta occupando il dottore. Qui com'è la situazione?»

«L'idea era di allargarci per evitare di essere circondati. Dall'altro lato Joe e Uros li stanno tenendo a bada» spiegò Tony. «Ne abbiamo stesi parecchi, ma non vogliono mollare l'osso».

McDowell parlò nell'apparato ricetrasmittente: «Qui Alfa Uno a Bravo Due: rapporto sulla situazione».

La voce di Joe Martino giunse immediata: «Da questa parte si ritirano. E in tutta fretta direi!»

Luke era sorpreso. «Sierra a rapporto» ripeté.

«Qui Sierra,» rispose Kolarov dalla sua postazione mimetizzata dietro alcuni arbusti, «confermo. Li vedo salire sulle loro auto. Stanno facendo dietro-front. Ci spostiamo dalla vostra parte?»

«Negativo. Ripeto, Sierra e Bravo Due, mantenete le posizioni» ordinò McDowell.

«Che succede?» chiese Tony Kirkbridge.

La risposta giunse da Cobarez che richiamò la loro attenzione indicando davanti a sé le tenebre lacerate dai riflettori di alcuni elicotteri.

Mentre il suono dei rotori sovrastava il rumore dei veicoli in fuga, la voce di Kolarov tornò a gracchiare nell'auricolare di McDowell: «Elicotteri in arrivo. Spero sia l'esercito altrimenti siamo nei guai».

Cobarez strisciò al fianco di Luke.

«Finalmente!» esclamò. «Vedete come se la danno a gambe i poliziotti? Credete che se non fossero corrotti, scapperebbero di fronte all'esercito?»

«Tony, rientra in casa e avverti gli altri, poi piazzati a una finestra del piano di sopra. Non mi fido» ordinò Luke.

Dopo aver ripetutamente sorvolato la zona, due elicotteri dell'esercito atterrarono davanti al ranch. Scortato dai suoi uomini, Torrealba andò incontro a Luke e Cobarez.

«Avete fatto un bel casino, non c'è dubbio» esordì nel suo inglese impeccabile. «Mi avevano avvertito che lei non lascia le cose a metà, McDowell, ciò nonostante speravo che non ci andasse giù così pesante».

«Non era nostra intenzione ingaggiare una simile battaglia, ma, a quanto pare, da queste parti la polizia è al soldo di Ayala. O noi o loro».

«Sì, certo, non dubito delle vostre buone intenzioni» sospirò Torrealba sarcastico. «Avete dei feriti?»

«Uno. Se ne sta occupando il dottore».

Lo sguardo interrogativo dell'uomo indusse Luke a spiegare: «Gli uomini di Ayala sono usciti piuttosto malconci dallo scontro con Lozano. Quando siamo intervenuti un dottore li stava ricucendo».

«Prigionieri?»

«Dentro la casa» indicò Luke.

Torrealba impartì a un ufficiale le istruzioni del caso, poi indugiò con lo sguardo sul campo di battaglia illuminato dai riflettori. Estrasse un pacchetto di Pall Mall, ne offrì a Luke e Cobarez e accese per tutti.

«Volevate Ayala morto... troverete il suo cadavere

nello studio» annunciò Luke.

Torrealba annuì. «Dica ai suoi di salire sugli elicotteri, prima sarete fuori dai nostri confini, meglio sarà per tutti».

Mentre il team si imbarcava, Luke tornò a rivolgersi a Torrealba, in piedi accanto a Cobarez: «Cosa ne sarà dei prigionieri?»

«Non li uccideremo, se è questo che vuol sapere. Verranno interrogati. Li torchieremo finché non ci diranno tutto quello che sanno, il che temo sarà ben poco. Poi li trasferiremo in un carcere nel sud del paese, lontano da elementi riconducibili a cartelli della droga. Non dobbiamo pregiudicare la missione di Gaston. Dove si trova Sara Ortega?»

«Troverete il suo corpo un centinaio di metri a nord del ranch» rispose McDowell guardando Torrealba con sguardo accusatore. «Lei lo sapeva, vero? Avevo una spia nel mio team e lei non mi ha avvertito».

«Anche io eseguo gli ordini, *señor* McDowell, come lei. Come tutti noi».

«Questa è la differenza tra noi, Torrealba. Io ho smesso da un pezzo di eseguire ciecamente gli ordini. Un agente del Mossad è morto per colpa sua. Ora ci porti via di qui, prima che decida di sparare anche a lei».

Mentre gli elicotteri facevano rotta verso Porlamar, Marcus si rivolse a Luke, seduto al suo fianco: «Non è colpa tua. Ci avevi messo al corrente dei tuoi dubbi su quella donna, ma non avevamo prove. Se l'avessimo esclusa dall'incursione si sarebbe insospettita».

Luke guardò l'amico, ma i suoi pensieri sembravano essere distanti mille miglia.

«Quel che so, Antoine, è che stanotte Stiegler è morto

e poco c'è mancato che ci lasciassero la pelle anche Irina e Diego».

«*Parbleu*! Anche il sottoscritto ci è andato vicino. Hai ragione, *mon ami*, Torrealba doveva avvisarti. Ci saremmo comportati diversamente, ma con i "se" e con i "ma" non si risolve mai nulla. Abbiamo inferto un duro colpo al cartello di Ayala e ora sono sicuro che Cobarez saprà fare un ottimo lavoro dall'interno». Marcus scosse la testa soddisfatto. «É la prima volta che abbiamo un infiltrato addirittura a capo di un cartello! È una grande vittoria, *mon ami*, una grande vittoria».

Luke non rispose. Guardò fuori del piccolo oblò, ma la notte gli restituì solo l'immagine sfocata del suo volto. Era stanco e tutt'altro che soddisfatto, anche se era ben consapevole che morire in battaglia faceva parte degli inconvenienti del loro mestiere. Fece scorrere lo sguardo sul resto della squadra: Irina si era addormentata con la testa sulla spalla di Diego, Joe e Tony parlottavano tra loro, Uros fissava il vuoto dinanzi a sé, anch'egli immerso nei propri pensieri. Nonostante le espressioni dure e impassibili, erano tutti stremati, ma Luke era certo che, se in quel preciso momento avesse loro ordinato di buttarsi col paracadute per una nuova missione, nessuno si sarebbe tirato indietro. Avrebbero ubbidito senza battere ciglio, sempre pronti a dare il massimo.

Il sole si era staccato dall'acqua per salire verso il suo zenit quando il Robinson R44 posò i pattini sul *Socrates III* facendo scendere l'ultimo gruppo del team. Diego era già in infermeria e dal terzo ponte di poppa, McDowell e Dimitrov osservarono Kolarov e Martino avviarsi con piglio deciso sotto coperta.

«La missione è stata un successo, amico mio. Avete riportato Irina a casa sana e salva e inferto un duro colpo ai cartelli dei narcotrafficanti. Ancora una volta devo complimentarmi con voi tutti» disse il russo aspirando una boccata dal suo sigaro.

«Potevamo gestire meglio la Ortega» obiettò Luke. «Per l'incursione al ranch non era necessaria, avrei dovuto legarla e lasciarla a casa. Se poi fosse stata innocente, tante scuse al DAS».

«Con il senno di poi siamo tutti profeti, amico mio. Smettila di rimuginare e vai a riposarti, ne hai bisogno».

Luke annuì, gettò il mozzicone della sigaretta in mare e, senza replicare, andò alla sua cabina.

Epilogo

Vista dal colle meridionale di Abu Tor, la Città Santa sembrava sospesa a mezz'aria, adagiata tra le dolci colline della Giudea. Sopra Gerusalemme il cielo azzurro era solcato da piccoli greggi di nubi candide che veleggiavano veloci verso ovest sospinte dal *khamsin*, il caliginoso vento del deserto.

Il rabbino aveva da poco terminato la cerimonia funebre che costituiva l'estremo saluto al maggiore del Mossad Mordechai Stiegler e che, come quella cristiana, implicava una serie di letture religiose e formule precise. Per i familiari era iniziato lo *Shivah*, la prima fase del lutto, che, secondo la tradizione ebraica, dura sette giorni ed è concepito per dare conforto alla famiglia. Essa non deve trattenere il dolore e non può, per questa settimana, uscire di casa. Le è consentito ricevere i visitatori, i quali devono limitarsi a confortare, meglio stando in silenzio, i familiari del defunto. Così avevano fatto McDowell, Dimitrov e la squadra al completo.

Ariel Rosenthal aveva quindi chiamato in disparte il siberiano e Luke, invitandoli a fare una passeggiata lungo un sentiero erboso che costeggiava il cimitero. Il rombo di due caccia supersonici in volo sopra la città fece scattare l'antifurto di alcune automobili.

«Il maggiore Stiegler era un ottimo elemento e mi conforta sapere che è caduto combattendo con onore».

Luke non avrebbe saputo dire se, con quelle parole, il dirigente israeliano volesse consolare i propri ospiti oppure se stesso. Forse entrambi.

«Mendez, capo del cartello che controlla lo spaccio nella Florida meridionale, è stato arrestato ieri» annunciò Dimitrov osservando i velivoli ormai lontani. «Nel conflitto a fuoco sono morti i suoi luogotenenti e una decina di narcos. Altri cinque sono in mano alla DEA e sono sicuro che faranno un bel po' di nomi. Appena la *Estrella del Sur* attraccherà a Portland, gli agenti dell'antidroga metteranno a segno un altro colpo devastante per i cartelli. Il maggiore Stiegler non è morto invano».

«Forse sto invecchiando,» mormorò Luke, «ma comincio a pensare che ogni forma di guerra sia vana. Forse basterebbe legalizzare la droga per stroncare i cartelli, così come accadde per gli alcolici nel '33».

«Forse, amico mio,» rispose Dimitrov, «ma noi non siamo il governo né siamo così saggi da discernere ciò che è giusto e ciò che è sbagliato. La nostra amica Irina era in grave pericolo e gli assassini degli altri agenti andavano puniti. Quello abbiamo fatto, nulla di più e nulla di meno».

Luke fissò il siberiano per un lungo istante, poi annuì con un lieve cenno del capo. Gli erano tornate alla mente le parole di Nadege:

"Uccidere non sempre fa di noi degli assassini. A volte è più colpevole chi si esime dal farlo".

Rosenthal si fermò, portandosi di fronte a lui e posandogli entrambe le mani sulle spalle. Pochi metri più indietro, gli uomini della scorta non smettevano di sorvegliare con occhio vigile lo spazio intorno a loro.

«Lei è un valoroso soldato, McDowell, e ha fatto un ottimo lavoro. Il suo cuore è saldo e i suoi dubbi sono legittimi. Neppure io so darle una risposta, ma sappia che le sono grato. Non posso conferirle nessuna onorificenza ufficiale, tuttavia il Mossad è in debito con lei e i suoi uomini». Rosenthal fece una pausa, indicando i tetti della città vecchia. «Gerusalemme è soprattutto la città della memoria. Viviamo con intensità il nostro presente, poiché ogni giorno potrebbe essere l'ultimo, guardiamo al futuro, poiché ciò è necessario per preservare la nostra stessa esistenza, ma non dimentichiamo il passato, i nostri amici e i nostri nemici. Nel nostro Paese sarà sempre il benvenuto e per qualunque cosa potrà contare su di noi».

Detto ciò, l'israeliano estrasse dalla giacca una busta e la porse a Luke. «Questa è per lei. È arrivata ieri dalla nostra base in Guinea».

La missiva, scritta in una grafia minuta ed elegante, era firmata da Nadege. Raccontava che gli israeliani le avevano proposto un corso di aggiornamento di sei mesi a Tel Aviv, ma lei aveva rifiutato, alla sua età non se la sentiva più di trascorrere così tanto tempo lontano dalla sua terra. Tuttavia, ne aveva frequentato uno di tre settimane a Conakry. La sua casa era stata ingrandita e rimodernata: ora comprendeva un ambulatorio con una piccola sala d'aspetto e una zona di degenza con sei posti letto e costituiva un punto di riferimento per tutti i villaggi della zona. La donna gli esprimeva la propria riconoscenza, assicurandogli che avrebbe pregato per lui ogni giorno.

Luke era commosso, ma si sforzò di restare impassibile, non volendo lasciar trapelare le proprie emozioni. Ripiegata con cura la lettera, incontrò lo sguardo penetrante di Rosenthal.

«Se ognuno di noi non avesse fatto ciò che talvolta mette a dura prova le nostre coscienze, quella gente non avrebbe quel che ha adesso. *Tutti noi* non avremmo ciò che abbiamo. La pace, la democrazia, la libertà... sono conquiste per le quali occorre pagare un caro prezzo» gli disse l'israeliano.

Il giorno successivo, finalmente, Luke aveva potuto riabbracciare Frances, andata ad accoglierlo al Dulles International Airport di Washington. Quella notte avevano fatto l'amore con passione, bramosi di ribadire a sé stessi che erano di nuovo insieme, che ancora una volta i pericoli mortali legati al lavoro di Luke non erano riusciti a dividerli. Alla fine, esausti e soddisfatti, erano rimasti a lungo svegli, la testa di lei sul petto di Luke, a parlare a mezza voce, quasi ci fosse qualcuno che potesse insidiare la loro intimità. Dalla finestra aperta entrava una piacevole brezza e l'incessante canto dei grilli e delle cicale faceva da sottofondo alle loro parole.

I pensieri di Luke andarono al bambino che Frances aveva operato al cuore. Sapeva che il delicato intervento chirurgico era andato bene. Frances aveva ancora una volta dimostrato la sua perizia e ora il piccolo era in terapia intensiva al Johns Hopkins Hospital.

«Se la caverà?» mormorò a un tratto accarezzando i capelli di lei.

«Il piccolo Thomas?»

Luke percepiva le ciglia di Frances solleticargli la

pelle mentre lei batteva le palpebre.

«Sì, credo proprio di sì» riprese lei. «Il suo fisico ha reagito con inaspettata forza, considerando il quadro clinico generale. Già durante l'intervento i suoi parametri si sono rivelati insolitamente positivi e ora sta rispondendo bene alla terapia».

«Mi piace pensare che aver eliminato quei narcotrafficanti abbia dato una mano anche a lui» mormorò Luke.

Frances alzò la testa e rimirò il profilo del suo uomo nella penombra portata dentro la stanza dal tenue chiarore dell'ultimo quarto di luna.

«É così» rispose. «Qualche giorno fa Thomas mi ha chiesto che lavoro facesse mio marito. Gli ho detto che eri un soldato e allora, apriti cielo, un sacco di domande! Gli ho spiegato che davi la caccia alle persone cattive, le prendevi e le mettevi in prigione e lui sai cosa ha detto?»

Luke attese.

«*"Come quelle che hanno avvelenato la mamma e me?"* Ci sono rimasta di sasso e non sapevo cosa replicare, così devo aver farfugliato qualcosa e poi gli ho risposto di sì, che catturavi persone come quelle».

«Non è sempre così».

«Non è finita» riprese Frances. «Stavo per uscire dalla stanza quando lui mi ha chiamato, ha voluto che mi avvicinassi e con un'espressione cospiratoria mi ha sussurrato all'orecchio una frase che credo non dimenticherò mai».

«Che cosa ti ha detto?»

«*"Io spero che li uccida tutti. I cattivi non vanno mai in prigione"*».

Questa volta fu Luke a voltarsi verso Frances.

«Povero piccolo, ha perso l'innocenza e la spensie-rata ingenuità dei bambini. Mi chiedo quanta colpa abbia ognuno di noi in tutto questo. Non dobbiamo permettere che le radici del male attecchiscano nel cuore dei nostri figli».

Frances non replicò. Rimasero a lungo in silenzio, ad ascoltare la perenne e delicata cacofonia della notte. Luke sentì le dita di Frances seguire il solco della cica-trice all'altezza del cuore. Fu lei a parlare di nuovo: «Ti andrebbe di conoscerlo? Se tutto va bene, tra un giorno o due verrà dimesso dal reparto di terapia intensiva e po-trai venirlo a trovare. Sono sicura che gli farà piacere, per lui sarà come conoscere un campione di football».

Nel tardo pomeriggio il cielo sopra Baltimora si era fatto così scuro che quella sera non ci sarebbe stato un vero e proprio tramonto. McDowell si sentiva a disagio. Benché gli ospedali siano concepiti per curare e co-stituiscano la meta agognata da chiunque stia soffrendo, essi rappresentano, nei ricordi della maggior parte delle persone, un luogo mesto, legato a periodi difficili, di sofferenze proprie o di persone care. Luke non faceva eccezione.

Arrivò nel reparto di degenza e trovò Frances ad aspettarlo. Percorsero un lungo corridoio, oltrepassarono una porta a vetri, svoltarono un paio di volte e infine Frances si fermò davanti a una stanza contrassegnata dal numero 25.

«Sei pronto?»

Luke annuì. Era ovviamente disarmato, ma era una delle rare volte che era contento di esserlo. Non voleva inquinare quello che stava per fare.

Quando Frances presentò Luke a Thomas e il bambino realizzò di trovarsi a tu per tu con un vero soldato, il suo sguardo si illuminò. Frances aveva ragione: per il piccolo era come conoscere un campione di football.

Thomas partì in quarta con una valanga di domande e parve deluso quando capì che Luke non aveva con sé la pistola. Tuttavia si rianimò quando Luke estrasse dalla borsa un paio di visori a infrarossi e un'unità ricetrasmittente completa di auricolare e microfono. Toccò il cielo con un dito quando gli disse che erano un regalo e poteva tenerli. Frances aveva stabilito che la visita non doveva protrarsi oltre un quarto d'ora per non affaticare il piccolo e Luke stava per congedarsi, quando Thomas gli prese la mano. Aveva la presa straordinariamente forte per l'età e la condizione in cui si trovava. A Luke ricordò la stretta disperata di James, il primo commilitone che aveva visto morire in combattimento. Si trovavano nei Balcani per recuperare due piloti di un F-15 abbattuto durante l'operazione "Deny Flight". Quel texano estroverso e spaccone, ma sempre pronto ad aiutare i compagni, che tutti chiamavano "il rosso" per via delle lentiggini, era spirato tra le sue braccia.

Cacciò dalla mente quei drammatici ricordi e si avvicinò sorridente al piccolo Thomas.

«Hai ucciso gli uomini cattivi?» chiese il bambino.

Luke rimase interdetto. I bambini sanno essere incredibilmente diretti e mentir loro non è facile come sembra.

«È più difficile salvare e guarire le persone, che ucciderle. Nella mia ultima missione ho salvato una donna in grave pericolo».

Il ragazzino meditò su quelle parole per alcuni istanti, senza mai mollare la mano di Luke. Infine tornò a posare i suoi occhioni neri in quelli del soldato, rivolgendosi a lui da uomo a uomo: «Credo che da grande farò il medico e opererò le persone al cuore. Come la dottoressa Frances».

Luke gli sorrise sollevato.

«Ma ci sono persone troppo cattive, come quelle che hanno avvelenato la mia mamma» riprese il piccolo con tono grave. «Quelle non le salverei».

Un'infermiera dal piglio severo fece capolino dalla porta ricordando a entrambi che la visita era terminata. McDowell le fu grato per averlo tolto dagli impicci, sorrise a Thomas arruffandogli i capelli e lo salutò, promettendo che sarebbe tornato a trovarlo.

Era sulla soglia quando il bambino lo chiamò.

«Luke!»

McDowell si girò.

«Grazie».

«Per cosa?»

«Per aver ucciso quegli uomini cattivi».

Luke non riuscì a dire nulla. Ripensò di nuovo alle parole di Nadege e alla verità profonda che esse celavano.

"Uccidere non sempre fa di noi degli assassini. A volte è più colpevole chi si esime dal farlo".

NOTA DELL'AUTORE

Spesso mi viene domandato in quale ordine, se esiste, devono essere letti i miei libri. La domanda si pone soprattutto per la serie di Luke McDowell. Di rado è necessario leggere i libri in un ordine particolare e ho fatto del mio meglio per fare di ciascuno una storia che potesse essere apprezzata senza bisogno di leggere le altre. In ogni caso, questa è la cronologia:

Senza nome e senza gloria è il primo romanzo con McDowell protagonista. *Shaytan* è il secondo volume della serie e può esser letto da solo, ma i lettori potrebbero voler leggere prima *Senza nome e senza gloria*.

Il potere delle ombre è il terzo libro con McDowell e riprende alcuni elementi delle precedenti avventure.

Le radici del male è l'ultimo, culminante romanzo della serie. Per goderselo appieno, il lettore dovrebbe avere letto *Il potere delle ombre*.

L'ombra del lupo è un thriller a sé stante, il cui protagonista è un giovane italo-americano di nome Nick La Torre.

DELLO STESSO AUTORE:
***

SENZA NOME
E SENZA GLORIA

(Serie di Luke McDowell – Volume 1)

Incaricato dall'FBI di recuperare un importante congegno militare trafugato da un centro ricerche della Nasa, Luke McDowell, ex ufficiale dei Navy SEALs, dovrà fare i conti con il proprio passato. Un'avventura che diventa un viaggio attraverso le Americhe, nei luoghi dove l'autore ha realmente vissuto, fino in Argentina. Tra intrighi, misteri e tradimenti, la missione diventa ben presto qualcosa di molto personale. Il nemico vuole colpire al cuore e Luke capisce che è tornato il momento di infrangere le regole...

nelle migliori librerie e store online

SHAYTAN

(Serie di Luke McDowell – Volume 2)

Due omicidi commessi in Francia, tanto efferati quanto inspiegabili, sembrano turbare in modo particolare Evgenj Dimitrov, uno dei dieci uomini più influenti del mondo, il quale incaricherà Luke McDowell di occuparsi del caso. Un intreccio mortale li unirà in un'avventura mozzafiato, una sfida senza esclusione di colpi nella quale prendere prigionieri non fa parte del gioco.
Un thriller dal ritmo incalzante, ricco di azione e di passioni travolgenti: amore e odio, onore e vendetta, paura e coraggio si alternano incessantemente in una trama che non lascia scampo al lettore.

nelle migliori librerie e store online

IL POTERE
DELLE OMBRE

(Serie di Luke McDowell – Volume 3)

Oscuri poteri, le cui radici affondano nell'abisso dei tempi, non possono permettere che l'ordine delle cose sia messo in pericolo. Sulla via del sale, in preda a funesti presagi, un fedele servitore decise di affidare alle vestigia di un santo le sorti del proprio padrone. Sette secoli dopo, un volume dimenticato e antiche reliquie innescano una caccia al tesoro che coinvolgerà le persone sbagliate: una miscela esplosiva che solo un pugno di uomini disposti a tutto sarà in grado di affrontare. Un'altra missione per l'ex ufficiale degli U.S Navy SEALs Luke McDowell e il manipolo di uomini al suo comando. Un'avventura straordinaria porterà il lettore attraverso le tenebre di misteri senza tempo diventando la metafora dell'eterno duello tra bene e male dove, questa volta, il bene dovrà attingere al male per poterlo sconfiggere.

nelle migliori librerie e store online

L'OMBRA
DEL LUPO

(La prima indagine di Nick La Torre)

In Germania e in Belgio due delitti sembrano portare la stessa firma: le vittime con la gola tagliata, nessuna traccia dell'assassino, nessun testimone, niente arma del delitto e, vicino a ogni cadavere, un libro macchiato di sangue. Il detective Andy Morales, capo dell'unità investigativa omicidi seriali dell'Interpol, è convinto che si tratti di un serial killer e vuole occuparsi del caso ma una sorpresa lo attende nell'ufficio del commissario capo: un giovane italo-americano entrerà a far parte della sua squadra. Asso nella manica o un altro problema da risolvere? L'orologio del tempo scandisce i suoi rintocchi, altre persone potrebbero morire, nessuna ipotesi può essere esclusa, nemmeno la più incredibile di tutte...

nelle migliori librerie e store online

Printed in Great Britain
by Amazon

22073737R00179

Ex ufficiale dei Navy SEALs, Luke McDowell è il genere di nemico che tutti temono, un mercenario che non combatte per denaro. Giunto in Guinea al termine di una pericolosa missione, egli scompare nelle paludi della morte. I suoi compagni non lasciano nulla di intentato per ritrovarlo, ma le speranze si affievoliscono con il passare dei giorni...

Impedire che le radici del male attecchiscano nel cuore dei nostri figli è un dovere morale a cui nessuno può sottrarsi. A questo scopo, ogni giorno ci sono persone che sono chiamate a prendere decisioni e combattere guerre che mettono a dura prova la loro coscienza. Luke McDowell è una di quelle persone.

Se sia giusto attingere al male per poterlo sconfiggere è un dilemma filosofico e morale sul quale ognuno di noi è chiamato a riflettere e ciò che pensa l'autore è affidato alle parole di una donna e ai sentimenti di un bambino, al termine dell'avventura narrata in queste pagine.

Luca Cozzi, nato a Genova, vive tra i vigneti del basso Piemonte. Dai suoi numerosi viaggi per il mondo trae ispirazione per i suoi romanzi. Blogger, editor e docente di Scrittura creativa, ha esordito nel 1999 con "La leggenda di Goccia di Luna". Nel 2016 pubblica "L'alpino che giocava ai dadi" e il romanzo "Senza nome e senza gloria", prima avventura di Luke McDowell, che ottiene il terzo posto al XVI Festival del Libro Possibile. "Shaytan" (2017) e "Il potere delle ombre" (2018), entrambi editi da Edizioni della Goccia, sono rispettivamente il secondo e terzo thriller della serie di Luke McDowell di cui "Le radici del male" è l'ultimo volume. "L'ombra del lupo" (2019) è un thriller investigativo, prima indagine del giovane Nick La Torre.

€ 13,00

ISBN 9781658600170

9000

9 781658 600170